U0744557

阳光文库

刚需房

计 虹——著

黄河出版传媒集团
阳 光 出 版 社

图书在版编目（CIP）数据

刚需房 / 计虹著. -- 银川：阳光出版社，2019.11
（阳光文库）
ISBN 978-7-5525-5118-1

Ⅰ.①刚… Ⅱ.①计… Ⅲ.①中篇小说 – 小说集 – 中国 – 当代②短篇小说 – 小说集 – 中国 – 当代 Ⅳ.
①I247.7

中国版本图书馆CIP数据核字(2019)第259674号

刚需房

计　虹　著

责任编辑　金小燕
封面设计　赵　倩
责任印制　岳建宁

黄河出版传媒集团
阳　光　出　版　社　出版发行

出　版　人　薛文斌
地　　　址　宁夏银川市北京东路139号出版大厦（750001）
网　　　址　http://www.ygchbs.com
网上书店　http://shop129132959.taobao.com
电子信箱　yangguangchubanshe@163.com
邮购电话　0951–5014139
经　　　销　全国新华书店
印刷装订　宁夏凤鸣彩印广告有限公司
印刷委托书号　（宁）0015626

开　　本　720mm×980mm　1/16
印　　张　13.75
字　　数　170千字
版　　次　2019年11月第1版
印　　次　2020年1月第1次印刷
书　　号　ISBN 978-7-5525-5118–1
定　　价　36.00元

序：一个人的静水深流

郭文斌

计虹于我，是再熟悉不过的了。日子不经过，我的脑海里她还是那个在民生巷骑着摩托车顺我一程的风风火火的年轻人，转眼我们已经共事近二十年。这些年我们一直在为银川的文学事业做着服务工作。当她很不好意思地开口让我为她的第一本小说集写序的时候，我知道她体谅我这些年的奔波忙碌。当年宣布，退休前不写序，却难以狠下心拒绝这位"老"同事、好搭档，便答应了她。

在《黄河文学》，计虹从助理编辑一步步成长为编辑、副编审，到今天的副主编，给我留下的都是十分美好的印象。她主要负责刊物的散文编辑，近些年刊物的散文转载率很高，在全国同类期刊中是领跑者，作为主编，我深知这与责任编辑的努力工作和业务能力息息相关。在部门，她还有另一重身份，就是编辑部的副主任，主要负责部门日常事务和各类业务活动的开展。她有很强的组织协作能力和执行力，我相信，这些年和她共事过的同仁都和我一样深有体会。

在业务工作如此繁重的情况下，我一直以为计虹只是一个爱岗敬业的文学刊物编辑，一个像我一样热心公益的文学服务者，可是当这部小说集摆在面前时，我才意识到，这些年作为作协主席，我竟然忽略了这位身边的小说家。这本《刚需房》给了我陌生的体验，让我看见了计虹一个人的静水深流。

近年来，我致力于为央视540集大型纪录片《记住乡愁》做文字统筹、撰稿、策划工作。在挖掘关于"仁义礼智信，忠孝勤俭廉"故事的过程中，我强烈感受到中华优秀传统文化的温度、美丽、优雅和强大生命力，对中华优秀传统文化更加充满自信，也更加感受到文化人身上责任的重大。而在计虹的小说里，我意外地发现，传统文化和乡愁以另一种形式存在着。

她的小说，发生空间多为我们熟悉的这座城市，无论是写街区，写单位，还是写家庭，都有一种熟悉而又陌生的既视感。我们经常谈论文学的地理性，其实计虹的文学地理就是银川，就是那个生生不息、自由独立的银川，她正在书写一种带有本土气息的"银川文学"，它是与湖滨街、北京路、凤凰碑、北塔、典农河、唐徕渠等根脉相连的文学。因此，她的作品拥有着与宁夏文学气质相通又不大一样的品质，很多作家虽然身在城市，却常常不知如何去书写最熟悉的城市，计虹从熟悉的地方下手，开辟出了属于自己的文学版图。

计虹的小说，和她的人一样，是实在的、宽容的、体贴的，这从她的小说集取名《刚需房》就能看得出来。它实在本分，不尖锐凌厉，故事既不粘滞于人物，又不脱离群体，既不提升他们也不贬低他们，如其所是地去呈现，这是计虹的艺术分寸感，也是她对生活的理解与尊重。

宁夏文学每年都有新人出来，作为作协主席，我看到自己最熟悉的同事以文学新人的面孔绽放在大家面前，倍感欣慰。

让人更觉欣喜的是，近年，计虹的创作呈现出井喷态势，几乎每个月都有一篇文章在期刊发表，却没有因此影响本职工作，体现出良好的职业道德，受到了编辑部同仁的尊重。

希望计虹在保持良好创作状态的同时，敦职责之伦，尽编辑之分，向全国大刊名刊看齐，培养更多文学新人出来，为时代立传、为时代画像、为时代明德！

其实，最想给计虹说的是，希望我给她的第二本书写序时，能够以《两个人的静水深流》为题。

是为序。

目录/CONTENTS

（带 ★ 篇目为朗读篇目）

老苟的狗事

老苟同志最近心里有点烦。

他的宝贝娜娜被欺负了。娜娜，很曼妙的名字，可它并不是一个美丽的女孩，而是一只乖巧漂亮的小母狗，就是现在很多人都养的宠物泰迪犬。准确地讲，娜娜的品种是贵宾犬，所谓的"泰迪"只是贵宾犬修剪造型后的一个名称，其实并不存在这个犬种。贵宾犬，别称贵妇犬、卷毛狗，起源于欧洲，具体是哪个国家还有争议，今分布在世界各地。

贵宾犬以在水中捕猎而著称，是水猎犬，多年以来一直被认为是法国的国犬。根据体型大小，AKC 标准将它们分为标准型、迷你型、玩具型三种，而 FCI 标准把它们又分为大型、中型、迷你型、玩具型四种。这种犬气质独特，造型多变，聪明又善解人意，很会讨人的欢心，所以现在城里有很多人养这种狗。老苟同志的宝贝娜娜，不论按 AKC 标准分还是按 FCI 标准分，都是百分百的迷你型，体型娇小可爱，不肥不瘦，毛呈红棕色，颜色又深又亮又正，谁看了都忍不住想抚摸一下。娜娜最漂亮的部分是它的脸，有一点小女孩的娇羞，两只眼睛亮晶晶的，看着你的时候，就像小姑娘的眼睛那么纯净，没有一点杂质，就连老苟这样又老又糙的退休老汉看了都忍不住心颤颤的。每次看娜娜的时候，老苟心里都在暗自感叹，当年看上自己的老婆时，心也没这么痒酥酥地颤抖过。

娜娜，原本是老苟女儿的宝贝。女儿最近怀孕了，她单位有一个同事怀孕的时候养狗，结果孩子生出来有一点问题，医生怀疑是怀孕的时候养宠物细菌感染造成的，她吓得花容失色，娜娜就是再宝贝也不过是一只狗，孩子才是自己的心头肉啊。于是，女儿女婿毫不犹豫地把娜娜送到了老苟这里，也不管他愿不愿意，同不同意。女儿女婿走后，老苟开始细细地查看他们带来的两包娜娜的东西——像草莓一样精巧的狗房子；精致的不锈钢饭碗，一边盛水一边盛饭；进口的高档狗粮、狗罐头、零食；一年四季的狗衣服，纱裙子、小毛衣、小绒衣、小棉袄，一大堆；出门拴狗的链子，各式各样好多条；花样繁多的玩具。还有一包像尿不湿一样的东西，老苟戴着老花镜看了半天，研究了半天，终于搞明白了，这是母狗发情时穿的生理裤。老苟看着这些东西真是有些哭笑不得，嘴里大骂着："这俩败家的玩意儿，对爹妈也没见你们这么上心过，狗比爹妈还金贵了……"

老苟的手机响了，是女儿发来的微信语音。一下子发了几十条，都是怎么照顾娜娜的，老苟听了一条就懒得再听下去，老苟心里想，在老子这，它就是个看家狗，哪用得着那么小心翼翼的。娜娜可怜巴巴地卧在它的小草莓房子里，它似乎感觉到了老苟对它的不耐烦和不喜欢，地上那堆属于它的东西也让它明白了，从今天开始，它只能跟着眼前的这个怪老头，主人已经把它遗弃了。以前主人也把它交给别人带过，可是从来没有像今天这样把家都搬来了，这也就意味着它再也回不去以前的那个家了。怪老头把它连窝一起搬到了阳台上，放下了它的饭碗，其他的东西还是原封不动地扔在了阳台的拐角。然后怪老头关上了阳台门，一会儿，屋里响起了电视声。娜娜探出头看了看四周的环境，阳台上摆满了花花草草，它待的这块地方是怪老头把一盆花挪进了屋里才腾出来的，显然在怪老头心里它没有花重要。娜娜有点难过，想起以前在主人家的日子，它有点想哭。以前的这个时候，它应该窝在女主人或者男主人的怀里，享受着他们的抚摸，惬意地看着电视；现在它卧在黑黑的四处漏风的阳台上数星星，可是天上哪来的星星呢？

老苟躺在沙发上看电视，嘴里叼着烟，一双臭脚来回地搓着，就是不愿起身去洗洗。你可别以为老苟是个可怜的独居老头儿，老苟有老伴儿。老伴儿去哪了？用现在时髦点的话说，她当了北漂了。其实是老苟的儿子当了北漂，儿子又给他们生了孙子，老伴儿也就当了北漂去带孙子。孙子刚出生的时候，老苟两口子都屁颠屁颠地做北漂去了。刚开始的时候，和儿子儿媳还能客客气气地相处，一个月子坐出来，儿媳的脸色就不是那么顺眼了。这脸子还不是冲老伴儿，主要是冲老苟。老苟这辈子啥都好，就是嗜烟如命，刚来的时候看着又白又嫩又圆乎的大孙子，老苟烟瘾犯了都是跑到走廊里抽，后来觉得出来进去的麻烦，老伴儿也骂他把外面的贼风带进来影响了宝贝孙子。于是老苟就想了个招，站在厨房的抽油烟机底下打开油烟机抽，好家伙，这下子儿子家的抽油烟机一天到晚嗡嗡响。儿媳给儿子悄悄说，整天嗡嗡嗡的，她的头都要炸了，根本没法休息。儿子又婉转地告诉了老苟，老苟这脸上就有点挂不住了，怪不得儿媳最近连个笑脸都没有，整天耷拉个圆盘子脸，感觉那脸上的肉都往下垂，敢情是因为这个啊。老苟越想越气，她倒还头疼上了，老子整天站在油烟机底下抽烟，那烟是抽走了，那风是直往嘴里灌，每次抽完烟，老苟都觉得肚子里进了风，绕着自己的肠子转啊转，最后转得肚子整天胀鼓鼓的，晚上躺在床上，拍着咚咚响，还不停地放屁，放得老伴儿干脆睡客厅去了。第二天，老苟以回家去看花花草草为由扔下老伴儿就打道回府了。

回来的第一天，老苟做的第一件事就是美美地躺在沙发上吸烟。那烟灰掉了一地也没有人唠叨，抽得满屋子烟也没人嫌弃，那一刻，老苟终于体会到了一个人过日子的老万头说的自由自在是个什么滋味了。叼着烟的老苟在沙发上熟睡了……

从那以后，老苟和老万头一起开始了快乐的单身汉生活。早晨，他俩先去小区门口的早点铺吃早点，这里油条、包子、稀饭、拉面应有尽有，最美气的是隔三岔五还能吃碗羊杂碎。老苟有"三高"，这羊杂碎是内脏，胆固醇太高，以前老伴儿看得紧，一年四季也捞不着吃一回，这次他可解了馋了。吃完早点，和老万头绕着小区外面的广场转几圈，碰见一些老伙计就找个太阳地儿坐下，晒暖暖，抽根烟，侃侃大山，不知不觉一早晨的时光就打发了。下午一点到下午六点，是老万头和他，还有其他两个老伙计雷打不动的打麻将时间，就在小区的棋牌室里。那两个老伙计都是吃了饭过来，老万头之前就和棋牌室的老板娘说好了，在她那吃两顿饭，一天三十，做啥吃啥，一般都是中午米饭，下午面条，这下子老苟也加入进来。到了中午，别人都回家吃饭去了，他俩就三晃两晃地去了棋牌室，和老板娘一起共进午餐。

棋牌室老板娘的老头儿去年脑溢血走了。老头儿也是命苦，刚退休，正打算好好地和大伙乐和乐和，谁承想，那天中午，老板娘买了两条鱼回来，让老头儿收拾了中午改善生活。老头儿乐呵呵地坐在棋牌室门口的小板凳上收拾鱼，突然"扑通"一声栽倒在地上，往医院拉的路上就没了气儿。大夫说，老头儿一直有高血压，没引起重视，引发了脑溢血。老板娘听了拍着腔子悔恨，说老头儿这几天老说感觉头晕乎乎的，她还以为老头儿馋了，想捞顿好吃的故意说的，谁能想到一个高血压还能把命要了。从此，老苟和老万头他们这帮有高血压的人，走哪都带着高血压的药，再不用人提醒着吃。苦了一辈子，好不容易熬着儿女都成人了，谁不想多活两年，捞两年好日子过过呢？

娜娜来的第二天，老苟照旧要出门吃早点，玩牌，本来老苟都下楼了，想了想，又转身上楼把娜娜用绳子拴了带下来。老苟倒不是听女儿的话要每天带娜娜散步，而是他隐约记得女儿说娜娜很有规矩，只有到了院子里才拉才尿，他可不愿意让这小母狗把他的阳台糟蹋了，搞得臭气熏天的，还得收拾不说，那味儿他也受不了啊。

娜娜跟着怪老头下了楼，一出楼门，它不由得打了个寒战，怪老头没给它穿衣服啊。以前出门，主人都是精心地给它打扮，让它又漂亮又暖和地出门撒欢儿去，现在它像裸体一样就被拉了出来，真冷啊。可憋了一个晚上，娜娜也确实想方便了，它抖抖身上的毛，找个合适的地儿去方便了。老苟对娜娜的这个习惯还是比较满意的，果然还算懂点规矩。等到娜娜解决好了，老苟又拉着它往小区门口的早点铺走去。

"嘿，老苟，上哪儿拉了个小狗啊？"老万头隔着老远就喊道。

啥老苟、小狗的，老苟听了要多别扭有多别扭，冲着老万头嚷嚷："你瞎叫唤个啥，闲着你了！"说来老苟的这个姓让他从小时候开始就被人捉弄。小时候，一起的玩伴围着他总是"小狗小狗"的叫，他知道他们不是叫他的姓，就是喊他"小狗"，可他也只能鼓着大眼珠子脸红脖子粗，讲不出个道理来说人家。也真是可惜了他爹给他起了一个大气的名字：苟大志。上学的那些年，除了老师喊他"苟大志"，其他同学都是"小狗小狗"的喊他，渐渐地他也麻木了。后来上班了，也有同事时不时地捉弄他喊他"小苟"，但一般情况下，大家也还是客气地喊他"大志"，也终归没白费他爹的一片心。随着年龄的增长，他从小苟长成了老苟，退休的那天，和他一起共事多年的老伙计说："你这个小苟啊终于退了，成老苟了……"于是，退休后，大家反而不用商量，一致喊他"老苟"。他也只能默认了，人老了，就随和了，不像以前那么计较了。

今天老万头的这一嗓子"老苟、小狗"的叫唤，把他这些年的冤枉、尴尬一下子拱了起来，老苟走到老万头跟前的时候已经有点恼羞成怒的样子，老万头知道刚才自己那个玩笑老苟认真了，他赶紧改口说："大志啊，这是哪来的小狗?"老苟听老万头改口喊他大志，本来要发的火就只能生生地咽回去，变成了从喉咙里咕哝出来的"女儿怀孕了，不能养。""是啊，是啊，怀孕了可不能养这些，影响孩子发育。"

"哟，这小狗真漂亮啊!"

"大爷，您这狗看着比小姑娘都迷人。"

"就是，就是，这小狗脸上就像那狐媚娘似的，还怪勾人的嘞!"

……

吃个早点，过来过去的人围着娜娜转，老苟这辈子还没有过这待遇，今天因为一只小狗被大家关注了。就在大家你一言我一语的赞美声中，老苟的脸上有了笑容，他也跟着大家好好地欣赏了一下娜娜。哎呀，你别说，这左欣赏右欣赏的，老苟不由得怜香惜玉起来，和老板要了个一次性碟子，给娜娜放了两个香喷喷的小笼包，无比温柔地说："吃吧，吃吧。"

娜娜其实是不想吃的，它从来没吃过这种东西，冒着一股白气，散发着一种怪味。可是看着怪老头露出的笑脸，娜娜为了讨好他，硬着头皮吃了一个，另外一个死活也不去碰了。怪老头看着剩下的一个包子，说："饭量不大啊。"娜娜又被怪老头拉到广场上瞎晃悠，每到一处，都迎来了对娜娜的各种夸奖，怪老头越听走得越起劲，娜娜感觉自己都要虚脱了，它还从来没有走过这么多的路，以前都是主人半走半抱地带它出门，哪舍得这么遛过它？

　　终于可以歇歇了，怪老头来打麻将了。麻将，主人也经常打，所以娜娜认识，而且打麻将一般都会打好久，它总算可以好好休息休息了。怪老头把它交给了麻将室的老太太，老太太才是真稀罕它，一把它抱在怀里，手不停地抚摸着它的后背，嘴里"乖乖、乖乖"的叫着。娜娜实在太累了，在这样温暖舒适的怀抱里，它一下子就睡着了。娜娜醒来的时候，发现自己已经不在麻将室了，而是回家了。这会儿它不再躺在老太太的怀里，而是在怪老头的怀里，怪老头抱着它躺在沙发上睡着了。娜娜想离开怪老头，他身上一股刺鼻的味道让它有点想咳嗽，可不敢动，怕吵醒了怪老头，要是他冲自己发脾气该怎么办呢？

　　老苟翻了个身，终于醒了，醒来后他第一时间点了一支烟，就在老苟舒服地吐出一口烟的时候，怀里的娜娜突然咳了两下。"咦，这是怎么了？难道它也闻不惯烟味？"想来也是，女婿一直也不抽烟，这小东西恐怕还真没闻惯这味道。老苟想忍一忍把烟掐了，转念一想，这以后它得和自己生活在一起，得适应这烟味才对。于是，老苟继续惬意地吸着烟……

　　娜娜看怪老头醒了，醒了的怪老头嘴里开始冒着烟，这味道着实有些呛，比他身上的味道还刺激，娜娜忍了一会儿，终于忍不住了，就跳下沙发，而且它都一天没有喝水了，真是渴坏了。娜娜去了阳台，可它的饭碗是空的，娜娜用嘴叼着饭碗把它拉到了怪老头的沙发跟前。老苟听着娜娜吭哧吭哧地拖着什么，低头一看，是娜娜的饭碗。还真是个机灵鬼呢，这是要吃要喝呢。老苟抽完最后一口烟，到阳台上找到先前女儿拿来的狗粮，给娜娜倒了一碗，又倒了些温水在另一个碗里。在放到娜娜面前的时候，老苟觉得娜娜用无比感激、无比温柔的眼神看了看他，就低头猛吃猛喝起来，看着娜娜那小身子一起一伏的样子，老苟的心突然有点疼，就好像女儿小时候从幼儿园回来大吃大喝的模样一样，那是饿了一天的表现啊。看来，这小东西是吃惯了它自己的食物，今天他给它喂的那些根本都不合它的口味。

后来的日子，老苟渐渐地离不开这个乖巧机灵的小东西了，每天按时给它吃喝、带它出去遛弯儿。现在出门的时候，老苟也会精心地给娜娜穿上衣服，再把它身上的毛梳理一番。娜娜身上的毛长得太长的时候，老苟听了女儿的话，带娜娜去了宠物市场做美容。去的是女儿经常光顾的那一家，店主是个精干麻利的小媳妇，老苟抱着娜娜进去，不用他说什么，小媳妇就认出了娜娜，嘴里"宝贝宝贝"的叫着，比老苟对狗还亲。洗澡的时候，娜娜的表情是享受的，看来它平时没这么久才来洗澡。接下来理发的时候，娜娜却发出了凄厉的叫声，把老苟吓得不轻。小媳妇说，平时没给好好梳毛，只是表面看着梳光溜了，其实里面的狗毛都打结了，现在往开梳狗就得遭点罪，再不然就得把它的毛剃光，慢慢地再往长长。老苟不愿把娜娜剃光了，那样子太丑了，估计娜娜自己也接受不了。

娜娜叫得真是太揪心了，老苟实在听不下去了，出去到对面花市转悠了一个小时才回来接娜娜。这时的娜娜虽然看着有些疲惫，但已经又出落成一个美少女了，老苟看得满脸堆笑，直夸小媳妇手艺好。小媳妇向他要了一百，说他女儿是老顾客，优惠二十。老苟想这么贵还是优惠价啊，这钱基本上够他一年的理发费了。可一想到娜娜回到小区又可以惊艳一方的时候，他觉得值。

美容后的娜娜果然更加吸引人，老苟拉着它走到哪都备受关注与宠爱。这一天，老万头感冒了，老苟一个人拉着娜娜溜达，广场上人不多，老苟索性给娜娜解开了绳子，让它撒撒欢。走到一处喷泉池子跟前，娜娜想往池子里钻，老苟怕它挤着受伤，就喊："娜娜、娜娜。"可不知从哪冒出来个小不点胖丫头，拉着他的裤腿说："爷爷，爷爷，你喊我做什么？"老苟看看小胖丫头又看看小狗，这怎么和孩子说好呢？"娜娜，走，奶奶带你到那边玩去。"孩子的奶奶这时也出现了，拉着孩子就走了，边走边嘟囔："好端端的名字成了小狗的名字了，真讨厌。"

"奶奶，看，小狗狗，可爱的小狗狗。"小胖丫头看到了娜娜，一把挣脱了奶奶的手冲娜娜飞奔过去，边跑边叫着小狗狗、小狗狗。孩子的奶奶看孩子那么喜欢，也不好硬拉回来。老苟想到名字的尴尬事，对小胖丫头和小狗重名就有了种同病相怜的心情。他低着头好像做错了事一样走到孩子奶奶跟前说："唉，闺女取的名字，叫惯了。"孩子奶奶脸色也缓和下来说："碰巧的事，也不是故意的。大哥，您这狗看着就金贵啊，瞅您给打扮得多精致。"就这样，老苟、老万头、娜娜、小胖丫头和她奶奶在以后的日子里，除非特殊原因，比如生病、出远门、天气不好什么的，否则都会在一块儿腻一上午，娜娜和小胖丫头玩，老苟、老万头和孩子奶奶唠嗑。有一次，老万头不怀好意地对他说："你这老家伙老伴儿不在，还想来点花花肠子啊。"老苟这才发现这些日子里他每天都会和孩子奶奶说很多很多话，从年轻说到现在，又从现在讲到将来，讲得那么的风趣，还带一点淘气。想想自己和老伴儿过了一辈子也没说过这么多的话，老苟的心有点虚了。

娜娜好久没见主人了，今天主人来怪老头家了。娜娜原本兴奋地往她怀里蹦，可主人像躲瘟疫一样一把推开它，男主人也用脚拨着它说："走远点，走远点。"倒是怪老头看不下去了，一把抱起了娜娜，坐在沙发上。

娜娜伤心地坐在怪老头怀里，现在它已经闻惯了老头身上的味道。娜娜的眼睛上上下下地打量着主人，最后落在了主人的肚子上，她的肚子怎么是鼓鼓的呢？看着主人笑意盈盈地抚摸着自己的肚子，娜娜一下子明白了，主人是有宝宝了啊！娜娜想起以前在主人家的时候，主人总是说它就是他们的宝宝，她不想生孩子，因为生孩子会变丑变胖，生孩子很疼很疼。娜娜发情的时候，主人也是把它牵得紧紧的，生怕哪个小公狗欺负了它。可是现在主人却一脸幸福地享受着有宝宝的喜悦，娜娜心里突然对宝宝很向往很期待。

娜娜发情了。

老苟是在沙发巾上发现血迹后，才反应过来的。老苟清理了沙发，出门的时候给娜娜穿好了生理裤。可老苟的想法和女儿不同。他给娜娜穿生理裤，是防止它被外面的野狗侵犯，那样的话就怀上了不知名的杂种狗。这些日子老苟常常出入宠物市场，他发现像娜娜这样品相的小狗可以卖一千到两千元不等。这样的狗生下的小狗，宠物市场里的生意人也会回收，品相好的一只也能卖个三五百元。给娜娜做美容的小媳妇已经和他提过多次，等娜娜发情的时候，带去让她家那只精品种公狗配种，这样保证娜娜能生一窝金狗狗，绝对能卖个好价钱。也许就是因为娜娜还有这样的经济价值，老苟才对娜娜更加欢喜和上心吧。

老苟把娜娜的情况通过电话告知了小媳妇，小媳妇在电话那头笑得花枝乱颤，和他约好了配种的时间，而小媳妇要的报酬就是娜娜生的小狗里要给她一只小母狗，老苟想这小媳妇还真是做买卖的好手。

　　在广场上，老苟照旧见到了小胖丫头和她奶奶。小胖丫头一把就从老苟手里牵走了娜娜，因为娜娜在发情中，老苟有点不放心，但还是让她牵去玩了。老苟和孩子奶奶聊起了娜娜发情的事，这一讲，老苟又讲兴奋了，正在他眉飞色舞地给老太太讲他打算怎么让娜娜发挥最大价值的时候，远处传来了小胖丫头尖利的哭喊声，老苟边向那边跑边嘟囔着"完了完了"。孩子奶奶也紧随其后跑得上气不接下气，她想着孩子怕是被狗咬了。等到了跟前，眼前的情景让这两个老人家羞得面红耳赤，娜娜和一条不知从哪跑来的又脏又赖又丑又老的公狗在一起，娜娜的生理裤被撕扯了扔在一边。小胖丫头站在一边吓得哇哇大哭，奶奶赶紧抱起她快步离开了。

　　老苟顾不得管她们，他气急败坏地踢了那公狗一脚，结果被那老公狗恶狠狠的样子吓得没敢再动手。这个时候，他也不敢硬拉开它们，以前他下乡的时候见过狗交配，这个时候就叫锁住了，不等它俩自己解开，靠外力是弄不开的，除非你想害死母狗惹怒公狗。就这样，老苟羞愤交加地绕着它俩转了半个来小时，它俩才慢悠悠地分开了，其间过来过去的人你一言我一语地看笑话，就好像大街上那水灵灵的小姑娘挽着油腻腻的大爷一样，受到了众人的谴责与不屑。那老公狗和娜娜一分开，就撒丫子跑了，它恐怕也知道要是跑慢点就会被老苟打死的。

　　"娜娜被欺负了。"这是老苟见到小媳妇说的第一句话。
　　小媳妇惋惜地埋怨老苟没有好好看着娜娜，白瞎了娜娜的第一次。最后，抱着一丝侥幸和不甘心，小媳妇还是让自己家的种公狗和娜娜交配了一次，临走时叮嘱他："明天再来一次，我就不信还比不过一条老狗。"老苟听了这话，有点不是滋味，但也不愿去较真，他这心里难受着呢。

日子一天天过去，娜娜变得臃肿而邋遢，一天到晚就知道吃和睡，就连那双亮晶晶的眼睛都变得浑浊起来，老苟在照顾娜娜的同时，心里的厌恶也在与日俱增，看着它现在的样子，老苟的眼前总是浮现那天娜娜和老公狗的那一幕，老苟的心里就直发潮，搞得像他也怀孕了似的老干呕。

娜娜生产那天，天气糟糕透了，刮着多年不遇的大黄风，到处都是尘土飞扬。这些年城市大搞绿化，又不停地挖湖造湖，到处建的都是水系公园，已经鲜有这样的天气出现了。今天这是怎么了？后来老苟才知道是建筑扬尘，城里大搞建设，到处是新楼盘，这一刮风就把建筑工地上的尘土全给刮起来了，等政府反应过来，要求所有工地进行绿网覆盖的时候，尘土已经漫天飞扬了。

娜娜在家痛苦挣扎了好久，把那草莓房子都抠破了好几个洞，也没生下来，眼看着娜娜只有出的气没有进的气，老苟感觉不妙了，赶紧请教小媳妇。小媳妇让老苟赶紧带娜娜去宠物医院，这是难产了啊。

顶着狂风沙尘，老苟带娜娜去了宠物医院。路上，娜娜躺在怪老头的怀里，心想："主人说的是对的，生宝宝是很疼很疼……"医生在一阵忙活之后，就好像电视里的大夫那样，一脸遗憾地对老苟说："小狗是活下来了，大狗不行了。"小媳妇在旁边叹着气，老苟惊得张大嘴巴说不出一句话。

小媳妇帮老苟处理了娜娜的后事，不过是帮着他找个空地埋了娜娜，又把娜娜的孩子送到了另一家有新生小狗的店里让代为喂养。这要了娜娜命的第一胎，只生下了一只小狗，一只小母狗。老苟想着自己就是抱回去了也是养不活，倒不如给了小媳妇，毕竟是一条命。

回到家，老苟觉得家里哪儿哪儿都是空荡荡的，哪儿哪儿都有娜娜的身影。实在受不了了，老苟想着去广场上找小胖丫头的奶奶聊聊天，在广场上找了半天，把一双老眼都要找瞎了，也没找见那祖孙俩的影子。自从那天之后，他就再也没有见过她俩，她们仿佛从人间蒸发了一样。

老苟突然很想念自己的孙子，很想吃老伴儿做的臊子面。

当天下午，老苟就打包行李，再次去当了北漂。

日子像流水

1

冬日的正午，暖阳高照，杜穆伟躺在落地窗前的贵妃榻上晒太阳，吃饱了就犯困，他打算小憩一下。没躺几分钟，满身就都是细密的汗珠，享受冬日暖阳变成了蒸桑拿。杜穆伟气哄哄地翻起已经开始发福变形的身体，把窗户开了一条缝，一阵凉风吹来，他打了个激灵。

"又开窗户了，我刚拖干净的地，外面刮风，全是煤灰！"杜穆伟的爱人林晓芬在卧室拖地，听到客厅的窗户响就叫唤了起来。

杜穆伟瓮声瓮气地说："太热了。"

"你都快一丝不挂了，还热。你不会睡阴面的凉房子去啊！"

杜穆伟不想在林晓芬好不容易休息的周末和她发生不愉快，他趿拉趿拉地去了书房。杜穆伟是新婚，只是他结婚的时候年龄着实不小，已经四十有二，而林晓芬也是大龄女青年，在本市最牛的医院工作，各种原因就把自己放到了四十还没成家。杜穆伟看中林晓芬就是看上了她的经济独立，工作稳定，没拖累。现在的男人和女人一样，都想过轻松的生活，找个有拖油瓶的，能不能当个好后爸暂且不说，这家庭的负担就够自己喝一壶。

遇到杜穆伟，林晓芬显得有点迫不及待。她不能再耽搁了，最近别人给她介绍的基本都是二婚，就连年龄也是一天天见长。林晓芬对于两个人年龄差的极限就是五岁，人过了三十，异性之间年龄差距太大，方方面面都存在着隐形问题，许多人过到一起了才发现，可这时候除了忍耐，也没别的办法。

结婚的新房是林晓芬的，他们医院去年集资分的，今年年初拿到了钥匙，装修也是林晓芬自己装的，因为那时候还没认识杜穆伟。等到认识杜穆伟的时候，房子已经基本装修结束，在晾味道。杜穆伟是林晓芬家的亲戚介绍的，亲戚和杜穆伟的父母是世交，对他家的情况比较了解。很早的时候杜穆伟的父亲就病故了，杜穆伟的母亲含辛茹苦地把他拉扯大。

林晓芬认识杜穆伟的时候，杜穆伟的母亲已经改嫁，他自己一个人住在一个小房子里。

杜穆伟在一次饭后，邀请林晓芬去他家喝茶。林晓芬起先有点犹豫，后来想看了他的家就能知道他的生活习惯，于是带着窥探的心思，随杜穆伟去了他家。

杜穆伟的家很小，但是他布置得很得体很温馨，有着他这个年龄段男人该有的对生活品质的追求。林晓芬默默地观察了一下细节，发现杜穆伟似乎有点轻微洁癖，家里可以说纤尘不染。杜穆伟有一个很上档次的硕大的茶台，整个客厅都围绕着这个茶台展开。杜穆伟要烧水泡茶，林晓芬拦住了，说："我喝了茶晚上睡不着。"杜穆伟愣了一下，不就是来喝茶的吗？很快，他说："那我们来点红酒，我这有一瓶极品红酒。"杜穆伟说着拉开了冰箱，林晓芬看了冰箱里的东西不禁暗自发笑，冰箱里有一溜溜码得整整齐齐的红酒。杜穆伟回头见林晓芬盯着冰箱看，有点不好意思地说："我晚上习惯喝一点红酒睡觉，经常去买很麻烦，就托朋友从厂家直接批发了一些过来。"林晓芬在这一刻认定了杜穆伟这个人，因为她的冰箱也大致如此，只是偶尔多一些母亲带来的饭菜而已，这说明他们都属于晚上习惯在家窝着的人，即使寂寞也是自己独醉。一个人能习惯独处，是很不容易的。

2

　　杜穆伟的条件可以说是林晓芬交往过的男人里面不上不下的那一种。杜穆伟论长相不难看，身材也没有发福的迹象，只是肚子微微有一点凸起，这个年龄段的男人已经很好了。让林晓芬琢磨不透的是他的收入来源，杜穆伟二十来岁就去了南方，在南方一待就是十多年，他自己说这些年炒过房子，开过厂子，曾经身价不菲，可是又迅速地鸡飞蛋打，鸡怎么飞的蛋怎么打的，他没说。不过他和朋友喝多了聊天时说当年一晚上在KTV开十万块钱的洋酒，她也就大概明白了他的钱都是怎么没了的。荒淫无度，这是林晓芬脑海里跳出的第一个词。

　　杜穆伟看着有点老实，黑脸膛，但给人贼气很浓、不踏实感觉的就是他的眼睛，小眼睛狡黠得像狐狸眼。看他的穿戴、花钱的出手、日常的需求，林晓芬知道这个男人很注重生活的质量，可那钱又不知道从哪来，因为他整天在家游手好闲，没见他出门工作过，但一点一滴的用度上却从没见节省过。也可能是这些年攒的一点老本吧。那一天杜穆伟接电话时说最近股票涨了点，进的不多，几万块。林晓芬算算，也大概就是和她交往的这段时间的花销。炒股挣钱可能是南方特色，她隐约记得介绍人说杜穆伟的第一桶金就是在投资公司赚到的。

　　林晓芬在本市最牛的医院工作，长得也算中不溜，年轻的时候因为生机勃勃，活力足，在科室也是追求者甚多。那时候，她在科室处了一个男朋友，两个人感情很好，都基本到谈婚论嫁的程度了，可巧的是当时医院给了科室一个出国深造的名额，谁想到这好运竟然降临到林晓芬的男朋友身上。公派出国，对于公立医院的大夫来说，是梦寐以求的事，他们俩丝毫没有分别的痛苦和无奈。出国的前一天，林晓芬给他送了自己一生最宝贵的礼物——她的处女之身。这也是让林晓芬悔恨终身的第一件事。

男友出国一个多月的时候，林晓芬发现自己怀孕了，她本来怀着激动的心情打了越洋电话给男友，结果，男友并没有她所预想的那样欣喜若狂，而是说了一大堆的大道理，总结成一句话就是：现在不是结婚要孩子的时候，打了吧。林晓芬当头被浇了一瓢冷水，但事后，她又安慰自己，替男友开脱。林晓芬本身是大夫，深知第一胎就做流产的不良后果，可她总不能莫名其妙地就大着肚子生孩子吧。林晓芬趁着休息时间，偷偷去了一个私立医院。这是让她悔恨终身的第二件事。在这里，大夫造成了她大出血，在处理的过程中又是错漏百出，最后的最后林晓芬捡了一条命回来，却永远失去了做母亲的权利。

林晓芬当时连和医院闹一闹的心情都没有，她感觉自己已经死了。回到家，她躺了很久，修养了很长一段时间才去上班，这期间，男友打来过一次电话，林晓芬给他讲了所发生的事，他在那头长长地叹了一口气，嘱咐她好好休养，不要想太多，之后就再没来过电话。

再后来，男友给她发了一个信息，简单地说，就是他是家中独子，不能没有孩子。那段生命中最灰暗最可怕的时光，她是怎么熬过来的？她拼了命地工作，在领导同事那里是最好的员工，在病人跟前是最敬业的大夫，从那时候起，她渐渐地成了科室里的技术能手，中流砥柱。出国的男友再也没有在科室出现过，听同事讲，他给单位赔了一笔钱，在国外安了家，留在国外了。这样也好，林晓芬有时候想，要是他回来，自己会怎么做呢？

3

周围的同事有了解她和男友的情况的，一边痛骂这个渣男，一边张罗着给林晓芬介绍对象。从那时起，林晓芬就开始了漫长的相亲之路。其中也有过几次短暂的相处，最后对方都因为她坚决不要孩子而打了退堂鼓，他们认为林晓芬太独。哪有女人不想要孩子的呢？只有一人很敏感地问她："你是不是有病？"林晓芬说："你才有病！"说罢扭头扬长而去，离开的一瞬间她第一次想到死。

杜穆伟让林晓芬心动和迫不及待的一个根本原因就是，杜穆伟不想要孩子，他说两个人过日子简单快乐，再加上杜穆伟的年龄、长相各方面也都算不错，她更得抓紧了这根看似可以救命的稻草。至于杜穆伟在经济能力上的差强人意，她也想开了，杜穆伟要是有钱，会考虑她这个四十的老女人吗？这一点一想通，林晓芬的表现就变得主动又积极。

4

杜穆伟躺在书房的沙发上，这里比客厅凉快一些，只是沙发有点狭小，不是那么舒服。这是他们的婚房，也是实打实的新房，今年第一年通暖气。鬼知道暖气公司怎么想的，把屋子烧得滚烫滚烫的，温度计显示室温三十度。杜穆伟就像在澡堂子一样几近光着，还是不住地冒汗，以前也没这么怕热啊。想想在南方的那些年，那是真的热啊，刚去的时候，条件很差，住的地方没有空调，杜穆伟就一宿一宿地在公司住，因为公司有空调。老板不知内情，总是表扬他干活踏实。

在南方待了这么多年，杜穆伟回到家乡的第一个不适应就是干燥，每天他都觉得自己的脸干巴巴的，浑身皮肤紧绷绷的，还到处痒痒，搞得他得不停地挠，不知情的人见了以为他有皮肤病，看他的眼神都怪异得很。后来，他发现每晚喝一点红酒好像就会好一些，身上就没有那种刺挠的感觉。现在他已经能适应这里的干燥和风沙了，毕竟是从小生活了二十多年的地方。杜穆伟摸着肥腻的肚子，心想胖了可能就怕热了。这个时候，林晓芬拖地拖到了书房，看了一眼杜穆伟，想起了最近网上流行的中年油腻男，不由得深深地叹了一口气。杜穆伟微闭着眼睛，假装睡着了，他不想问林晓芬为什么叹气，因为结婚一个月后她就开始这么叹气了。

杜穆伟认识林晓芬的时候，并没有奔着结婚去。他也是碍于母亲的压力和世交的盛情，才去应付一下林晓芬。杜穆伟其实很享受当时的单身生活。他知道自己在别人眼里是不务正业的浪荡子，他不会介意别人的看法，可是他的母亲会。回到家乡后，周围都是熟悉的人，对于杜穆伟还没有成家这事，大家都是既惊讶又着急，纷纷说成家立业，他该成家了。那言下之意就是他这些年也没立个业，至少得成个家吧。杜穆伟越来越不喜欢去母亲家吃饭，宁肯自己做，也不去母亲家。

去见林晓芬是母亲把杜穆伟堵在家里敲定的。老太太声泪俱下，一边感慨自己命苦，一边骂杜穆伟不孝顺，最后说到了自己死后，"我死了，下去见到你父亲也没脸给他交代啊……"杜穆伟最怕的就是母亲用父亲来刺激他，他想如果不是父亲早逝，他的人生或许是另外一番模样。他赶紧说："我去，我去见还不行吗?"

杜穆伟待的南方城市是特区，经济确实走在其他城市的前列，在那里，杜穆伟才知道了什么叫有钱，在他们公司大楼的地下停车场里，杜穆伟见识了全世界的豪车。因为他们公司所在的办公楼，可以说是这个城市中心的中心。

就像汪峰的歌里唱的：我在这里欢笑，我在这里哭泣，我在这里活着，也在这儿死去……这个城市见证了他最好的青春岁月、他的荒唐、他的努力、他的机遇、他的爱情，等等。这个城市也给了他致命的一击，让他在一刹那决定离开，永远离开。

杜穆伟在南方的这些年交了几个过命的朋友，李想是其中的一个。李想是当地人，家里条件一般，但至少他不用租房。杜穆伟和李想在一个公司共事过，他去的时候李想已经是老总的左膀右臂，大家都喊他李哥。后来在一次做项目时，杜穆伟出了大纰漏，害得公司丢掉了即将到手的项目。公司老总大发雷霆，李想出面替杜穆伟扛了雷，杜穆伟才得以在公司继续立足，而李想却损失了一年的年终奖，一笔不少的钱。从那以后李想和杜穆伟就走得比较近，他们称兄道弟，友情一天天加深。后来，杜穆伟想，成就他俩友情的是他们共同的特点——讲义气，他俩都崇拜义薄云天的人物。当然，后来把他俩搞得万劫不复的也是因为讲义气。

杜穆伟后来辞职出来单干，和李想的感情却从没有因为距离而淡薄。他们一起做过的事真是可以写一部跌宕起伏的都市小说。有一段时间，李想突然消失了，杜穆伟怎么也找不到他，搞得杜穆伟很紧张，因为这是不可能发生的事情，除非李想出意外了。杜穆伟托公安局的朋友四处打听，得到的信息是，李想的手机定位在云南那一带，只不过每次杜穆伟打电话时，都那么凑巧地关机了。杜穆伟后来也渐渐地放弃了寻找，只要他活着就行。

6

李想再次出现在杜穆伟眼前时，杜穆伟想，这孙子怎么老成这样了。李想没具体说自己都经历了什么，但杜穆伟从他的状态看，他一定过得不好。杜穆伟有些难过，为什么有困难也不告诉他呢？李想在和杜穆伟喝得酒酣耳热的时候，对杜穆伟说："兄弟，哥这次出去经历了千难万险才搞定了一个好项目，事成之后，你我就不用再奋斗了。"杜穆伟听了很激动，猛喝了一大杯酒说："哥，我就知道有好事，你想着我呢，要兄弟做什么？你说！"李想说："不用你花一分钱，你只要给哥借一下你的资质就行，哥不是没有独立的公司吗。""那没问题！"

那天的事情在杜穆伟的记忆里是一段一段的片段，自己怎么在李想给的合同上签了字，那天公司的公章怎么鬼使神差地也带在他身上，啪啪啪，大红的章子也盖齐了。第二天，杜穆伟酒醒了，李想已经不见了，打电话又关机了。杜穆伟当时想，难道见鬼了？两个月后，再次找杜穆伟的就是警察了。警察给他看了一份合同，问："这个签名是你的吗？他仔细看了看，确实是，他自己的签名曾经找人设计过，是个独一无二的签名，自己也是苦练了好久才到了炉火纯青的地步。"那你再看看这个公章是你们公司的吗？"杜穆伟一下子想起了李想，他看了一眼章子就问警察："李想出事了吗？"

"李想跑了。"

"为什么？"

"你不知道原因？"

"不知道。"

"那这个合同你知道吗?"

"这个字确实是我签的,章也是我公司的,那天我喝多了,合同具体内容确实不知道。"

……

警察同志把杜穆伟盘问了一遍又一遍,最后确定他对内幕并不知情,才告诉他发生了什么。原来李想用他签了字的合同,打着他和公司的旗号,在外面用高利息集资敛财,等到付不出利息的时候就一把卷走了所有的集资款,跑了。

"那我能做什么呢?"杜穆伟已经蒙圈了,他意识到自己被卷进了一个巨大的漩涡。

"鉴于你并不知情,也从没参与其中的情况,摆在你面前的路有两条,一条路是给所有集资人还清欠款,一条路是不还钱去坐牢。"

"凭什么要我承担呢?"

"因为从头到尾只有你的签字和你公司的公章,李想说到底是替你办事的走卒,你不承担谁承担?"

杜穆伟在拘留所待了两天就赶紧同意了警察说的第一条路——还钱。拘留所就像人间地狱一般,进来的都是些社会上打架斗殴、寻衅滋事的渣滓,看人的眼神都带着杀气,仿佛时刻准备着与人决一死战。

从拘留所出来,杜穆伟把公司清了盘,卖了车,卖了房,卖了手里所有值钱的东西,还用了母亲的养老钱才算摆平这件事。母亲说:"不能就这么算了,你得去李想家看看到底怎么回事。"

杜穆伟听了母亲的话,去了李想家,没想到,李想家已经从城里搬回了老宅子。杜穆伟知道,那个房子又旧又偏,很不便利。杜穆伟打了车,又去了老宅,接待他的是李想的父亲,一段时间没见,老人家苍老得厉害。

"想儿欠你钱了？"

"没有，伯父，李想让我来看看你们。"

"你告诉他，我们好得很，托他的福，还没死。"老人家突然间就生气了。

"出什么事了吗？伯父，我可以帮忙的。"

"唉，家门不幸啊。这个畜生染上了赌博，还吸毒，到处欠债，我们把房子卖了给他还债都不够啊……"杜穆伟明白了为什么李想消失的那段时间，手机定位是在云南一带，为什么李想要背信弃义骗他个倾家荡产……赌博和吸毒，这两个致命的恶习同时落在一个人身上，就是再理智再讲义气的人也会变成一个六亲不认的畜生。在这个灯红酒绿、充满竞争与压力的城市，杜穆伟对这样的事是听说过的，但是发生在自己身上还是第一次。

这个城市第一次让杜穆伟觉得冷彻骨髓。

7

杜穆伟离开李想家时，本来说好等他的出租车不见了踪影。他没力气再去骂骂咧咧，感觉自己的身体像踩在棉花上悬空了一般摇来晃去。走了好久，他终于打到了车。回到家，杜穆伟倒头在床上睡了几天几夜。他在这个城市奔波奋斗了半辈子的积蓄，一夜之间全没了，什么都没了。

是母亲的电话唤醒了他。他想，自己得活着，活着才有其他的可能。

母亲没有听出他在电话里的虚弱，她问他："你叔叔这里有个工程，你愿不愿意做？"叔叔就是他的继父。对于母亲再婚，他没反对，但从骨子里还是排斥的。他总是避免和他们在一起，通常都是母亲来看他。但母亲应该过得不错，至少比先前的日子胖了些。这次母亲他们也想到了他的山穷水尽，才会叫他回去。他不想再让母亲担心，也确实不想再待在这个城市，便应了她。

斯时斯地，杜穆伟身边有一个女人，自从他出了事，她就一阵风一样飘散了。较为仁义的是，她只带走了属于她的东西，杜穆伟的钱她倒是没动，冲这点，杜穆伟对她心存了一点感激，是她令他觉得这个城市还有温暖。他甚至想，李想要不是走投无路也不会这样出卖他，不知道他现在怎么样了。

杜穆伟没有衣锦还乡，他不会让其他人知道自己现在的处境。他每年都会回到家乡，因为父亲的坟在这里。在这里，有很多同学、好朋友、发小，毕竟他离开这里的时候已经二十五岁了。这些年过去，留在这里的都有了家庭、孩子和赖以生存的工作。每次他回来，都会张罗着聚一聚，聊一聊，几顿酒饭钱他根本没放在眼里。

回来后，母亲已经给他收拾好了一切。除了些衣物，他还带回了他在那喝茶的茶具茶台，喝茶与饮酒已经是他生命的一部分。做工程不过是个托词，他在这方面并不在行。母亲给了他一张卡，说上面有十万块，让他做炒股的本金。她说："你是不会出去找工作的，就这点本钱，你好好做，自己养活自己，妈能做的就这些了。"杜穆伟没法推辞这点钱，目前他确实需要本钱翻身。

有了这点钱，杜穆伟足不出户，分析股票行情，刚开始还不错，后来就赚得很少，他算了算一个月赚的也足够生活。渐渐地，他又堕落了，家乡的生活节奏比特区慢多了，物价也便宜，他开始呼朋唤友，又开始了以前那种大手大脚的日子。有些伤痛没有人提，随着日子的流逝，就会慢慢结痂，愈合。尤其对于杜穆伟这种不在乎钱的人来讲，因为钱造成的伤害会以最快的速度复原。

8

自己怎么就结婚了呢？

杜穆伟躺在沙发上，有点沮丧。他觉得有些亏欠林晓芬，婚姻生活真的不适合他。他在享受林晓芬的照顾的同时，却时时在想着怎么离开她。他有洁癖，喜欢家里洁净温馨，他本以为林晓芬是个大夫，这方面会和他一致，却不知林晓芬只是表面井井有条，只会无休止地拖地擦家具，并不会去营造一个家。他愿意摆弄一点花花草草，养一些鱼，随心捡几块自己看来造型独特的石头，回来使劲地刷干净，再买一个昂贵的摆台，把它摆好；喜欢淘换一点字画，不是什么收藏之类，就是单纯的喜欢。这一切在林晓芬的眼里都是老年人该做的事，都是玩物丧志。有一次，他不在家，林晓芬突然来了兴致，给鱼缸撒鱼食，逗鱼儿玩。等他回来的时候，发现半袋子鱼食没了，问林晓芬，林晓芬说她就喜欢看鱼儿们抢食的场面，像极了这个弱肉强食的社会。杜穆伟心里一凛，这女人太冷了。第二天，杜穆伟的宝贝鱼有一大半都翻了肚皮，全撑死了。看着漂在水面那些圆鼓鼓的鱼肚，杜穆伟恨得牙痒痒，也哀叹鱼儿的不争气，干吗那么贪心枉送了性命。林晓芬看了一眼鱼儿们，对杜穆伟说，能吃也是个本事，有本事才能活着。杜穆伟知道她这是指鱼骂他呢，在林晓芬眼里杜穆伟就是个混吃等死的主儿。杜穆伟没心思和林晓芬斗嘴皮子。他得把这些牺牲了的鱼儿葬了去，活着被人玩弄，死后总得有点尊严吧。

杜穆伟其实在结婚的头一天是想逃走来着。他已经订好了机票，可是他的老母亲好像预感到了这一点，寸步不离地跟着他，真是知子莫若母啊。杜穆伟是在母亲让他给自己染头发的时候决定不走了的。后来他想，这也许是母亲的高明之处。看着银发丛生的母亲，杜穆伟再怎么不情愿也会打起精神来把这个婚结了。婚后的日子和他想象的差不多，对这种生活的厌倦也在他的预料之中。

杜穆伟天天都在想着怎么逃走的时候，他的手机响了，这个号码既熟悉又陌生，他接了起来，对面只传来一声咳嗽，他就知道是李想。电话里李想有气无力，说要见他，他们约好了见面地点。挂了电话，杜穆伟才想起怎么没怒斥李想一顿，还有李想怎么知道他回来了。

见了面一切就明了了。

9

李想约他见面的地点是他以前带李想回家乡游玩时去的一个烧烤店。这么多年过去，店面经历了几次重装，凭着过硬的味道和合适的价格，依然在全市的餐饮业内傲然独立。

杜穆伟见到李想的那一刻，心就被扯了起来。李想胡子拉碴，骨瘦如柴地坐在轮椅里，和他相仿的年纪，看起来更像他的父亲，还是病重时的父亲。是的，这个模样的李想，就是当年被肝癌深深折磨的父亲的形象，满面枯槁，浑身只有皮和骨头，成天窝在轮椅里被疼痛折磨得缩成一个核桃。这样的李想让杜穆伟怎么骂得出口呢？

杜穆伟落座后，看着李想说："怎么成这样了？"

李想没有回答他的问话，而是招呼站在轮椅旁的一个女孩："小君，这就是我给你说的——杜哥。"

"杜哥好。"女孩的声音很温柔，比林晓芬的好听。这是杜穆伟的第一印象。再仔细打量女孩，长得也算眉清目秀，就是身形有些不对劲，肚子明显又大又凸，和她清瘦的脸面不太协调。怀孕了，杜穆伟一激灵，反应了过来。

这次见面，可以说是李想的临终托孤。对过去，李想没有提，杜穆伟也不想问了。现在的局面就是李想还能活一个月，而女孩怀了他的骨肉，女孩是孤儿，没有地方投奔。李想的父母年迈体弱，没有能力管这娘儿俩。李想喘着气说："我这辈子就你这一个兄弟，我欠你的，下辈子还，替我照顾他们。"杜穆伟想拒绝，可是那个"不"字哽在喉咙里说不出来。最后，他点了点头。

一个月后，他和女孩送走了李想。按李想的要求，把他的骨灰撒在了黄河里，他喜欢自由自在。

10

李想走后，杜穆伟退了他们租的招待所的房子，把女孩安排到了他之前住的小房子里。女孩很懂事，从不提要求，都是杜穆伟过去看她，发现什么没有了就赶紧买回来。那天，杜穆伟又去看她，女孩第一次对他提了要求，就是她该做产检了。杜穆伟从没有这方面的经验，赶紧请教了当医生的朋友，朋友还以为林晓芬怀孕了，热心地帮他搞定了一切。

接下来的日子，杜穆伟就充当起了一个临时爱人和父亲的身份，医院里的人都以为他们是两口子。过了一段时间，连杜穆伟也习惯并喜欢上了这个身份。尤其是有一次，女孩兴奋地对他喊："杜哥，你来听，来听，孩子踢我了。"杜穆伟也没忌讳，高兴地趴在女孩的肚皮上听。哎呀，真奇妙啊，他竟然听到了孩子的心跳声，还有小脚丫好像踢到他脸上的感觉也让他心里一揪一揪的，酸酸的，想哭。

从那以后，杜穆伟就常常泡在这娘儿俩身边，给他们做好吃的，讲胎教故事，陪着去医院做检查……日子过得忙碌而充实。

等到林晓芬发现杜穆伟的反常的时候，一切都来不及了。

林晓芬天天忙工作，她以为杜穆伟天天出去和狐朋狗友玩乐，心里还在想，玩就玩吧，自己落个清静。直到那天在医院，林晓芬碰见了带女孩做产检的杜穆伟，看着杜穆伟对女孩的呵护，和从没对她绽放过的笑颜，林晓芬的心一下子冰凉冰凉的，她连上前质问杜穆伟的勇气都没有，转身离开了。

杜穆伟看见了林晓芬的背影，他不知道林晓芬看见他没有。回到家，林晓芬的脸色不好看，杜穆伟想在医院她是看见他了。于是，杜穆伟给林晓芬讲了他和李想之间的故事。到最后，林晓芬只说了一句："你以后打算怎么过?"杜穆伟愣了一会儿，说："你实在太冷了。"

11

离开家的杜穆伟并没像林晓芬想的去了那个女孩那里。杜穆伟去了楼下的网吧打游戏，很多年前的杜穆伟曾经日夜泡在网吧里打游戏，靠卖游戏装备维持着基本生活。当时杜穆伟和他的初恋女友在一起，女友很温柔体贴，家境也很殷实，他们都没有考上大学，女友听从家里的安排有了一份安定的工作。杜穆伟从离开学校就没有安分过，各种行当都尝试过，挣的钱也就够自己糊口，女友没有嫌弃过他，一直在明里暗里帮助他。他也是被家里宠坏了，随性而为，有一次被人带去网吧打游戏，就迷上了，从此恨不得吃、住都在网吧里。女友为此和他吵过好多次架，闹过很多次分手，他每一次都把她哄了回来。直到有一次，女友的父亲过生日，那天他正在打一个关键装备，就让女友先去饭店，他随后到。女友坐在他旁边的座位上，沉默了一会儿，对他说："你别后悔。"当时他以为女友是吓唬他，等到他终于打下了那个装备，联系女友去哪家饭店的时候，女友的小灵通关机了。他怎么也想不起女友说的是哪家饭店。

后来，他再见到女友的时候，她告诉他，她要结婚了，对方是家里安排的，她不能再和他这样耗下去了，她耗不起了。

尽管他使尽浑身解数，女友还是嫁人了，可惜新郎不是他。那时，杜穆伟也度过了一段人不人鬼不鬼的日子，天天打游戏，边打边喝酒，喝醉了就窝在沙发里睡觉，醒了继续打继续喝。就这样过了几个月，母亲到网吧找到他，告诉他，父亲得了肝癌，杜穆伟才又活回了现实。

在高昂的医药费的压力下，他天天拼了命地挣钱，卖了准备结婚的房子，虽然耗尽家财，耗尽人力，最后父亲还是走了。

父亲走了，杜穆伟感觉自己像被抽走了筋骨，软塌塌的，在床上昏睡了几天几夜。昏沉间，他仿佛看见父亲坐在他的床边，用从未有过的慈祥眼神看着他说："谁都可以瞧不起你，你自己要瞧得起自己。"他想要抓住父亲的手，父亲却刷地一下不见了。杜穆伟醒来只看见坐在床边默默流泪的母亲。他想起了在父亲病床边的日日夜夜，那些为了医药费熬煎得满嘴泡的日子，还有身旁的那些病友，一个家因为一场大病变得一贫如洗，大家脸上都是阴云密布，动不动就看见在走廊里一个大男人闷着头哭鼻子，女人都熬得黄皮寡瘦，满脸的褶皱，一份像样的饭菜也不敢要，天天吃馒头喝开水……

"我要发财。"这是杜穆伟的心声。

第二天，杜穆伟告别母亲，去了南方打拼。

12

林晓芬待在黑乎乎的房间里，想着杜穆伟临走扔下的那句话：你实在太冷了。这句话不止一个人对她说过，她都不以为意。今天从杜穆伟的嘴里说出来，林晓芬的心坠入了万丈冰渊。许多年都没有流过一滴泪的林晓芬，此时泪水滂沱。

"龟儿子来电话了，龟儿子来电话了，龟儿子来电话了……"是杜穆伟的手机在响，他忘带手机了。铃声毫不气馁，一遍又一遍地响着。最后林晓芬接了电话，"杜哥，你快来呀，我在楼下被电动车撞了，电动车跑了，我回到家肚子疼得厉害……""我不是你杜哥，你杜哥死了！"林晓芬狠狠地挂了电话。坐在沙发上，林晓芬不再那么难受，可又很不安。作为大夫，她知道孕妇的肚子疼意味着什么，而且就那天在医院看到的情形，她的月份也不小了。

直到今天，林晓芬自己也想不明白当初是什么驱使自己去了那个女人住的地方，那个曾经让她认定了杜穆伟这个人，并且留下过美好回忆的小窝。她用自己的专业知识安抚了她，以最快的速度送她去了医院。胎位有点不正，三轮车撞的还是肚子，孩子受到了冲击，最稳妥的办法就是做手术，这样孩子还有幸存的希望，否则后果医生也不能保证。做手术就意味着要签字，林晓芬没有犹豫地签上了自己的名字，手术室门关上的那一刻她才想到这个签字也许会给自己带来麻烦。

13

杜穆伟赶到医院的时候，李想的儿子已经出生了，母子平安。

杜穆伟看着床头柜上摆满了孕妇和孩子需要的东西，还有一个在床边照顾孕妇的月嫂，心里对林晓芬又感激又内疚又佩服，如果换了他，肯定不会有这么好的涵养，更不可能这么细心周到。月嫂很热情，一见到杜穆伟就说个不停："你是她爱人吧，我是林大夫请来的，说是她表妹，就算不是林大夫的表妹我也会好好照顾的。林大夫是好人啊，当初我们孩子爹病了，续不上药费，是林大夫担保，我们才把病看好的，她还介绍我做月嫂，现在我一个月就挣五六千，还包吃包住，家里条件现在好多了。你爱人的这个月子啊，我不要钱，我要好好还一还林大夫的情……"

　　"大姐，他不是我爱人，他是林大夫的爱人。"这个时候，一直睡着的产妇醒了。

　　"是吗？哎哟，恩公啊……"

　　一声"恩公"把杜穆伟叫得浑身发毛，他赶紧问候了一下产妇，看自己也帮不上什么忙，这个月嫂又是来报恩的，他就很放心地离开了医院。

　　回家路上，杜穆伟想，他一点儿也不了解林晓芬，到今天，他好像都没搞清楚她的喜好，就连最简单的她爱吃什么都不知道，至于她在单位做了什么事就像遥远的星空一样渺茫。他想起了林晓芬点点滴滴对自己的好，他想她还是爱他的，而自己只是没有那么爱，但也不是一点不爱。

　　回到家，杜穆伟做了几个小菜，开了一瓶红酒，静静等待着林晓芬。

　　林晓芬开门看见坐在餐桌边的杜穆伟，像往常一样换了衣服，洗了手，也很安静地坐到了餐桌的另一边。

　　那一天他两喝了多少酒不记得了，说了多少话不记得了，做了多少疯狂的事不记得了……

只是醒来后才知道他们是相拥而眠的，依旧无话。

14

接到月嫂的电话，他和林晓芬赶到了以前的小窝。

月嫂抱着孩子，手里捏着一封信在地上转圈圈。见到他们，一把把信塞给林晓芬，急得话都说不出来。信是女孩留下的：

杜哥、嫂子：

当你们看到这封信的时候，我已经离开了这个地方。感谢你们这段时间对我像亲人一样的照顾，我不想再给你们的生活增加任何的负担和不愉快。这个孩子当初我是不想要的，可是李哥跪着求我给他留个后，我看他可怜就答应了，而且他对我也不薄。来了这里，杜哥对我也很照顾，为此和嫂子也搞得不开心。嫂子宽容大度，救了我们娘儿俩的命，还找了月嫂照顾我们。在和月嫂相处的日子里，我天天听她讲嫂子的事，知道嫂子是天底下最善良的大夫和最好的女人。我是一个孤儿，从小没有父母的疼爱，我不想我的孩子也像我一样生活在一个残缺的家庭里。我走了，把孩子留给杜哥和嫂子，我相信你们能让他成为最幸福的孩子，会给他最完整最好的爱。请原谅我的自私，祝杜哥和杜嫂子白头偕老，幸福永远。

杜穆伟看完信，对林晓芬说："我去车站找找！"

"别找了。大姐，把孩子给我，你收拾东西，一会儿和我们去我家。"

孩子的到来，打破了他们之前刚刚营造好的二人世界，现在的他们每一分每一秒都在围绕着孩子转。月嫂大姐教了他们一段时间后，又去别人家干了，毕竟她还有一个家要养。杜穆伟的母亲听说他们抱养了李想的孩子，很不满意，在电话里把杜穆伟一通数落："好好儿的，自己不生一个，非要养别人的孩子，还是害得你穷途末路的仇人的孩子……"杜穆伟怀里抱着孩子，孩子一直不停地哭，他又不敢放下母亲的电话，担心老太太更生气。

"孩子是不是饿了？一直哭个不停。"

"哦，对，妈，那我先挂了给他冲奶粉去。"

林晓芬上班后，杜穆伟就在家带孩子，看着在月嫂手里乖乖爽爽的孩子，到了他手里就哭闹个不停，一会儿尿了，一会儿拉了，一会儿饿了……他就恨不得自己变成蜘蛛，到处是手脚，可以做这做那。家里现在乱成一团，他也没精力去收拾，他想什么洁癖不洁癖，还是以前太闲了。以前的他不熬个三更半夜睡不着觉，现在他坐在沙发上洗脚，手里还捏着一只袜子，另一只都没脱，就睡着了。林晓芬下了班，也是忙忙碌碌地帮着他，可他知道医院的那一摊子已经够她喝一壶了，说什么也不能让她再熬夜带孩子，更何况这个孩子还是自己招来的。当初结婚的时候答应林晓芬不要孩子，现在已经违背了承诺，杜穆伟不好意思再拖累林晓芬，更重要的是他心疼林晓芬太累了，这让他也觉得颇为惊讶。

15

看着杜穆伟天天没日没夜地领孩子，林晓芬心里也不是滋味。那么放浪形骸的一个人，现在天天洗尿布、冲奶粉、给孩子洗澡、做饭、洗衣服、收拾屋子……换了自己恐怕也会有崩溃的一天。

林晓芬提出找个保姆，杜穆伟拒绝了。他自己没有什么收入，已经天天吃闲饭了，再雇个保姆，就算林晓芬工资再高，也会大大地影响他们的生活质量。有了孩子以后才知道，以前听人家讲的养孩子费钱是真的。之前总以为他们是借孩子哭穷，一个小屁孩能花多少！有了这小家伙以后，他才知道，小屁孩的每一举每一动都是要花钱的，而且要用好的、环保的、健康的、无害的、益智的……

林晓芬明白杜穆伟不好意思再花她的钱请保姆，那天在单位她灵光一闪，想到了杜穆伟的母亲，老太太对他们抱养孩子有意见，一直也没来家里看过，他们也忙得顾不上去看老太太。算一算，也有几个月没见老太太了。老人嘛，见了孙子，就算不是亲的，也会心软的。林晓芬预料得没错，老太太见了他们耷拉着脸，可是一见到白白胖胖的小宝宝立马脸上开了花，尤其是会来事的老爷子说了一句"长得很像小伟嘛"，老太太眼里放了光，抱着孩子左看右看，说："还真是和我小伟小时候一模一样啊。"当晚，老太太就让他们和孩子都留下来，杜穆伟他们笑了，说得回去收拾点东西啊，这里孩子吃的用的啥也没有。老太太也乐了，说："那我和你们过去。"

一年又一年，李想的儿子，现在是杜穆伟的儿子，都该上小学了。

那天，杜穆伟领着儿子去小学报名，老远看着儿子一蹦一跳地向教室跑去，他想起他那个时候也是这样，父亲在远处站着，望着他蹦蹦跳跳地跑向教室，跑向远方……

浮世清欢

1

20180925，当高子健写下这串数字的时候，他已经守着肖梅的尸体二十四个小时了。现在他是杀人犯，他杀死了自己的妻子。高子健每天白天上班，晚上和肖梅躺在一张床上，他不停地对她说话。从他见到她的第一次起，已经十多年，近四千个日日夜夜，高子健第一次和肖梅说了这么多话，肖梅也是第一次没有反驳他，因为她是个死人，而他还活着。

2

肖梅长得好看，身材也好，唱歌好听，会弹一点钢琴。肖梅是家里的掌上明珠，学校里的宠儿。肖梅知道自己招人喜欢，她很享受这种喜欢。她对谁都不错，喜欢一大群人以她为中心的感觉。她表面随和，其实骨子里傲娇得很。

肖梅家境小康，父母把最好的都给了她，她也给父母脸上争了光添了彩。肖梅的母亲提起女儿浑身的肉都在笑，女儿的优秀让她体会了作为母亲的无上荣光。肖梅的父亲也一样，永远笑眯眯地随着肖梅转，女儿喊一声爸爸，他的眉毛就挑一挑，有一回参加婚礼，旁边的人说："老肖啊，有一天你也要拉着女儿的手走红地毯啊……"这位老肖同志听了这话竟然流泪了，他边抹眼泪边想着那一天永远别来，旁边的人惊讶地看着他，这个身高一米八几、体重近二百斤的壮汉竟然这么脆弱，真是让人难以置信。

高子健是转学生，高二来到肖梅班。高子健身形高大，长相有点像俄罗斯总统普京，据说在以前的学校，大家就喊他"小普京"。高子健坐在肖梅的后面，他从来不和肖梅主动说话，肖梅总感觉他连正眼都不看自己一眼，开始她以为高子健是羞涩，后来发现他是不屑于看她，也就是说他根本没把她看在眼里。这让肖梅感到沮丧，并激发了她内心深处的征服欲。肖梅开始每天都冲高子健甜美地微笑，换了其他男生，早都魂不守舍了，可是偏偏高子健看上去很淡定，只有在思考题目的时候才会皱起他棱角分明的脸，一副天下事唯读书而已的样子。肖梅就这样甜美地笑了一周，高子健还是丝毫未被打动，她心里的气啊，有家里的洋娃娃作证，她心爱的布娃娃现在已经有好几个遭受了凌迟之刑，变成了一绺绺的布条。母亲以为她是月经期的烦躁，冲父亲使眼色，两个人小心翼翼地服侍着心肝宝贝，一点儿也不和她计较。

肖梅内心深处的傲娇和倔强愣是被高子健的冷火苗燃起了熊熊火焰。肖梅不再和高子健来软的，她开始找他的茬。高子健坐在她后面，她不是嫌他腿长踢了凳子腿，就是嫌他太占地方桌子太靠前挤着她，但是不管她怎么找茬，高子健依旧是那副无所谓的样子。她提任何要求，他都会严格按照要求改了，让她没有借口继续；她怎么凶，他都不还嘴，就那么似有似无地看她一眼，透过他高挺的鼻梁，深邃的略有些发黄的眼珠，肖梅根本摸不到他的一点心思。他就像她的父亲一样包容她，但是又完全找不到父亲对她那种宠溺的眼神。他们之间只隔了一张课桌，在肖梅心里却好像隔了一座大山一片深海。

然而肖梅不知道的是高子健在用怎样的毅力压制着自己对肖梅的喜欢。从踏进教室门的那一刻，从高子健站在讲台上，老师介绍他这个转学生的时候，高子健居高临下地看着全班同学，肖梅那一瞬间不经意的微笑闯进了高子健的心里，高子健从那一刻就知道自己完了，阵地沦陷了。可是，高子健又为什么这么压抑自己的情感呢？因为他不敢，他不能。

高子健出身寒门，倒也不至于穷到上不起学，吃不起饭，和在座的同学比起来，他的家在乡下，父母是在城里租房子的打工者。他的父亲是个泥瓦工，母亲除照料他们的生活之外，也会跟着几个同乡做做家政，因为她有比较严重的糖尿病，所以父亲宁肯母亲在家做家务，也不愿她出去挣那一二百块钱。他让儿子给她算过一次账，结果母亲一个月出去做活挣的钱没抵得过她回来生病后买药的钱，渐渐地，母亲也对出去挣钱失去了信心，只有同乡实在缺人手的时候，她才搭把手。高子健父亲做的活计算是技术活，工资还行，就是很苦，从学会"披星戴月"这个成语时，高子健就觉得是为他父亲准备的，有一段时间高子健的网名就叫披星戴月。每个月高子健的父亲也可以挣好几千，可是刨去房租、水电费、伙食费、学费、药费等杂七杂八后，高子健的母亲那么会过日子，家里也还是捉襟见肘。高子健的爷爷奶奶还在乡下，高子健家里是三代单传，高子健的父亲还有三个姐姐，独生子女时代的高子健是真正的独苗苗。高子健的奶奶在没有高子健的父亲的时候，在家里受了无数的气，这在农村，在那个时代都是很平常的事，没人觉得奶奶委屈，连她自己也没觉得有什么不公平，相反的，当高子健的父亲出生后，他奶奶才松了一口气，觉得自己的罪孽总算还完了。逆来顺受，在那个时代的女性身上，并不代表着不幸福，而是一种生活态度，这种生活态度是不需谁去刻意教化的，那种天然的来自胎里的一部分，以及从小到大耳濡目染融入骨子里的一部分，慢慢地就形成了她们对人生、对生活的态度。她们通常很少抱怨生活的不公，常常归咎于自己的命不好，她们在家庭里都是默默无闻的付出者，老人们总是说："宁死当官的爹，不死讨饭的娘。"母亲在家庭中的地位是无可取代的，一个没有女人主持的家基本都是脏乱不堪的，日子也是相对混乱的。

高子健的父亲是爷爷奶奶唯一的儿子，在农村，养儿防老是约定俗成的古训。"嫁出去的女儿泼出去的水""一个女儿半个贼"，意思就是女儿出嫁了，回娘家来不顺点东西回去就是好的了。高子健的姑姑们倒也不至于如此，但是她们也都生活在乡下，各自上有老下有小，个个都是一大家子人，对于父母也只能是逢年过节看望看望。爷爷早都不下田了，把地租给别人，每年收一点微薄的租金。奶奶的身子骨还算好，能喂几只鸡，能照顾她和爷爷的生活起居，这二老倒还没有高子健的母亲——他们的儿媳妇进医院频繁。高子健的父亲除每年固定给二老一些钱之外，他们再也没太拖累什么，倒是奶奶养的几只鸡下的蛋，大部分都进了孙子的胃里，对高子健这个独苗苗，爷爷奶奶那是当命一样地爱着。

高子健有时候觉得自己像《平凡的世界》里的孙少平，可是又好像不像。他的父母无论自己怎么难熬，都会尽全力给他提供和城里孩子一样的物质生活。他的父亲总是穿着有些破烂的衬衣，而他总是穿着雪白的衬衫，校服也是干干净净的，球鞋虽说达不到耐克阿迪之类的国外品牌，却也是李宁安踏之类的国内牌子，他的口袋里也总会有那么点不多不少的零花钱，可以让他下课后，和同学到奶茶店喝一杯热饮，或者陪着女生吃一顿麻辣烫。所以，在同学的眼里，高子健是相对体面的一个男孩子，毕竟他的身高和长相就给他加了分，给了他额外的信心。高子健原本那些自卑的心理渐渐地被冲淡，他也开始有了这个年纪的男孩子该有的荷尔蒙梦。

　　在之前的学校，高子健和一个女生有了朦胧的感情。女生是高干出身，这是高子健从其他同学那听来的，好像她的父亲是教育厅的一个什么处长，其实处长也算不上高干，可是在高子健眼里那就是很大的官了。女生和肖梅一样，也很优秀，她和高子健的同桌是好朋友，而高子健和自己的同桌相处融洽得似兄妹，两个女生出去玩或者喝饮料，就会拉上高子健，渐渐地高子健和女生就有了朦胧的好感。他们开始很默契地把同桌避开，单独去图书馆借书，走很远的路去公园踩落叶，悄悄给对方的抽屉里塞一个对方爱吃的零食。晚上躺在自己那张简易的小床上时，高子健不再一沾枕头就着，女生的长发、女生的笑脸、女生和他嬉戏的场面一直在他的眼前播放，他常常要翻来覆去很久才能入睡。有时候第二天起来，发现自己的内裤是湿的，他的脸立刻红了，在学了生理卫生课之后，高子健知道这是一个正常男性都会有的事，可是他还是羞于让母亲发现。他会偷偷地换一个新内裤，把脏了的内裤塞起来，晚上回来洗澡的时候就洗了它，他对母亲说洗澡的时候顺手洗了，节约水。母亲也并没有对他的话有所怀疑，而是带着一点欣慰地冲他的父亲说："什么时候你也能让我这么省心呢？"他的父亲头也不抬地说："要你干啥？"

3

高子健的成绩开始下滑了。他上课的时候注意力很难集中，眼睛总在女生的身上游走；晚上做作业的时候，也很难集中精力，温习功课总是心不在焉，看了前面忘了后面，看了后面忘了前面。他想起老师在课堂上很严肃地给大家讲过早恋的危害，当时听了他觉得老师有点危言耸听，现在看来危害还是有的，首先就是他的成绩下滑得厉害。上周的数学小测验，老师旁敲侧击地批评了他，他羞得头都没敢抬起来。他开始恨自己的不成器，他答应过女生要做一个优秀的人，成绩却差成这样，男子汉大丈夫顶天立地，决不能食言。高子健的骨子里有着父辈身上传统的大男子主义思想，他父亲常对他说的一句话就是：男子汉大丈夫，吐口唾沫砸个钉，一定要说话算话。

于是高子健放学回家开始发奋学习，常常熬夜复习到很晚，早晨又早早起来背书，同桌喊他出去休闲一下，他也一概拒绝了。女生不知道高子健的心思，以为高子健有意疏远自己，她也是一个在家被宠大的小姐，对高子健莫名其妙的疏离气在心里却又抹不开面子问。巧的是，恰在此时，从外校转来了一个男生，像高子健一样高大帅气，还打得一手好篮球。他转学过来没几天，就对女生展开了追求，丝毫不顾及其他同学的眼光。高子健听其他同学讲，男生的母亲和女生的父亲是同事，他们小时候常在一起，后来上学因为住得相距很远就分开了。班里的同学对他们的关系传得越来越多，越来越神，开始的时候高子健很笃定女生对他的好感，可是后来他发现女生不再对他笑吟吟，目光开始追随着在篮球场来回飞奔的男生，高子健心里开始浮躁起来。

晚上回到家，高子健又没了学习的心劲，他想了好久，决定给女生写封信。高子健花了一晚上写了一封既含蓄又能表达心意的信，第二天，他满怀期待地把信放进了女生的抽屉。他看着女生把信收了起来，可她没有任何反应。下午放学的时候，高子健一直磨蹭到最后也没等到女生，他只好背了书包起身回家。在自行车棚，高子健被男生拦住了，他把信塞到了高子健怀里，说："以后别再给她写信了，她现在是我女朋友。"高子健的倔脾气上来了，冲男生说："你说了不算，让她自己来说！"男生讽刺地笑了，说："高子健，就你也配，你爸是个臭打工的，你家在山沟沟，我们两家从小就认识，我爸和他爸都是当官的，门当户对，你懂不懂？你写给她的信怎么会在我手里，这还不明白吗？傻缺！"说完，男生吹着口哨，骑着自行车扬长而去。长这么大，高子健第一次觉得屈辱，第一次因为自己的出身遭受到侮辱。高子健骑了自行车朝城外飞去，他不知道自己想去哪，就只是飞快地骑车，不停地骑，从天亮骑到天黑，从天黑骑到天亮，直到累得一头栽倒在野地里睡了过去。

高子健醒来的时候躺在自己的小床上，母亲在他身边趴着睡着了，儿子无缘无故地一夜未归，她和孩子父亲差点急疯了，孩子父亲一直找到后半夜，最后是她跪在派出所，警察才破例寻找，一般情况下要失踪二十四小时才能立案。警察调了路上的监控，发现高子健独自骑着自行车飞驰着出城而去，派出所派了一辆警车沿路寻找，最后在离城好几十里的草丛里发现了晕过去的高子健。警察把他送到医院做了详细的检查，大夫说没外伤也没内伤，就是体力透支晕过去了。父母千恩万谢把他拉回了家，他已经昏睡了一天，母亲实在体力不支趴在他身边睡着了。父亲让老婆看着儿子，自己又出工了，不出工就没钱啊。

高子健扒拉了两碗母亲做的臊子面，对抽着纸烟的父亲说："我要转学，不转我就不念书了。"父亲虽然念书不多，可他了解儿子的脾性。他对孩子妈使眼色让她别多问，他不知道儿子经历了什么，可是他看着儿子能吃能喝，说出这样的话，儿子肯定是铁了心的。儿子娃多经历点挫折没啥不好。他抽完烟，在地上捻灭烟头，说："你先念着，我给你找学校去。""行。"

这就是高子健转学过来的原因。

他醒来后就不再怨恨女生，男生说得没错，门当户对，他自作多情了。可他的自尊心也不允许他继续和他们待在一起，他受不了。对父亲提出转学，他不知道行不行，说出来就觉得舒服，没想到的是，父亲竟然办成了。他没问父亲是怎么做到的，母亲也只是叮嘱他，到了新学校好好学习，别让他们担心。他给父母鞠了一躬，说："放心吧，我一定考上大学。"

肖梅是高子健没想到的意外。他没想到一进班就被一个女孩子如此甜美的笑容吸引。这个女孩子和原来学校的女生完全不同，高子健就是喜欢她笑的样子，只要看到她笑，他感觉自己的世界都是亮堂堂的。他进班没多久，就听说了很多肖梅的事，这让他根本不敢表现出对她的一丝好感来，他不知道从哪看到过一篇文章，说是对这种优秀又骄傲的女孩子不能太热情，冷着她，她反而对你有好感。他不知道对不对，反正就这么做了，这样做既为了博得她的好感，也可以保护自己。从肖梅对自己的态度来看，高子健觉得自己赌赢了，肖梅现在对自己充满了兴趣。高子健想，这样的女孩子一定喜欢优秀的男生，他一定要在班里、全年级都出类拔萃，于是，他白天冷着肖梅，晚上熬夜苦学，很快，他就在班里脱颖而出，尤其是他代表学校参加数学竞赛获得了特等奖，校领导和老师大会小会都对他提出了表扬，说他是从外校挖来的精英。他站在讲台上领奖状的时候，用余光看肖梅的脸，她的脸是兴奋的红色，她的眼睛看着他闪闪发光，他确信自己又一次赢了。

4

高子健已经对着肖梅的尸体说了几天几夜了。

随着气温的升高，高子健感受到了肖梅身体的变化，就像一块肉，因为热散发出淡淡的异味。高子健闻着这味道，心里暗暗有些痛快，想起平日里肖梅有洁癖，现在她是怎么忍受这味道的，估计阎王爷被她闹腾着要洗澡已经折磨疯了。想到洗澡，高子健脑子迅速地旋转，他想到了一个既能保全自己又能继续守着肖梅的法子。在这之前高子健看过一本小说，好像叫《世界上所有的夜晚》，小说里女主人公的老公是矿工，在一场矿难中死了，可是矿上当年的事故死亡名额用完了，她老公只能等到来年再报事故，否则这一矿的人会因为安全事故而损失年终奖，于是在领导的劝说下，她暂时把男人的尸体冷冻在后厨的一个冰柜里，每到晚上这个女人就喝酒，哭泣，唱歌……高子健想起这部小说时，就想着也这样把肖梅冷冻起来，现在他改主意了，他要把肖梅焊在他的浴缸下面，要每天躺在肖梅的身上泡澡，而肖梅就这么干着急洗不上，想到肖梅因为着急而憋得发疯的表情，高子健一个人哈哈大笑，笑得流出了眼泪。

说干就干，高子健开始量尺寸。量尺寸的时候，他突然想到现在的浴池都是一体的，卖家肯定要上门安装，他不能把肖梅就这么焊在下面。高子健有些丧气，靠在浴室的墙上发呆。不知过了多少时间，高子健梦见了小时候院子里的水泥池子，他和小朋友夏天就在那里面撒欢。就在他梦见自己扑腾得正欢实的时候，腿突然抽筋了，然后他醒了，醒来发现是盘着的腿压麻了。他边揉腿边想刚才的梦，又来了干劲，他也可以砌一个小时候的水泥池子，把肖梅焊在池子下面就可以。

买水泥、瓷砖、红砖、沙子、勾缝剂、下水管等一应材料，百度了解怎么砌池子，高子健下班回来就忙碌个不停。要说现在真方便，上网一搜，教你做什么的都有，不用多求人，互联网时代人的技能日渐丰富，人情交往却日益稀少，大家都怕麻烦人，也不愿别人麻烦自己。肖梅不就是这样的人吗？

想起这个，高子健就来气。

高子健结婚后，父母很少来他家里，因为婚房是肖梅家的，虽然父亲给了他全部积蓄让他搞了装修，可是在看了他们的新房后，父亲知道，以他给儿子的钱是不可能装修得如此奢华的，父亲竟然没有用"豪华"形容，用的是"奢华"，在他眼里，那就是奢侈浪费。父母不愿来他家，他知道父母觉得房子是女方的，装修也没掏几个钱，进了屋感觉低人一等。更何况肖梅对他们也是客气有余热情不足，二老就更不愿来受罪了，待在自己租的小平房里心里踏实自在。高子健也不勉强他们，因为连他自己有时候也有种低三下四的感觉，肖梅有意无意的优越感，让他如鲠在喉。他本来要租房结婚，婚后拼几年自己买房子。他不愿意父母再为了自己四处举债，肖梅倒是愿意，可肖梅父母不同意，他们心疼宝贝女儿，既然拦不住女儿嫁给他们并不满意的高子健，结婚的具体事宜就不能再由着她任性了。他们也清楚逼着买房没用，高子健家要是有钱，就一个儿子也不会舍不得，都是独生子女，肖梅的父母盘算了几个晚上，决定给女儿买一套小三居当作陪嫁，反正他们老了财产都是女儿的，何必让女儿为了这些身外之物有压力，房子是他们陪嫁的，女儿在家里就占了决定性地位，女婿和他家里人就不能给她气受，他们太了解女儿的脾性，那是受不了一点气的。

房子的事高子健最终让步了，愿意住肖梅家的房子，可是装修他一定要自己来，他把这几年自己攒的一点和父亲给的加起来凑了十万元交给了肖梅，他打听了一下，做个中等装修还是够的。那时候正赶上他被组织派出去封闭式培训三个月，等他回来的时候，装修已经结束。当肖梅放下蒙在他双眼上的手时，眼前的新家豪气得让他瞠目结舌。他问肖梅："这是我给你的钱装出来的?"肖梅笑着说："你那点钱就够买个壁纸和地板，其他的是我爸给的。"他听了脸色很不好看，那时候的肖梅还是很重视他的心理感受的，立刻抱住了他，哄他说："我和我爸说是你借的，将来有钱了就还他。"高子健知道肖梅这是在安慰他，他也不是那么不懂事的人，见好就收，不再和肖梅犟，但他当场打了一张欠条让肖梅带给她爸，肖梅笑他："就你脸皮薄，好面子。"

婚后，他和肖梅度过了一段短暂的快乐时光。高子健想大概所有的新婚夫妻都会经历这样一段时间，新鲜感催化的而已。但随之而来的家庭琐事让高子健越来越觉得自己根本不了解肖梅，而肖梅也总是说："你怎么是这样的人?"高子健和肖梅从确定恋爱关系到结婚，因为各自的学业压力，其实聚少离多，每次相聚都是新鲜而充满期待感的。大学毕业后为了结束这样的相思，高子健也想早点参加工作，减轻家里的负担，他考上了本市的公务员，肖梅的父亲托关系让女儿进了事业单位，假如高子健没考上公务员，他和肖梅的婚事恐怕也没这么顺利。

在家里，肖梅不做家务不做饭，他们分别去对方的父母家蹭饭或者在食堂吃，肖梅的母亲在他们上班后会来做家务，高子健发现肖梅的内裤都还是她母亲在洗，他觉得真是不可理喻。有时候，高子健看着岳母的丝丝白发会心生怜悯，他会做一些家务，这样老人家就不会太累。他也曾试图劝说肖梅干一点家务，肖梅很坚决地把他堵了回去，说怪就怪他挣得太少，有钱找个家政来做，她母亲也不用辛苦，还说她天天上班太累了，做不了家务。高子健听了很无语，肖梅的工作，和同龄人比起来简直不要太清闲，她就是怕做家务使她的皮肤粗糙了。结婚后，高子健才领教了肖梅对自己的容貌爱惜到什么程度。婚前他们在一起的那几年，他眼里永远是肖梅光鲜靓丽的一面，即使有缺点，也被自己的情感蒙蔽了。有时候他会想，婚前同居这件事未必是坏事，如果他和肖梅能有一段婚前同居的日子，就是肖梅长得再貌美如花，他也不会娶回家的，他骨子里是个过日子的人。以前在村子里，他就听村里的男人说，女人要会做活会生娃，长得像仙女没用，娶回家过日子丑俊都一样。

有了自己的家后，高子健在农村的亲友也时不时地会来做客，就像电视里演的一样，农村出来的高子健在乡下的亲友眼里飞黄腾达了。他们以为城里和乡下一样，邻居间都会互相帮衬，所以他们有了难事都来找高子健。肖梅对他的这些亲友一点也不客气，在他们来打扰过一两次后，肖梅就很严肃地对他说："以后不许带这些土包子来家里，你爱管闲事就去你家。"高子健对她所说的亲友是土包子还能理解，他们确实土，土得就像地里的庄稼。可是肖梅的"家里"和"你家"的措辞让他很反感，很显然，新家是肖梅的，高子健的家是他父母租住的小平房，高子健没资格领这些土包子回来。高子健为此质问肖梅，肖梅讥笑他一个大男人小肚鸡肠就会抠词，两个人为此冷战了好多天。还是岳母过生日，他们才和好的。在以后的日子里，高子健一点一滴地感受着肖梅的冷漠和自私，他渐渐发现，肖梅除了她自己，谁也不爱，包括把她视若明珠的父母，她只要自己过得舒服，别人怎么样都与她不相干。而在外人眼里，肖梅却是一个温柔体贴的女子，每每高子健看肖梅在外人面前像表演一样的做派，就有种想呕的冲动。可是肖梅从小到大已经习惯了这样的两面做派，这也正是恋爱的时候高子健一直以为肖梅是一个善解人意的温柔女孩的原因。那时候的高子健在肖梅眼里其实就是个外人，她只是在表演。

5

楼上的卫生间叮叮当当地干了一周活了，高丹也忍了一周，她知道楼上的男人也姓高，看在五百年前是一家的分上，对他这一周到了晚上就叮叮当当不停的行为忍了。她感觉到楼上是在卫生间砌东西，她不知道这么方便的社会需要在家砌什么，浴池吗？现在家里的浴池都是整体的，付了钱，商家一步到位，晚上就能泡澡，简直不能再方便了。楼上的搞了一周好像就在砌个池子，为什么不找工人呢？他自己做能省几个钱？防水能做好吗？高丹每次躺在浴缸里闭目养神的时候，听着楼上干活的声音就开始了无限的遐想，不对，不是遐想，是瞎想才对。

在闹腾了一周之后，楼上终于消停了。高丹总算能安安静静地泡个热水澡了。对于她这样的单身白领来讲，一天的疲劳全靠这个热水澡来缓解。下班回来，她给自己美美地煎了一块进口牛排，还喝了杯红酒，这红酒可不一般，是追求她的一个富二代送的高档货，一瓶就上万了，虽然她并没有接受富二代的追求，但她理所当然地享用了这份礼物，她对自己说，喝了才是看得起他。高丹躺在浴缸里，撒了点泡澡用的玫瑰花瓣，看着自己雪白的胴体泡在漂着玫瑰花瓣的热气腾腾的水中，她把白天在职场经历的一切压力都融入水中，等泡舒服了，再打开下水，看着水哗啦啦地流向下水道，她觉得一切不愉快都随着水哗哗流走了。这是她这么多年打拼职场唯一觉得管用的解压方式，保持了好多年。

今天楼上消停了，高丹听见上面也放了一池水，想必楼上的女人也要泡澡。高丹躺进了浴缸，开始闭目养神。突然，高丹尖叫了一声。原来，她闭上眼睛打算做个冥想时，就好像有一个女人的身形压在眼睛上，那个女人直勾勾地看着她的裸体，说她也想洗玫瑰澡，她都已经臭了。高丹的好心情一下子烟消云散，她不敢再闭目养神，大睁着眼睛泡在水里，直勾勾地看着天花板，看着看着，她又看见了刚才的那个女人，这一次不止有了身形，模样也清楚了，有点像楼上的女人啊，高丹想。这一想吓得她打了个激灵，自己这是怎么了？病了吗？怎么还出现幻觉了？

今天的泡澡让高丹很窝火。莫名其妙的幻觉让她浑身不舒服，闭着眼睁着眼总感觉有人在看着她，热乎乎的水也好像渐渐从身子底升起寒意，原本泡澡是为了放松，可今天反而让她浑身发紧，焦灼不安。就在她气哼哼地打算起身时，楼上传来了笑声，楼房最不隔音的就是卫生间，一般情况下，高丹都会把卫生间的门关上。她以前听同事讲在卫生间听邻居墙根的事，她觉得同事的行为很不合适，今天她听到楼上传来的笑声，按道理不应该继续听，可是她突然又不想起来了，这样子她能心安理得地再听一会儿。发出笑声的是男人，高丹想，女人做了什么让他这么开心？笑着笑着这声音转成了哭声，高丹起先以为自己听错了，她屏住呼吸听，是在哭，楼上的男人在哭，哭声从隐忍的抽泣到号啕大哭，最后被打开的水龙头的流水声淹没。高丹知道这是男人用水声掩盖哭声，自己之前在许多无助的夜里也曾这样释放过自己，唯一暴露的就是第二天红肿如桃的眼睛。高丹一直在捕捉女主人的动静，可是没有，一点都没有。好像最近都没有楼上女人的动静，楼上的女人有时候会穿着高跟鞋满屋子转悠，尤其是在高丹难得的休息日，她更加喜欢穿着高跟鞋绕着卧室的床转悠，高丹每次都气得拿被子把自己包住，塞上耳塞，继续昏睡。最近这个节目没有了，楼上的动静似乎也少了许多。

高子健终于在自己修葺好的浴池里泡了第一个澡。他的手艺不算高明，池子没有砌得四方四正，有些一头大一头小，一头高一头矮，这在他躺进去的时候感觉像躺在一口棺材里。他想起小时候，爷爷的棺木早早地就摆在柴房里，每一年都要请人来刷一遍漆，可是最后享受它的并不是爷爷，而是奶奶。在一个平常的日子，奶奶照旧天不亮就起身做早饭，扫院子，喂家畜，可她在熬猪食的时候倒在了灶台前，等到爷爷发现，喊来乡邻帮着送往医院的路上，她就没了呼吸，后来医生检查说是脑溢血，送来得迟了。奶奶的突然离世让她享受了这辈子最好的待遇，就是已经刷了十来遍漆的柏木棺材。村里的人并不为她的突然离世而难过，而是绕着装殓她的柏木棺材赞叹不已，说她这辈子没白活。高子健听了这话，心里很不痛快，睡个好棺材就不白活了？活着享福比死了睡口好棺材强多了。高子健躺在热水里，但他感觉身体在发冷，一池子的热水也没有焐热他的身体。他想一定是躺在他身下的肖梅在作祟，她洗不了，也不让他舒服。想起躺在身下的肖梅，高子健很长时间没有感觉的下身突然硬挺挺的，有很长一段时间，肖梅和高子健搞冷战，肖梅坚决不和高子健同房，高子健一气之下搬到书房住，时间一长，高子健感觉自己的男性功能都退化了。其实在这方面，高子健一直觉得肖梅有点性冷淡或是性洁癖，她并不喜欢和高子健做这件事，总说脏得很，搞得人黏糊糊的，每次做完，高子健想和她再温存一下，她就像躲瘟疫一样跑去冲澡，弄得高子健觉得一次比一次没意思。年纪轻轻的两口子在这件事上很快就像七老八十的一样，没了念想和趣味。

6

高子健的优秀深深地吸引了肖梅，肖梅觉得只有这样优秀的男生才能配得上她。对于高子健对她的冷淡，她也不再那么介怀，她深信自己有一天能俘获高子健的心，因为高子健站在讲台上领奖的时候，她能感觉到他的余光在她这里的停留，就只那么一瞬却被她捕捉到了，她知道他心里还是惦记她的。

高子健于肖梅就像小时候得不到的那个洋娃娃，让她天天惦记，真的得到了，她又渐渐失去兴趣，尤其是结婚后，罩在高子健头上的光环没有了，他和很多传说中的凤凰男一样，有着各种各样的毛病。最让肖梅不能忍受的就是高子健不太讲卫生，以前谈恋爱，高子健都把自己收拾得利利索索，肖梅也没发现他身上有什么怪味。在一起生活后，肖梅发现他并没有那么利索，晚上常常不刷牙不洗脚，内裤也记不起天天换，是那种从小到大被母亲伺候惯了的农村爷们。肖梅一天到晚不停地数落他，可是根本没什么效果，搞得自己后来和他同房都有了逆反心理，总觉得哪儿哪儿都脏。还有他那些数也数不清的土包子乡亲，就更别提了。她有时候想起父母当年劝她的话，好像现在一一都应验了。再看电视剧里演的那些和他们类似情形的夫妇，肖梅不知道他俩的未来会不会和电视剧情的发展一样，是个大团圆的结局。至少目前，她感受不到这一点。

直到那天，肖梅在书店偶遇了以前追求过她的班长，肖梅才愿意承认，她和高子健的结合就是一个错误。从头到尾，她可能并没有爱过高子健，她能和他走到今天，完全是她的虚荣心和占有欲在作祟。

班长至今仍然单身，从他的衣着、豪车和出手的阔绰，肖梅知道他现在是个成功人士。班长看肖梅的眼神还像当年那样有激情，他频频地约肖梅出去，去的地方都是肖梅喜欢的，又高档又有情趣。一次，班长喝多了酒，抓着她的手说，自己一直在等她，他相信总有一天她会回到他身边。说着说着，他哭了。那一刻，肖梅被感动了，此情此景可能没有哪个女人不被感动。

回到家，肖梅看见躺在沙发上的高子健时心里闪过了一瞬的内疚和自责。凭良心讲，高子健对她也是宠溺的，对于她的任何无理取闹，他都忍了，就是在同房这件事上，他也对她很尊重，虽然他很难受。可是看到高子健东一只西一只扔在地上的臭袜子时，肖梅立刻变脸了，她气哼哼地把地上的袜子扔到了高子健的头上。高子健白天在单位受了气，因为工作的事和同事起了争执，同事最后说急眼了骂高子健是乌龟，高子健气得要揍同事，最后被人拉开了。回到家，高子健没见到肖梅，电话也打不通，他想起前几天在同学群里有人打趣班长和肖梅，他本来很少看这些无聊的聊天记录，那天随便看了几眼就看到了这些，还有人好心提醒高子健也在群里，让那个同学说话小心点。高子健躺在沙发上，想起最近肖梅的行为，越想越不对劲，越想越气……听到肖梅开门进来，他躺在沙发上装睡，没想到肖梅给他来这一出，搁以前，高子健不会和她计较，今天的高子健就是一个芯子已经点燃的火炮，只等着爆炸的那一刻。他从沙发上弹了起来，一把就把肖梅推了出去，从客厅推到了厨房，肖梅的高跟鞋没来得及换，包没来得及放，就被高子健推得飞了出去，肖梅甚至都没来得及喊一声就倒在了厨房的地上，她的头重重地磕在了橱柜大理石台面的拐角处，那个又厚又有棱角的石头拐子。肖梅靠着橱柜一动也不动，眼睛睁得大大地看着高子健。高子健以为她会发作，可是等了半天，肖梅都一动不动地在地上坐着，他才反应过来出事了，等他冲到肖梅跟前时，发现肖梅已经没有了呼吸，她的头扎进了石头拐子里……

高子健把肖梅抱进了浴室，抱着肖梅坐了一整晚，动也不敢动，一动肖梅的血就会流出来，直到肖梅的身体变凉。高子健给肖梅清理干净身上的血，把她放到了床上。他又收拾好了厨房和卫生间，出门上班的时候，回望了一眼整个家，和昨晚肖梅没回来之前一样。高子健下楼的时候，碰见楼下的女人去上班，女人和肖梅一样很漂亮，比肖梅职业女性的味道浓烈。从她下楼时高跟鞋铿锵有力地打击地面的声音，高子健知道这是个在公司独当一面的女性。从昨晚到此刻，高子健感觉自己飘在空中，仿佛受到空中什么人的指引，在意外发生后，他有条不紊地处理着一切，耳边只有一个声音在回响：你杀人了，不能让人发现！你杀人了，不能让人发现！你杀人了，不能让人发现……

在上班的路上，他给肖梅请了长假。肖梅单位清闲，高子健此前帮她的领导处理了一件事情，肖梅的领导一直想着还这个人情，对于高子健打来电话为肖梅请长假，他想都没想就答应了。他出门的时候带了肖梅的手机出来，先给在外旅游的岳父岳母以肖梅的口吻发了信息，大意就是她要去西藏、新疆等地方旅游，手机信号会时有时无，让他们不用管她，她会照顾好自己。然后，他又在肖梅的朋友圈发了几张西藏、新疆的旅游图片，附了一句话：来一场说走就走，说不回来就不回来的旅行，诗和远方我来了……下了车他把肖梅的手机扔到了阴沟里。

白天的高子健照常上班，到了晚上，他就像打了鸡血一样，躺在肖梅的身边，不停地说话，他的脑子像装了发条一样高速运转。从他第一次见肖梅到今天，十来年了，这是他唯一掌握话语权的时候。讲着讲着他就挨着肖梅睡着了，第二天他继续去上班，晚上回来继续讲。现在肖梅躺在了他的身子底下，他每天都要泡在水池里和她温存着。高子健现在不睡在床上，他把水放了，就睡在水池里，床上他睡不着，一闭眼就能看见肖梅瞪着眼睛看着他……

7

连续一周了，高丹已经被折磨得神经衰弱。她闭上眼睛就有个女人盯着她，经过反反复复的确认，高丹确信那个女人就是楼上的女人。高丹每天都在捕捉楼上女人的动静，她想找机会和她搭个话，到底是哪里出了问题。可是无论白天，还是晚上，高丹都没听到一丝楼上女人的动静。实在逼得没办法，她有一天假装偶遇了楼上的男人，主动和他说话，问他爱人在不在，她上次向她借了一个改锥打算还给她。男人不冷也不热，说她出远门了，不用还了，他家里还有。扔给她一个后背就走了。高丹听了男人的话很泄气，女人不在啊，那她还阴魂不散地骚扰她。想到"阴魂不散"这个词时，高丹下意识地捂住了嘴，多不吉利啊，这不是咒人家死吗？

高丹现在晚上基本不泡澡了，她冲淋浴，因为实在受不了躺在浴盆里的幻觉。这天她冲完澡，在浴室敷面膜，滴答滴答滴答，水滴滴在浴缸上砸出了声响。高丹盖着面膜抬头朝屋顶看，发现在下水口的地方，有水滴在滴落，果然防水没有做好。高丹叹了口气，明天再上去说吧，幸亏下面有浴缸接着。低头看浴缸的时候，高丹以为自己眼花了，从屋顶滴落的水滴混成一条细流，竟然是血色的！高丹俯下身子，仔仔细细地看了又看，没错，是血的颜色。她用手指蘸了一些闻了闻，血的腥味，而且是人血的腥味！

高丹早前是护士，现在她是一家医疗器械公司的首席代表。当年，她一闻到血腥味就几天吃不下饭，就是因为这个她才毅然决然地辞去公职，去了私营的医疗器械公司打工。怎么会这样呢？联想到最近出现的种种怪事，高丹在一个小时后打了110，起初110并不愿意出警，他们认为是高丹的臆想，让高丹联系物业解决。后来，高丹联系了一个在公安系统任职的同学，同学其实心里也认为高丹是神经质，小题大做，但是碍于情面，又想着高丹一个单身女人，还是托同事走了一趟，也算给她吃颗定心丸。

楼下有警车的声音响起时，高子健一个蹦子跳出了池子，他以为警察是来抓他的。他关了所有的灯，光着身子站在窗帘后面看楼下的情况。警察进了他家的单元门，他又赶紧趴在门边听他们上楼的声音，一层、二层、三层，到了他家楼下，警察敲响了门，他们去了楼下的女人家。没过多久，他听见楼下女人感谢警察的声音，警察又开着警车走了。高子健想一定是楼下女人丢东西了，这个小区发生过这样的事。他浑身虚脱了一般又躺回了池子，打开水龙头闷着头哭了起来……

警察来并不是什么也没做。他们简单勘察了现场，取走了一些血水，要拿回去化验才能确定。其中有一个年纪较大的警察，经验很丰富，他也闻出了是人血的味道，但是并没有表露出来，怕吓着报案的年轻女人。他为女人的机警暗暗点赞。

当天夜里，血水的化验就出了结果，证实是人血，根据报案女人的口供，警察调取了住在楼上的肖梅的资料，证实血型和肖梅医院体检记录的血型一致。第二天，警察分别去了肖梅的单位和她父母的家里，证实肖梅自从十多天前请过一次假、发过一个信息后就杳无音信，而请假的是她的丈夫，并不是她本人。在警察做调查的时候，高子健在外县调研，刑警队的同志找到一个开锁匠，打开了高子健和肖梅的家门。大白天，屋子里的窗帘都拉得严严实实的，屋子里脏乱不堪，显然很多天没有打扫了。进了卫生间，装修这样豪华的房子里，卫生间里的水泥池子显得那么丑陋狰狞，刑警的敏感告诉他们，这个池子一定有古怪。

"砸！"

队长一声命令，警员们三下五除二砸了水泥浴池，一副还没有完全腐化的尸骸呈现在眼前……

8

高子健是被单位调研的车直接拉到警察局的。公安事先已经和他单位的领导沟通过了，做了抓捕方案。他的领导在他被抓的那一刻都不相信这样一个温文尔雅、做事勤快的大学生做出这样的事来，事发后，竟这么丧心病狂地做藏尸的事！还能每天像没事人一样来上班，简直不可思议！

杀人藏尸案短短三天就告破了，这是警察局的同志没想到的。被抓的高子健很配合，没等审问，自己就从随身的公文包里拿出一沓纸——一封交代案件始末的材料，一封写给岳父岳母的信，还有一封写给自己父母的信。高子健早就做好了准备，他对警察说："如果今天你们不来抓我，我打算交代完手头的工作，下周就来自首，没想到你们来得这么快。"

高丹因为这件事得到了一个"好市民"称号，可她怎么也不能再安心地住在现在的家里，她感觉楼上女人的眼睛时刻在看着她，虽然她可以确定她已经被安葬了。

刚需房

林俊的女友怀孕了，这不是她第一次怀孕。林俊和女友千小心万小心，怎么就又中标了呢？林俊期期买彩票，最大一次中了三千，女友和林俊喜出望外，吃了一顿西餐，眼前仿佛放的不是牛排，而是一摞摞钞票，是买房的首付款。

牛排进了肚子，第二天又从身体里排泄了出去，他们的首付款还是没有。女友阿芬又回到了之前对林俊买彩票骂骂咧咧的日子，林俊开始有些不服气，可想想自己的口袋，就泄了气，默默地刷碗、洗衣服，默默地上床、叹气。

林俊有点想家，想家里上了年纪的爸爸妈妈。林俊的家在一个县城，和他现在所在的大上海比，撑破天是个四线城市。林俊的爸爸妈妈在县城也是体面的人，他们都是县城完小的老师，县城街上许多人都是他们教过的学生，现在他俩都已经退休多年。要说林俊父母的年龄，孩子至少应该有三个，林俊也确实有过两个哥哥、一个姐姐，可惜都夭折了。尤其是大哥，都四岁了，为了捡皮球冲上了马路，被那时候凤毛麟角的小汽车撞飞了，当时就没了。

林俊爸爸那时候还在县城下面的乡里当老师，开车的是县委书记的亲戚，为了处罚得轻一些，就许诺把林俊爸爸调回县里。林俊爸爸是那种站在讲台上有话说，下了讲台话少得能急死人的人。去做中间调解人的是林俊妈妈学校的校长。他确实是个调解高手，说得那么动情那么在理，每一句话都在为林俊的父母考虑，最后说得林俊的父母抱头痛哭，哭完了，就着脸上还没干透的泪水在校长带来的调令上签了字。

就这样，林俊的父母团聚了。为了忘却丧子之痛，林俊的爸爸妈妈像大多数人劝解的那样开始了再造人。林俊妈妈或许当时还未从伤心中走出来，先是怀不上，后来，不停地看病抓药吃药，吃得房子里终年弥漫着药味。好不容易怀上了，可是又坐不住胎，掉了一个又一个，最后绝望的不是他们而是大夫。那个笑起来有两个浅浅的酒窝、说话温柔的女大夫，蹙着眉头对林俊爸爸说：“想开些，你爱人的子宫壁已经很薄很薄了，再要下去，她可能先丢了命。”林俊爸爸狠狠地握了握大夫的手，推着林俊妈妈回了家。从那以后，两口子再不提要孩子的事。

人生如戏，以前是电影里的台词，现在用在林俊父母身上真是再切合不过。林俊妈妈告诉林俊，直到林俊在她肚子里都快四个月的时候，她才知道自己怀孕了。她本来很消瘦，可那段时间胃口好得很，吃得肚子一圈一圈鼓起来，胸和屁股也跟着大了些，走路一扭一摆，像个大肥鹅。林俊爸爸看着妻子的样子，感慨地说：“这些年吃的中药总算起了些作用，至少让你迈入中年发福的队伍了。”林俊妈妈听了一边感叹年华老去，一边就着电视啃鸡爪子，不经意的，她的目光落在了墙上的挂历上，挂历上的一个红圈圈引起了她的注意，“哎呀，老林，我有好几个月没来事儿了，我是不是绝经了啊！”如果说中年发福让林俊妈妈只是有点感伤，可绝经就让她惊恐了，她虚岁才不过四十四。林俊爸爸头也不抬地说：“大惊小怪。”

林俊妈妈可不管他说的风凉话，扔下鸡爪子，风风火火地就去了医院。巧的是还是那个可爱的酒窝大夫在值班，听了她语无伦次的表述后，酒窝大夫示意她放松，安静下来，然后替她细细地把了脉。林俊妈妈对林俊爷俩说，那大夫把脉的时候，眉毛一下紧了一下松了，眼睛忽闪忽闪的，她的心就跟着一紧一松。最后大夫让她去做尿检的时候，她腿都软得站不起来，心想着完了完了，怕是得了绝症了。等到林俊爸爸接到电话赶到医院的时候，她已经在医院的走廊上哭成了泪人，那化验单上大大的阳性让她悲痛欲绝，这是定性了，得了绝症了啊……林俊爸爸到底还有些男人和一家之主的理性与勇气，他先把哭成大花脸的爱人放一边，拿着化验单冲去找大夫。

就像唱大戏一样，林俊妈妈等来了拿着化验单泪流成河、又哭又笑的林俊爸爸。林俊妈妈吓得自己不敢哭了，怕老林被吓疯了，就像那范进，不过人家是高兴疯的，老林这是让自己的病吓的。"孙老师啊，咱们有儿子了。"林俊爸爸一把搂紧了老婆，哭得稀里哗啦。孙老师，就是林俊妈妈，林俊爸爸在哪儿都这么喊她，直到有了林俊，才成了孩儿他妈。

两口子拿着化验单一会儿哭一会儿笑地去给两家的老人报喜。老人们也是又哭又笑，家里简直乱了套，到处是打电话的声音："大丫头啊，你小弟他们怀上了……""老二啊，你弟弟他们两口子有孩子了……"想来也是，林俊的爸爸是独生子，有三个姐姐，自从知道儿媳妇不能生育了之后，林俊的爷爷奶奶整天唉声叹气，别人家的老人天天不是打麻将就是跳广场舞，他们哪儿都不去，整天到处疯跑找生孩子的秘方。林俊的爸爸有时候劝几句，让他们别瞎费力气，也出去乐和乐和，老两口听了，没觉得他是孝顺，反而大发雷霆："你知不知道不孝有三，无后为大，我们林家不能在你这绝了后，你个混账东西！"老爷子越骂越气，最后吃了救心丸才算消停了。林俊奶奶没发火，可说的话更像刀子一样戳在林俊父母的身上，"人家老人出门都是左手领小孙子右手牵小孙女，满广场就我俩老树桩子自己去，去了寒碜不说，那熟人见了就问还没生孙子哪，我和你爸羞得没法说啊……"所以说，林俊没降生到这个家之前，这个家的气氛并没有那么和谐，总是弥漫着一股子火药味。

林俊就这样在全家老老小小的二十四小时呵护下来到了林家。从小到大，林俊都是同龄人中最幸福的，庆幸的是，林俊并没有因为集万千宠爱于一身而变得顽劣，相反，他彬彬有礼，聪颖好学，在哪儿都是老师眼里的好学生，同学眼里的好班长，家长眼里的好孩子。那时候，他听到最多的是"你看看人家林俊……"林俊爸爸总是悄悄地打量着宝贝儿子，暗自安慰，老来得子老来宝啊！

高中毕业，林俊不负众望，考上了上海一所著名的财经大学，学了热门的金融专业。大学四年，林俊没了之前在小县城的灵秀，学业平庸，不上不下，原因不言自明，小县城才几个优秀孩子在竞争，这里是全国数一数二的高等学府，汇聚了全国各地的精英，林俊变得平庸，没了以前的光环是再正常不过的事。

大学里林俊倒没有多少心理落差，随和的性格让他很快就适应了大学生活。林俊学业不出色，在交女朋友方面却是出类拔萃。他凭借自己的谦谦君子样和父母给的相对富裕的生活费，在不徐不疾的努力下，一点点赢得了被大家封为班花的阿芬的芳心。阿芬和林俊一样也来自小县城，阿芬的家境比林俊差一些，妈妈是个家庭妇女，阿芬还有一个弟弟，一家人全靠做油漆工的爸爸养活。阿芬虽然家境一般，但是她并没有像那些有姿色的女生一样想着在大学里钓一个金龟婿，反而对那些条件优越的男生避而远之。阿芬说，林俊打动她的，就是他身上散发的那股谦谦君子的味道，有点儒气，有点天真，又透着可靠踏实。

简单快乐的日子总是过得很快，林俊依稀觉得自己还是个少年、阿芬还是个少女，可毕业的钟声已经敲响，校园里到处是忙碌的身影，写论文、找实习单位、找工作、备战各种职业资格考试……林俊的舍友说，毕业就是失业，人生就是一场战争。大学几年，一到毕业季，学校的草地上总有人喝多了大喊大叫，拎个酒瓶子狂奔，林俊他们听说那都是本科毕业工作没着落、博士毕业写不出论文的学姐学兄。学校也是睁一只眼闭一只眼，让这些孩子释放一下也好，逼得太紧搞出人命可不好交代。

林俊和阿芬虽被周围的紧张气氛传染得有些喘不上来气，但性格里的平和拯救了他们，他们很快就选好了目标，双双加入考研大军，思想单纯的他们想在这可爱的校园再逗留三年，三年后再去想未来到底该做什么。那句话怎么说来着？理想很丰满，现实却很骨感。林俊和阿芬都吃了考研的闭门羹。考研失利后，林俊迅速调整，应聘了一家规模和名气一般的外资银行，想在上海立足，首先得有一张饭票啊。阿芬却不想着急工作，打算继续考研。林俊有了稳定的工作，他们就在寸土寸金的上海郊区和别人合租了一个两居室，说是两居，其实是一居，房东打了个隔断就成了两居，卫生间、厨房两家共用。就这个又破又小的房子的房租也用去了林俊三分之一的薪水。

阿芬家里的条件决不允许她不工作，租着房子复习考研，阿芬给妈妈撒谎说，林俊租的房子大，她可以分一间安心准备考试。阿芬妈妈是知道林俊的，她虽然是个家庭妇女，但是在这方面倒是蛮开明，只要女儿愿意就行，但是阿芬妈妈交代了阿芬一件事，那就是无论找个什么样的，都必须在上海有一套自己的房子，不论大小、贷款与否，没房子永远没有根。阿芬很感念妈妈的开明，也为妈妈的话深深触动，房子就是在上海的根，没错，都说扎根扎根，没有房子怎么叫扎根呢？

阿芬把妈妈的话原封不动地转达给了林俊，林俊听了，除了点头，除了答应，除了许诺，他不知道自己还能说什么。暂时合住一屋的阿芬和林俊，有了约法三章：一切费用 AA 制；各睡各的，林俊不可越雷池一步；林俊不能干扰阿芬考研。林俊满口答应，可只一条，就那个 AA 制，林俊说还是不要了，他有工作有收入，更有责任养她。阿芬开始不同意，后来零工不好打，收入有限，不好意思再向父母伸手，那个 AA 制就自然而然地废了。

刚住在一起时，林俊确实时时处处用君子的标准约束自己、提醒自己，可是没多久就进入了炎炎夏日，林俊就是再想当君子，阿芬就是再想包着自己也扛不住上海四十几度的高温。老房子里就一台老空调，整日整夜地开着也没多大作用。天一天天热了，林俊早就是光溜溜的，穿得越少越好，阿芬也穿得愈来愈少、愈来愈薄，那曼妙的身姿就在浑身散发着荷尔蒙气息的林俊眼前若隐若现，若有若无……

拯救林俊的是和他俩合租的东北姑娘。他们共同迎来了五一长假，也迎来了东北姑娘在外地的男朋友。本来他俩打算去周边转一转，给东北姑娘和男友留个私人空间，可阿芬未来的导师突然让阿芬帮他整理一份文稿，要得很急，好处就是可以让阿芬署名第二作者。这不是天上掉馅饼的事嘛。同屋的姑娘就是再不开心再有情绪，她也绝不能放弃这么好的机会，明年的专业课考试也得靠导师提携啊。

阿芬开始了夜以继日的整理工作，林俊负责做好一切后方补给。东北姑娘带着男友到处疯玩，男友为了方便，选择了住宾馆，于是东北姑娘也不见了。林俊第一次享受到了只有他和阿芬两个人的世界，就是什么也不做，只是陪着阿芬忙碌，他也觉得甜蜜。

假期的最后一天，阿芬终于交出了稿子。东北姑娘也带了男友回来，男友坐的是凌晨的飞机，不想白白浪费一天的房钱，中午他就退了房。剩下的时间他们只想回到出租房里好好地道别。

　　下午突然就下雨了，天气一下子凉爽许多，林俊和阿芬静静地躺在床上，打算趁着凉快美美地睡一觉。就在他俩迷迷糊糊的时候，隔壁传来了惊天动地的呻吟声，原本应该是微弱的呻吟，在这一刻从东北姑娘的嘴里发出来就是那么的惊天动地。林俊用余光偷偷看阿芬，他发现阿芬紧紧地闭着眼睛，挺拔的胸脯随着那呻吟在跌宕起伏，就在林俊犹豫着要不要继续做君子时，阿芬的手轻轻地拉了一下他，林俊一把就把阿芬拽到了身下。虽然之前林俊和宿舍里的男生看了很多色情片，平日里也是诸多幻想，自以为驾轻就熟的一件事，林俊却做得慌乱无比。

　　禁果一旦初尝，就一发不可收拾。林俊在这件事上表现出前所未有的勇猛与贪婪。阿芬在享受的同时，也自食了苦果。他们的贪婪、没经验和不小心，导致阿芬很快就怀孕了。在那种一穷二白的情况下，他们毫不犹豫地去做了流产。手术做完后，大夫的话让他们魂飞魄散。阿芬的子宫本身有点问题，怀孕其实不太容易，这第一胎流产了，后面运气好会再怀上，运气差就可能怀不上。林俊在那一刻领教了一个成语：晴天霹雳，好多天他都没缓过神来。回到家，虚弱的阿芬和他哭闹了好些日子，他用尽各种办法才让她渐渐平静，接受现实。

　　从那以后，阿芬就让林俊打了地铺，不管多热都捂得严严实实，那漂亮的脸蛋上恨不得刻上"贞洁烈妇"四个字。阿芬说："结婚，除非结婚，其他的想也莫想。你现在连想都是犯罪，知道吗？"林俊自知理亏，打那以后成了名副其实的谦谦君子，两个人相安无事，相亲相爱地继续生活着……

那现在阿芬肚子里的孩子打哪来的呢？当然，铁定还是林俊的。

那天考研成绩出来了，阿芬过了初试，那凭着和导师的关系，复试肯定没问题啊。他俩太高兴了，下了馆子，喝了酒，又去慢摇吧疯玩了一气，在酒精的作用下，回家后没把持住就做了。事后，阿芬赶紧采取了措施，可是怎么就那么倒霉呢，不是说阿芬的子宫不行不好受孕吗，怎么一碰就有呢？

林俊知道自己这时候没资格乐，知道再次怀孕的阿芬天天以泪洗面，林俊是又心疼又内疚，那道歉和承诺的话说了一箩又一筐，一筐又一箩，阿芬还是哭得没完没了，天天跟着魔了一样念叨一句话："怎么办啊，现在该怎么办啊？"东北姑娘实在是劝不了也听不下去了，对正在厨房做饭的林俊说："别整那些虚头巴脑的空头支票了，赶紧娶回家，不就万事大吉了。"林俊听了，没言语，继续埋头做饭，只是刀上明显用了力，案板上的鸡肉一跳一跳的。

东北姑娘的主意林俊不是没想过，可是他清楚地记得阿芬说过，她妈就一个要求，结婚对象必须在上海有房子，这样才能扎根。可在上海买房对于他来讲就像那猪八戒追嫦娥，比登天还难啊，现在租这个房子他都有压力。按说林俊从事的是金融行业，可以炒炒股票什么的，来钱快一些，可林俊好像在前二十年把自己的好运气都用完了，买股票被套住了，买基金跌了，买啥赔啥，一来二去手上的积蓄都套牢了，月月还得等工资过日子。阿芬的妈妈前段时间在老家做了个小手术，他还是向公司预支了一万块薪水才算有所表示的。

这些日子他背着阿芬也去看了不少的楼盘，不论新旧，都是那种基本在城边的位置，各种配套设施都还不齐整的，首付一般也得一百万左右。见了若干个房产代理，林俊学到了一样知识，那就是自己目前的处境有个新名词，叫购买刚需房，通俗地说就是非买不可的第一套房。他没有上海户口，公司没有住房公积金，交社保的年限也不够，就算是买刚需房也只能选择商业贷款。现在国家对炒房现象进行整顿，出台了各种政策，什么限贷限购，提高首付比例，贷款利率首套房也不打折，外来户买房贷款利率上浮，等等。层层高压下，林俊觉得最后受管控的还是像他这样的穷人，就像车辆限行，有钱人大不了就换车，政府允许开啥车就换个啥车开；房子也一样，手里有钱你再限制，他也不慌不忙，除非你能限制人家的支出数额才是真限制。

林俊问过的房产销售，口径很是一致，以他这样的条件，就是刚需房商业贷款的首付也必须在一半以上才可能通过。这样的话，林俊的手头怎么也得有一百万现金，一百万啊，林俊想，要是他把买房的事告诉一辈子生活在小县城的父母，他们该多么揪心啊！"刚需房，狗屁，钢刀房还差不多，简直就是架在老百姓脖子上的钢刀嘛。"林俊恨恨地想。

就在阿芬哭哭啼啼一周后的周末，林俊的父母突然出现在他们的出租房。林俊从公司回来，看见父母已经做了一桌子他爱吃的菜在等他，那一刻，他竟然失控了，痛哭了一场，把这些天的无助、彷徨、焦虑痛痛快快地发泄了出来，搞得父母亲和阿芬哄了他好久才把这顿久别的团圆饭吃了。

吃完饭，情绪平稳下来的林俊才知道原来阿芬给她的妈妈打了电话，把事情从头到尾都说了，阿芬的妈妈挂了电话就给林俊的父母去了电话……林俊的父母这才火急火燎地来了上海。林俊爸爸正襟危坐着对他俩说："我和你妈商量好了，你们立刻结婚，孩子生下来你们不带我们带，不影响你们搞事业。""可是爸……"林俊想爸爸可能还不知道阿芬妈妈必须买房的条件。"你不用说，我知道——"林俊爸爸以从未有过的严厉呵斥住了林俊，"房子一定要买，不能亏待了阿芬姑娘。"阿芬听了，又抽泣了起来，林俊妈妈赶紧搂着她好言相劝，要她以孩子为重，不能老这么哭，伤身子。

林俊听了父亲的决定，痛苦得直摇头："唉，爸，您知道上海的房价吗？就敢应这个话。"林俊爸爸冷哼了一声，从口袋里拿出了一个存折递给林俊，林俊接过存折，打开一看，数了几遍那上面的几位数，像做梦一样问："您哪来这么多钱啊？"

林俊妈妈一边抚慰着阿芬，一边讲："自从你考到上海，我和你爸就想到有这么一天，我们省吃俭用存了一些，学校搞集资房我们投资了一套，后来房价涨了你爸就倒手出去赚了一些，来之前，我们把现在住的房子也卖了，回去了就和你爷爷奶奶一起住，爷爷奶奶说了，无论如何都要保住他们的重孙子，他们能活到四世同堂不容易。爷爷奶奶姑姑姨姨舅舅们又都凑了一些，这折子上的一百万是咱家的全部家当了，只要你们好，我们就安心了。"

可怜天下父母心啊，一想到爸爸妈妈回去后连家都没有，林俊的眼泪又下来了。"哭什么哭，没出息的东西，结婚买房生子是大喜事，你在这里哭什么哭，我和你妈还没死呢！"林俊第一次见爸爸发这么大的火，吓得再不敢掉一滴眼泪下来。

接下来的日子就像做梦一样，选房子，付首付，办贷款，手里有钱真是腰杆都硬邦邦的，做什么都雷厉风行。忙乎了一个月，就等着交房拿钥匙。接下来，就是要赶紧领结婚证，办喜酒，得让肚子里的孩子名正言顺。总不能像人家明星那样，动不动就挺着大肚子举行婚礼，这么时髦的事恐怕在老百姓那里还行不通，未婚先孕毕竟有些不太体面。

一切都尘埃落定之后，林俊瘦了一大圈，躺在出租房的床上，觉得那床都宽敞许多。心定了，阿芬继续着手准备接下来的研究生复试。

阿芬约了很多次，终于和导师见面了。一见面，导师劈头就问她最近在忙什么，怎么面试就剩几天了才想起见他。导师的语气里有不满有埋怨，但更多的是责怪和恨铁不成钢。阿芬满心愧疚，不好意思地给导师说了她的近况。导师听了，只说了一句："人生没有两全其美啊。"阿芬没明白导师的意思，但她隐隐地感觉到了不妙。

最后的复试成绩公布了，阿芬果然落榜了。阿芬给导师打电话，导师没接，但给她回了信息，大概意思就是这次他招的研究生要能当他的助理，帮助他完成一个很重要的科研课题，可阿芬的身体状况显然不适合，所以他只能放弃阿芬。阿芬看后，想真是成也萧何败也萧何，因为孩子，她在这个城市有了属于自己的家，扎下了根，也因为孩子，她失去了事业，对一个女人来讲，家和事业真的就这么难两全吗？

林俊对于阿芬没考上倒是有点解脱的感觉，至少不用再为那三年的学费和生活费发愁。眼下的林俊是让周围的人羡慕的，有了房子、漂亮的妻子和未来可爱的孩子，只有林俊自己知道，今后的日子，光那一套钢刀般的刚需房架在脖子上就够他熬一阵子了。

刚需房，是美梦的开始，又是什么的结束呢？

如果疼痛可以开花

1

最近一段时间乔安很喜欢叹气，走到哪坐到哪，他都无来由地长叹一声。那天，局里开大会，局长刚噼里啪啦说了一大堆，底下人都是大气不敢出地垂头听着，生怕连呼吸重了都是错。就在这节骨眼上，乔安发出了长长的一声叹息，原本是个多愁善感的哀叹，这一刻却刺耳无比，就像小时候拉着铁锹刺啦刺啦地在砖地上磨圈圈。

全局人的脑袋齐刷刷地转向乔安。乔安低着头，依旧在划拉手机，旁边的人戳了戳他，他才抬起头来，目光所去之处正好迎上局长那双眼睛，乔安心里纳闷，以为是自己看手机的原因，就把手机放回口袋，正襟危坐起来。

局长算是有些涵养，硬生生地坚持开完了会，底下人都替乔安捏了把汗。开完会，就有人拍着乔安的肩膀说："小伙子，了不起啊，你是乔叹啊……"从那之后，乔安就有了个别名——乔叹，不知道的人还以为乔安是个刑警队长，乔探长嘛。再看乔安整天一件立领黑风衣，背略略有些驼，眼睛滴溜溜地转，还真有点电视剧里另类神探的意思。

自从乔安变成乔叹后，乔安对自己的这个问题开始重视起来，为此他还去看了医生。看西医，大夫从头到脚给他检查了个遍，最后给出的结果为所有器官未见器质性病变。最可笑的是看到肛肠科的时候，大夫让他把痔疮割了看看，气得乔安甩头就走，你大爷的，老子治的是叹气，你让割痔疮，这不是成心膈应人嘛。乔安想起前几天听过的一个相声，说有个人割痔疮了，朋友去看他，他不好意思，就说嘴里起了个泡。看来，相声也来源于生活啊。

　　后来，乔安的朋友给他推荐了一个老中医，老中医的诊所乔安费了好大劲才找到。诊所的位置是一片城中村，乔安是从基层调到市里的，他熟悉的只是单位那一带的新区，像老中医诊所所在的这个城中村，乔安打出租车才能找到。但是出租车进不到城中村的中心，因为路很窄，只容得下三轮车过。下了出租车，乔安手上拿着朋友画的路线图，步行去找诊所。其实也没必要这么麻烦，老中医在这一带是名人，随便抓个人问都可以找到诊所。绕着城中村转悠的时候，乔安发现这里是"藏龙卧虎"的地方。这个城中村，和其他地方的城中村截然不同。这个地方在城市老城区的交通便利地带，城市老城区改造到一半的时候，市里换了一把手，就把老城区改造工程停了下来，转而投向新区建设，搞得城市就像得了牛皮癣，这里是新皮肤，那里还是破破烂烂的满是疤癞的旧皮肤。为了掩盖这些明晃晃的疤，城建部门就把这些老旧区用崭新的围墙圈起来，从外观看，这个地方的围墙很像故宫的红墙，那金黄的琉璃瓦在阳光下总是闪耀着高贵的光芒。很多被华丽的围墙圈起来的城中村，里面都是破败而脏乱的，因为原住民大都住到了楼房，通常这样的平房会租给来城里打工的人。打工人大都来自乡村，住着租来的房子，收拾整理的心劲会少很多。网上也总有房东发的房客退房后的图片，简直堪比垃圾处理中心。当然，这是个别案例，但是也充分说明了人的普遍心态：自私。乔安自己也是一样，住在租来的房子里，多一副碗筷都不愿意置办，怕搬家麻烦。老中医所在的这个城中村，给乔安的感觉是乱中有序，曲径通幽。在逼仄的巷道转悠，小巷两边的房子外观陈旧，但是很干净，墙面整整齐齐。小院的中央基本都有个小花坛，有的种花，有的种时令蔬菜，院中会立一两辆自行车，或男式或女式，还有小孩子的小三轮车、滑板车。院子的门基本都是开着的，院中的一切静静地闯入乔安的视线里，像小时候奶奶家的小院，只是没有拴着的牲口和活蹦乱跳的鸡鸭，小狗倒是时不时晃出一只，也不是那种看家狗模样，个头小小的，见到陌生人不狂吠，反而摇着尾巴讨好对方。这里的房子有很多也是租了出去，从院子里放的工具可以看出来，乔安在这里发现了久违的弹棉花工具。

乔安很小的时候见过弹棉花的，那时候他着迷于弹棉花的声音，只要弹棉花的来了，他能安静地听上一天，连饭都要端来边听边吃。今天再见这个场景，乔安没有了小时候的喜欢。他站了一会儿就发现弹出的灰絮集中飞到了他的黑衣服上，一会儿工夫衣服上就落了一层，他皱着眉头无比厌烦地拍着身上的白毛毛，弹棉花的大哥冲他喊："用湿毛巾掸就好了。"他为自己的小气红了脸。这里还集中了很多夜市上卖小吃的摊贩，院子里的小吃车充分证明了这一点。可见夜市的小吃卫生质量堪忧不是空穴来风，在小院这样的小作坊里生产的吃食，或许大都是三无食品，而且重复使用的食用油或者干脆是地沟油，就更是雪上加霜。乔安经过时看见有一家人就围在院里的方桌上穿签子，手里拿的就是当晚要卖的炸串串，有蘑菇、素鸡、菜卷、金针菇、火腿肠……一家人只有女主人系了围裙，男的还都光着膀子，一个老者手上挥着一个苍蝇拍子驱赶闻着味道赶来的"不速之客"。也许是高温油炸把这些细菌毁尸灭迹在油锅里，所以大部分人吃了这些小摊小贩的吃食，最多第二天拉一下肚子，并没有引发多么危险的疾病。上小学的时候，乔安肚子疼，大夫说乔安的肚子里长了蛔虫。那时候，乔安和他的同学都吃一种白色的像宝塔山一样的药，吃完药几天后的一个中午，乔安肚子拧着疼，感觉肛门附近有东西往外爬，乔安就蹲在墙角解大手，起来的时候吓得乔安裤子没提好就往屋里跑，他拉下了两条大白蛆。母亲告诉他，那就是打虫药打下的虫子。直到今天，乔安还是害怕这样的虫子。乔安的小侄女也很怕虫子，她怕的是带翅膀的，她刚会说话的时候，一个人在客厅玩，突然大喊大叫："鸟，鸟，大鸟！"他们跑到客厅一看，是个蛾子，在侄女的眼里它就是只鸟，恐怖的大鸟。

老中医的诊所几乎在城中村的腹地，大门上挂了个木头牌子，白底黑字只写着"诊所"俩字，进了院门，浓郁的中药味扑鼻而来，乔安知道这个诊所应该开了很多年。屋檐下，有一溜熬中药的锅子，朋友说过，这个诊所还代煎中药，老中医说有些药病人不会熬，药性大减，治疗效果不理想。开始的时候都是老中医的老伴给患者熬药，但是患者太多，老伴一度累病了，最后老中医的女儿建议："想跟您学医的人这么多，您就留下几个边学习边熬药，既能传承您的衣钵又能为病人服务。"老中医就这一个孩子，可惜她对学医没兴趣，她喜欢金融，大学毕业后进了银行工作。老中医估计也是看女儿学医无望，才下决心收了几个学生。这些学生都是一边学习，一边熬药，所以老中医的院子里一年四季都有一股中药味。

老中医在正房坐诊，乔安去的时候，有一个肥胖的女人正在看病，女人旁边立着一个精瘦的男子，乔安看看两人的面相，琢磨半天也没看出是夫妻还是母子。老中医坐在一个红木的大方桌旁，比那个男子看起来更精瘦，感觉一点油水都没有，黄皮寡瘦的，看着让人倒胃口。老中医的胡子头发都很长，不是仙风道骨那种长，脏兮兮的。老中医的五官很有特点，眉毛也有些剑眉的张扬，乔安想，他要是把这些稀疏寡薄的毛发推平了，倒是和武当张三丰有点相似。乔安看着老中医，脑子里在飞速地胡思乱想，这时老中医松开了给胖女人把脉的手，开口了。原来这二位是来看不孕不育的，老中医讲了很多，大概意思就是，女子虽然胖，但是对怀孕并无太大影响，问题出在男子上。简单点说，就是男子的精子几乎都是死精，活着的不多的精子也是些活动力弱的病种子，所以造成女子受孕困难。胖女人听完老中医的话，立刻转脸冲着瘦男人狠狠地撇下两个字："废物！"因为乔安在，瘦男人的脸上有些挂不住，原本像苦瓜条一样的窄脸因为羞愤而更加泛绿光，乔安倍觉自己多余，搓着手赶忙从屋子里退了出来。

　　来老中医这里看病的通常都是预约好时间的，不会有病人扎堆的情况。乔安在走廊看了一会儿药罐子，胖女人和瘦男人出来了，胖女人明显地趾高气扬起来，瘦男人耷拉着苦瓜条脸跟在后面，他的两条小细腿走起路来都有点打旋，乔安同情地看着瘦男人被大夫带到另外一间屋子抓药。熬药的护士提醒乔安赶紧进屋去看病，乔安才赶忙收起泛滥的同情心再次跨进诊室。老中医用眼神示意乔安坐下，然后伸出干巴巴、黑乎乎的右手给乔安把脉，看着老中医留得很长、有点微微蜷曲的指甲，乔安觉得自己像小时候和小朋友玩的时候常说的那句："×××被鬼爪子抓住了"，这还是一双凉冰冰的泛着苍老色泽的老鬼爪子。老中医给乔安把了好久的脉，乔安看着他似睁非睁、似醒非醒的眼睛，一度以为他睡过去了。

　　终于，老中医松开了手，先是用手边的毛巾擦擦手，边擦边抬眼问乔安："结婚了没有？"

"没有。"

"有女朋友没有？"

"没有。"

"工作稳定吗？"

"稳定。"

"忙不忙？"

"大部分时间很忙。"

"晚上睡眠如何？"

"还行。"

……

老中医没有像其他医院的大夫挂了号就先开一大堆的检查单，等到乔安楼上楼下照这个拍那个，然后拿着一大堆的检查结果去找大夫时，大夫手里抓着一摞子单子，嘴里问着他最近都在哪看了病，吃了什么药，然后就像有了参考答案一样，依葫芦画瓢地给乔安开一堆药，说先吃这些药看看，没有效果再想其他办法，至于病因以及具体是什么病，都说得大而化之，似是而非。乔安回家琢磨了大夫们的话，全是些虚话套话。乔安得的是精神病，身体并没任何问题，所以他们说什么都对，也都不对。老中医号完了脉，没有做任何检查，乔安带来的一大包在医院拍的片子、查的化验单、开的药，老中医也一概不看，他上来就问了乔安一些和病情有关又好像无关的私人话题。乔安这个人话少，惜字如金，老中医问了很多问题，乔安的回答加起来没超过三十个字。老中医笑着说："小伙子也话少。"这个"也"字，乔安不知道他说的是自己和谁，或许老中医不看病的时候和乔安一样，话少。老中医最后给乔安下的定论是：郁结于心。他给乔安开了些镇定安神的药，说："小伙子，心病还需心药医，你这不是病，想开了就好了。这药吃了有助于你睡眠，不想吃也行。"乔安取了药，谢过老中医，回家了。这次看病乔安花了九块八毛钱，不够吃一碗炒刀削。而在其他正规医院，挂号做检查开药，一趟下来得小半千，说出的病因也是五花八门，全不在点子上。乔安听到老中医说的"郁结于心"四个字，就知道这次遇到了名医。老中医的话戳到了乔安心上。

2

生活就是这样，总是给人太多无可奈何的考验，无论我们走多远走多久，都不过是在不停地整理自己这颗狼狈不堪的心。

乔安今年三十五岁，依旧光棍一个。乔安的条件还是不错的：公务员的体面；因为母亲是财务高手，他从小生活环境和生活质量就优于其他人；他的模样和个头也算男人中的中上水准。乔安只有一个哥哥，在市里一个重要部门任一把手，也是个仕途一片光明的人。乔安能到局里工作，也仰仗了哥哥的关系。

有时候，乔安想，如果自己一直待在基层，不到局里来，或许现在也已经像其他同学一样为人夫为人父了。但是任你多么强，又怎么能扭过命运的安排呢？

乔安是托了哥哥的福从基层一步到了局里的。在基层，乔安是个小会计。乔安从小学习一般，只上了个本地的财校，一所中专学校。乔安性子内向，一整天都可以不说一句话，就在那安静地待着，常常让身边的人忘了他的存在。乔安母亲是财务高手，在全市都是数一数二的。她无论是在单位还是在家加班加点做报表做计划的时候，只有乔安安静地陪着她。有一次，有一个报表怎么都核不平，气得她把最喜欢的一把算盘都摔裂了，乔安的父亲捡起算盘，说："喝点水，当会

073

计可急不得。"母亲气得直哼哼，这时一直坐在旁边陪着她的刚上中学的乔安，指着一个数字对母亲说："妈，这个你好像记错了。"母亲怒火正在心头，呵斥他："你懂个屁。"乔安并不生气，手指落在那个数字不离开，母亲瞪着眼，像只气鼓鼓的青蛙，但她用气得几近颤抖的手核对了乔安指的那组数字。真是事实胜于雄辩，乔安的一句话替母亲解决了问题。原来，这组数字的最后面是个点五，但那个五记账员写得实在太像零，乔安的母亲反反复复核算都是按零去计数的，就为这五毛钱，她整整耗费了一个小时。

财务工作就是这样，有时候为了找平一分钱都有可能让几十号人熬几个通宵。这也说明坐在母亲旁边的乔安，并不是傻傻地坐着，而是一直在默默地帮母亲把关，他既要看母亲打在算盘上的数字，又要盯账本上的数字，这可是很不容易做到的，就连很多老会计也未必有这个功底。当然，也不排除乔安在那一刻灵光一现，眼睛捕捉到了那看错的五毛钱。但是从那天起，母亲开始有意无意地给乔安讲一些财务方面的知识，让母亲惊喜和意外的是，乔安虽然话少，可是财务知识他一听就通，一点就明，后来寒暑假的时候，他已经能帮母亲做一些财务报表，母亲加班的时候，乔安成了母亲最好的帮手。因此，虽说乔安考上的本地财校只是一所普通的中专院校，可是对于乔安来讲却是人尽其才。在学校，乔安的功课一直是中上，他的成绩并不拔尖，可是他在学校名气很大，因为他很会考证。会计和其他专业不一样，光有学位证书不行，得有会计专业的上岗证。乔安毕业的时候，不仅考取了会计证，还参加了注册会计师考试，并且一举过了三门，另外一门也只差了两分，如果运气好一点，他在中专毕业后就考取了注册会计师证，这在当时都是轰动一时的事件。注册会计师就相当于会计业的哈佛学位，很多做了一辈子财务工作的人，都未必能考过一门，乔安却考出了这么优异的成绩，为此，学校授予他"优秀毕业生"称号，并保送他到高等院校读大专。大专两年乔安顺利毕业，也理所当然地通过了那门没过的考试，拿到了注册会计师证。有了注册会计师证，乔安毕业后就想去会计师事务所工作，可是母亲和哥哥都坚决不同意，当时的会计师事务所是新兴行业，在他们眼里会计师事务所是私企，极不稳定。母亲还打听到会计师事务所里像乔安这样刚被录用的小会计都只是做一些基础工作，天天要熬夜加班，没有节假日，连轴干几个通宵是家常菜。母亲心疼乔安，她说乔安从小体质就弱，去会计师事务所工作身体垮了怎么办。于是，母亲和哥哥出面，乔安虽然文凭弱一点，可是凭借较强的业务能力，他被分配到了一个基层事业单位当出纳，这个单位的会计还有半年就退休，乔安做出纳过渡一下，会计一退他就接班。

3

乔安接了会计的班不久，市里要组建会计核算中心，这也是向全国的省会城市学习，这个中心成立后，全市行政事业单位的财务账目都要集中到这里审批，审批合格后放款，各单位才能开展工作。组建该中心是当前反腐败工作的需要，防止单位各自为政，自己在账上做文章，杜绝单位一支笔现象。在组建过程中，也有人提出，要是核算中心的人自己腐败了呢？他们和报账单位勾结贪污腐败呢？这些问题在其他城市不是没有出现过，但是经过专家一轮又一轮的讨论，以及去其他城市多番考察，专家团的结论是组建的好处远远大于未知的风险。于是市里领导大笔一挥："同意。"成立市会计核算中心的事就迅速地开展起来，中心负责人是局里任命的，柜台具体工作人员，局里专门下了录用文件，具体规定是柜面工作人员由两部分组成，一部分从基层选拔骨干财务人员，一部分从社会公开招聘会计精英。可以说，第一批进中心的工作人员大部分都是财务方面的精兵强将，全市的机关事业单位的账目都要在这里审批发放，这可不容小觑。乔安的业务能力是不错，但是他刚刚入职，资历浅，按常规讲，他不在选拔之列。但是乔安有一个好哥哥，他的哥哥和局里的一把手开会经常碰面，市里研究成立中心的时候，他哥哥也列会，会议间隙，他哥哥给局长大概讲了一下乔安的情况，局长说："这次选拔我们就是要打破论资排辈，一定要选拔优秀人才，特别是像令弟这样的年轻人才。"乔安就这样从基层一步到了局里。那个才退休几天的会计，见了乔安酸溜溜地说："小乔好福气啊，我等了一辈子都没等到的好事，你才来几天就轮到了。小伙子以后前途无量啊……"乔安知道老会计话里有话，但是乔安天生话少，他除了是个好会计外，拿手的本领还有一样，就是遇见多复杂多难缠的事一律不吭声，任周围东风吹战鼓擂，他都是一副与己无关的样子。

老会计的爱人一直在市里工作，老会计从结婚起就开始了两头跑的日子。从基层单位到老会计市里的家一个小时公交车程，单位没有通勤车，私家车更是凤毛麟角。本来基层事业单位对考勤一般是睁一只眼闭一只眼，只要不耽误事，迟到早退点没人去过分计较。可是当时的单位一把手是个部队转业干部，刚从部队到地方，新官上任怎么也得来把火，第一天上任，等了大半天，单位人来得稀稀拉拉，等到第二天专门发了通知才凑齐人员开了一次单位大会。这一把手心里窝着一把火，于是轰轰烈烈地燃到了考勤这一块，他对考勤的要求就像在部队的时候一样，分秒不差。老会计想找办公室主任通融一下，主任被一把手一通训斥，老会计有苦难言，只能起早贪黑地两头跑。那真是披星戴月，大街上除了扫街的，很少能看见其他人。刚开始的几年，她还年轻，精力充沛，后来有了孩子，她也渐渐上了年纪，精力明显不如从前，至于打考勤方面，领导批评也好给脸色也好，她实在是疲于奔命也难以保证按时按点到，到最后，她索性摇身一变，一副老油条爱咋咋的模样在单位游走。她和领导的这种消极对抗模式以领导的升迁调离告终。

这期间她和家里人一直不停地折腾调动的事，可是她的运气实在是背到了南极，那一片冰天雪地冻彻肺腑。最接近成功的一次是，接收单位的章子盖好了，现在单位的章子也盖好了，就等人事局盖一个最普通的转档案的章子时，人事局连夜下了新通知，因人事机构改革，所有人事一概冻结。老天爷就是要捉弄她这个瞎家雀，等到机构改革完成人事开放时，她本来要去的那个单位在机构改革中被合并，她的会计岗位直接被内部消化，她手上盖好章子的调函成了废纸。从那之后，直到她退休，在调动这件事上也是徒劳无果。后来，她也就认命了，反正年纪也大了，成了真正的老油条，单位后来有了通勤车，孩子也长大了，两头跑的日子就没那么难熬。在这个基层单位干会计，一干就是近三十年，没功劳也有苦劳。后来她其实也不图市里离家近，就因为市里比基层的福利多，对于工薪阶层而言，多发一桶油都是好的。可是，小乔才接她的班两天半就一下子窜到了市里，她心里实打实地打翻了调味瓶。她在超市买东西碰到了老同事，老同事告诉她这件事。在同事面前，她很有涵养地微笑着表示祝贺，可回到家里，她躲到自己的卧室放声号啕了一场，任家里人怎么问，她就是干号，搞得家里人以为她在外面撞了邪，发癔症。在这个时刻，她就想号，她要把憋了一辈子的委屈、伤心、不甘心、劳累都号出去，谁能体会她斯时斯刻内心深处的悲凉呢？她从一个小姑娘进单位，硬生生地熬成了一个老太婆离开单位，起早贪黑地赶公交，她的各处关节都比同龄人差，遇上刮风下雨下雪天，她比天气预报还灵，提前一天就感觉浑身的骨头扎心般碎碎的疼，这种疼说不清道不明。整个人的神经紧绷，仿佛那挂在墙角的蛛网，看似密密实实，其实外力轻轻一弹就分崩离析。她就想号一号自己的命，号一号自己的苦。小乔这个青年她还是打心眼里佩服的，业务能力确实好，进单位当出纳没多久就把会计的活儿干得干净漂亮，那账面做得让她这个几十年的老会计都十分羡慕。像这样的人才到市里也是应该的，号到最后没声没息的时刻，她决定小乔到市里工作之后，她要请他来家里吃顿饭，祝贺他的升迁。

4

会计这个行当本来就女多男少，他们这个新单位三十多个人，除了中心一把手张主任是男的，再就是底下做具体业务的，加乔安一共三个男的，对了，给主任开车的小王也是男的。每次市里搞大型活动，市级单位全体人员在广场列队集合，他们单位往那一站，其他单位都笑称他们几个是核算中心的"五朵金花"。

新单位，新面孔，一切都显得生机勃勃。乔安表面上不动声色，但他的心里是快乐的，他原本总觉得自己不如哥哥，是靠哥哥的关系接了老会计的班。现在他不这样想了，到了市里，他就想在这个广阔天地，凭借自己的本事做一番事业，不用再活在哥哥的光环下面。

核算中心以柜组为单元，就像其他单位以科室为单元一样。每个柜组负责好几个市级单位的账目审核划拨。通常一个柜组三个人，一个组长，一个初审，一个复审。姚天丽，姚姐，最年长，是乔安他们柜组的组长，业务能力却平常，后来听说她老公是某局的一个副局长。另一个苏芳芳，芳姐，比乔安大，比姚姐小，业务能力还不错。姚姐的身形和她的年龄相当，中年发福的妇女形象，发型也是机关大姐的发型。乔安比较受不了的是姚姐的穿衣风格，她的身体本来就丰腴，可是每次买的衣服偏偏有意小一码，身上的肉就一万个委屈地在窄小的衣服内挣扎，等待时机爆破而出。出乎意料的是量身定做的工装，姚姐也穿成了紧身衣，灰色掐腰小西服胸部位置的扣子费劲地扣在一起。姚姐是组长，坐在两张桌子合并的中间位置，乔安和芳姐面对面坐着。每天乔安给姚姐递发票凭证让她最后审核时，迎接乔安目光的就是姚姐胸前那两坨呼之欲出的肉，乔安进核算中心之前没谈过恋爱，和女生接触都很少。姚姐每天这么刺激他，他刚开始羞得脸通红通红。姚姐是个大拉子人，乔安对面的芳姐看他的样子就偷偷地笑，私下里打趣要给他介绍女朋友才行。

坐在乔安对面的芳姐和姚姐走极端路线。芳姐就像她的名字，苏芳芳，是带着香味的好看。她比姚姐小一岁，身材保持得很精致，高挑且凹凸有致，衣服穿在她身上就像找到了定型模特，连普通的工装都让她穿出了热播剧《我的前半生》里袁泉演的职场精英唐晶的感觉。上班一段时间后，乔安隐隐地感觉姚姐有点看不上芳姐，在账目上，有时候乔安觉得姚姐有点为难芳姐。他想这是女人本性里的嫉妒心作祟，很明显，这段时间，芳姐成了中心的代言人，中心有什么需要外出露脸的，办公室一般都会派芳姐去，这也代表着一个单位的形象嘛。姚姐对乔安倒是比较客气，乔安想她一定是听她丈夫说了乔安的哥哥是谁。初来乍到，乔安虽然心里向着芳姐，可他也不会表现出来，他只是默默地把来柜组办事的账目做得滴水不漏，这样姚姐想鸡蛋里挑骨头也难，在业务方面，乔安对自己信心满满。私下里，乔安和芳姐走得近一些，至少每天中午他都会和芳姐一起去食堂吃饭。而姚姐每天中午都会早走一会儿，赶回家给上中学的孩子做饭，像姚姐这样不按时按点上下班的人不多，底下人都悄悄议论姚姐全靠她丈夫撑腰。

一次吃饭的时候，乔安看见姚姐从食堂打了饭往回赶，原来那天姚姐被抽调去下乡检查，回来的时候已经到了饭点，姚姐的孩子下午还要考试，为了吃得卫生，姚姐就勉强从食堂打饭回去，经过乔安和芳姐他们桌的时候，姚姐还冲他们抱怨食堂的菜太寡淡，孩子吃了没营养。乔安看她眼里全是孩子，就随口问了芳姐一句："孩子中午怎么吃饭哪？"芳姐看着乔安，脸色有点暗，长长弯弯的笑眉也皱了起来，轻轻地说："我没孩子。"乔安的嘴里刚好塞了一团饭，他不好意思地噎在了那里，咽也不是吐也不是，芳姐看他的囧样子赶紧给他递了汤过来，乔安一口汤灌下去才不至于失态。这顿饭乔安吃得心绪不宁。饭后，他们本来要回中心的宿舍午休。走到半路上，芳姐对乔安说："我们去外面的小花园转一圈吧，今天吃得有点撑。"乔安知道芳姐并没有吃多少，她是有话想说。

5

核算中心在市委大院里面，市委大院的正北面是人大的办公大楼，这两个大院中间隔了一条马路和一个长三百米的花园。据懂行的人说，这是风水学，这样子政府才能兴旺。乔安不信这些，但是他觉得这愿望是美好的，政府兴旺了，百姓就好啊。要是政府都是个烂摊场，老百姓也得不着啥好。

因为办公大楼周边居民楼很少，这个花园通常只有白天能见到人，尤其中午，有很多是在单位吃完饭出来消食的。在食堂吃饱喝足，再到这里溜几圈，然后回去午休，大楼的很多工作人员都讲究养生，可是即便如此，这座大楼也时不时有猝死的事情发生。乔安想，熬夜和喝酒是罪魁祸首。这个大楼里有很多工作狂，他们常常加班到半夜三更，甚至通宵达旦，有的工作岗位应酬多，喝酒是常有的事，乔安在电梯里总是能碰到一个接待办的同志，每天早晨他都是一身酒气，倒不是他大早上起来就喝酒，而是头一天豪饮的酒气到第二天早晨也没散去。后来出台的禁酒令，真是救了很多人的命，当然这是后话。

乔安和芳姐溜达到了小花园。这个季节正是花园最美的时候，而这里也是政府精心打造的"面子花园"，里面种植的树种、培植的鲜花都是从南方引进的当地没有的品种，乔安记得有个园林局来报账的会计说，这个小花园的布置讲究的是春夏看花，秋冬看色，意思就是天气好，值开花季节，这里定是花团锦簇；天气冷，西北地区都是光秃秃一片的时候，这里依旧五颜六色，因为这里种植的树木本身就是带色的，俗气点说就像一道彩虹洒落人间。

和美丽的芳姐走在这如梦如诗的花丛里，乔安的心开始躁动不安，眼神也有点恍惚，他感觉自己要恋爱了，或者已经在谈恋爱了。芳姐的侧颜洒着和煦的阳光，每一个毛孔都散发出迷人的馨香。乔安以为芳姐会对他说点什么，可是芳姐一直一言不发，就这么和乔安一圈一圈地走着。后来，走累了，芳姐对乔安说："我们回去吧。"乔安也自始至终没有问她什么。他觉得自己不需要问什么，就这么走着，他们就已经近得像恋人了。自那天后，乔安和芳姐之间像是有了一点不同，他们好像在共同遵守着一个秘密，可这秘密到底是什么？

以后的日子里，乔安断断续续从其他同事的嘴里知道了芳姐的情况。芳姐的丈夫是个做生意的，忙得整日不着家。最奇葩的是，这个人铁了心不要孩子，说就喜欢二人世界。芳姐刚开始也接受爱人的想法，但时间长了，家里人唠叨个没完，催个没完，周围的同龄人也都生儿抱女了，他又天天不着家，芳姐一个人也觉得有些寂寞。她对丈夫说，想要个孩子，丈夫依旧没答应。芳姐也没多做纠缠，偷偷在避孕药具上做了些手脚，她心想怀上了他总不能不要吧。要了好久也没动静，芳姐的闺蜜劝她去医院调理一下，容易要孩子。芳姐本来是去医院调理身体，可是查来查去，芳姐的身体竟然真的有点问题——宫寒。这个问题说大不大说小不小。要是调理得顺利，很快就能要上孩子；要是不顺利，那芳姐要孩子还真是个大问题。芳姐自己也上网查了很多资料，她没有告诉丈夫这件事，也不是不敢，就想多一事不如少一事，自己偷偷地寻医问药。可是命运总是捉弄人，有些东西你不想要的时候它偏偏很容易得到，你想要的时候就是耗尽心力也是徒劳无果。芳姐在要孩子的事情上就是这样，最后她自己也泄了气。她托关系从基层单位调到这里的原因也是因为这个，原来的单位是是非之地，谁见了她都要问孩子的事，搞得她觉得自己的子宫赤裸裸地暴露在所有人面前。有个男同事比较粗野，一次单位聚餐喝酒后对她色眼迷离地说："芳啊，要不要帮忙啊，哥可是热血汉子啊。"在场的人哄堂大笑，她气得拿了包甩手离去。这件事坚定了她离开基层单位的决心。

到了市里，芳姐以为不会再有人过问这件事。她没想到的是一个柜组的姚姐，偏偏和她以前的同事是妯娌。姚姐本来就对她不是特别感冒，她知道了这些事以后，整个中心的人也差不多都知道了，从那天吃饭小乔的提问看，恐怕只有小乔不知情。那天吃完饭去花园她本来想给小乔讲的，可是到了花园她又改变了主意，决定顺其自然好了。乔安知道了这些事后，他在芳姐跟前一个字都没提过，他知道那天在小花园芳姐打算亲口告诉他，不知怎么又变了主意。不管怎么，乔安都想芳姐一定是信任他才愿意亲口告诉他，这让乔安感觉很骄傲，他发现只要芳姐给予他肯定，他就觉得信心倍增。那个时候，乔安还不懂这其实是爱情的力量。

6

乔安虽然内向，可他心里对未来的另一半是有自己的评判标准的。

乔安从小到大接触最多的女人就是母亲。母亲业务精通，人也很精悍，属于那种风风火火、泼辣型的。她对乔安兄弟俩的管教很严，母亲信奉的是慈母多败儿、棍棒底下出孝子，所以，在家里，母亲总是凶神恶煞如老虎，父亲却是温吞吞的老母鸡。父母在家的时候，乔安兄弟俩永远听见母亲在呵斥父亲，父亲一副事不关己充耳不闻的样子，端着一杯热茶，举着不知道哪天的报纸，躺在沙发上眯着眼睛看。从那个时候起，乔安就下定决心，长大了一定不找如母亲这般的女人当媳妇，一定要找一个像琼瑶剧里的女主角那么温柔善良的。乔安常常想，女人要是太凶悍，即便本身有点姿色也会变得满脸横肉，一脸的八婆样。母亲就是这样的女人，虽然五官看起来也很有味道，但是因为她的坏脾气，使她常年眉毛倒立着，鼻孔也因为一直怒气冲冲有点上翻，白白地毁了一副好五官。而那些温柔的性子软和的女人，就是长得一般些，也会因为由内而外散发的柔和气质而变得迷人万分。像芳姐这样长得精致，性格好又风情万种的女人，就是乔安所中意的类型。乔安开始天天盼着上班、加班，这样他就可以正大光明地坐在芳姐的对面，感受她的温柔、享受她的美。

芳姐的丈夫有时会打电话过来，每次芳姐接电话的时候，乔安都会变得有些焦躁不安，常常把手里的东西搞得丁零当啷，乔安知道自己这是嫉妒了。几次之后，芳姐也发现了乔安的不对劲，再接电话的时候她就避开乔安。芳姐跑出去接电话，引来的是姚姐狐疑的目光。很快中心又有了新的传言，就是芳姐出轨了。乔安听同事说的时候吃了一惊，以为他暗恋芳姐的事被夸大了，听到后来才知道男主角另有其人，是和芳姐隔了两张桌子的张哥。张哥要说也是核算中心男人的颜值担当了，个头高，就是头发早早地有点谢顶，给他的帅气打了很多折扣。乔安暗暗地观察芳姐和张哥，本来以前他俩之间很普通的逗闷子的话，现在乔安怎么听都像在调情。乔安的嫉妒比听见芳姐和她丈夫打电话还厉害。

那天乔安被派出去培训，培训机构管饭，可是乔安一个早晨没有见芳姐，就更不想错过和芳姐共进午餐的机会。于是，他下课找了个借口打车赶回单位，在车上给芳姐发信息撒谎说培训机构要一些材料，他现在回单位取，让芳姐帮他打个饭。芳姐很快回信息说，张哥请她出来吃饭，她没去食堂。乔安看了回信，在出租车里气得差点把手机从车窗子扔出去。乔安气得也没回去吃饭，让司机掉头回了培训机构。乔安觉得其他同事也不是无事生非，芳姐自己就是不检点。

那次培训回来后，乔安故意疏远芳姐，他找各种借口不和她一起吃饭，工作的时候也是公事公办，不再替芳姐做多余的事。闲的时候，乔安就在自己的电脑上不停地捣鼓着，不再和芳姐扯闲篇。芳姐以为乔安为没有给他打饭的事发孩子脾气，时间一长，她觉得乔安气的可能不是这个，他不是那么小心眼的人。后来，她隐隐约约地听到了一些自己和张哥的传闻，她才明白乔安是受了这些蛊惑，认为她是个不检点的女人。

乔安的气一直没消，他气的是自己心目中的女神怎么能是一个不检点的荡妇。他决定晾着她，不理她，让她自己反省，但是他也不能闲着啊。乔安想起自己从基层到市里时许下的宏愿，一定要做出点成绩来，让哥哥刮目相看。乔安最近就在做这件惊天动地的大事，他在核算中心做了这么久，发现各单位来报账的时候常常是落这个忘那个，一天跑好几趟，他就想发明一个财务软件，让报账单位实现网上预审，再来中心进行终审。这个软件说起来简单，可是怎么合理设计，怎么严格检查预审材料，都需要极高的技术。乔安这段时间又是网上学习，又是请教专家，业余时间自己刻苦琢磨，终于把这个软件设计得有模有样了。他在家已经做了多次模拟，也让母亲帮忙扮演报账员进行网上预审，母亲是第一次使用，可是很快就用得很流畅，乔安想连母亲这样年纪的老会计都能运用自如，其他单位早早就玩电脑的小会计应该更没有问题。母亲对小儿子的发明很是激动，当晚就给大儿子打电话，告诉他弟弟的伟大发明，让他和弟弟一起去局长那里报喜。乔安的哥哥听了母亲的电话虽然也很高兴，但是他毕竟在大楼也是有头有脸的人，他说他给局长打个电话就行，让乔安自己给局长送过去。

不用多言，乔安的发明在局里轰动所有人。乔安从柜台调到了办公室，不再负责具体业务，而是负责全局的业务管理。乔安一下子忙得不可开交，就是这座大楼也有很多人知道小乔这个人的存在。这也正是在局长发飙的时刻乔安发出一声长叹，局长没有发火的原因，局长对乔安也是有些偏爱了。

乔安到了办公室后，很少有时间去食堂吃饭，饭一般都是打字员给他打回来，他的工作实在太多了。他脑子稍微闲一点的时候，还是会想芳姐。虽然忙得日夜颠倒，但头脑反而清晰了起来，他意识到自己不该误会芳姐，不该因为嫉妒冲昏头脑而凭空地相信别人的闲言碎语。芳姐的为人，他应该比谁都清楚。如果她是那样的女人，就不会拒绝局里多次的饭局安排，不会推掉那么多外单位的邀约。她和张哥吃个饭又有什么呢？也许张哥找芳姐帮忙呢。可是乔安实在太忙了，他想着忙过这段时间一定好好请芳姐吃顿饭，补偿一下这段时间自己的无理取闹。

乔安调到了办公室，苏芳芳心里为他高兴。进核算中心没多久，苏芳芳就知道乔安在这方面会有大出息，他实在是个干财务的料，经他手处理的账目，干净利落漂亮，毫无瑕疵。她开始以为乔安是误会自己和张哥不检点才疏远她，现在她知道原来乔安在忙着搞发明这件大事。乔安成功了，她发自内心的高兴和骄傲。可是她没有心情给乔安庆祝，一来小乔忙得如陀螺，二来那天张哥请她吃饭，给她说的事，让她心里搁了一块巨石，沉甸甸得上不来气。

她那天中午本来不打算吃饭，想直接休息，这段时间的求医问药她实在有些身心俱疲。张哥等其他人都走了，去休息室找她，说出去吃点饭，有事和她讲。她本来想拒绝的，可是看张哥一脸凝重的样子，就起身和他出了大楼。张哥带她去了离单位不远的一家茶楼，茶楼装修得很上档次，她虽然不懂家具，可是她感觉茶楼的家具应该是价值不菲的红木家具。茶楼的一层是卖茶叶、喝茶的地方，二楼便别有洞天，一个个小包间，是私家菜馆。这是一家茶楼兼私房菜馆。看起来，张哥是这里的常客，他到了后，服务员不用吩咐就上了茶。张哥只对服务员说老规矩，不一会儿，上来了两荤两素四个精致的菜肴。菜的味道先不论，菜的品相真是可爱，苏芳芳想张哥这样一个看起来外形很粗犷的人没想到骨子里这么浪漫。

张哥对苏芳芳说："一个朋友开的，味道不错，最主要的是清静。"她赶紧回话："太高档了，让张哥破费了。"张哥笑着摆摆手。吃饭的时候，张哥问了她的敏感问题，孩子。苏芳芳虽然对一个大男人问自己这么私密的话题很反感，但还是忍住了，只说还在调理，在准备。张哥顿了顿，饮了一口茶，说："小苏，我给你摊开了说吧，前几天我去了一个朋友家，他家里还有两个客人带着一个几个月大的孩子，你知道这一家三口中的父亲是谁吗？"

苏芳芳愣了："我怎么会知道呢？"

"是你丈夫。"

苏芳芳听后呆了片刻，旋即又笑了，说："张哥，你别开玩笑了，你又不认识他。""我在你的手机里见过他的照片，你看，这是我们那天吃饭的合影。我想了几天还是觉得应该告诉你。"苏芳芳看着张哥手机里那张笑得牙花子都翻出来的面孔，那不是自己的丈夫又是谁呢？那顿饭一直都是张哥在开导她，她在默默地吃，她以为自己会哭，可是没有。

回到家里，见到丈夫，她看不出他有什么不同。这个男人竟然背着她已经做了父亲，孩子的母亲却不是她，是另一个女人。晚上睡觉的时候，她又对丈夫说起了孩子的事，丈夫不耐烦地说："我们两个人轻轻松松地活不好吗，干吗要给自己找麻烦？"她靠在丈夫的肩膀上，说："你真的不想要孩子吗？"丈夫没说话，一翻身压在她身上说："我只要你。"那晚看着满足得呼呼大睡的丈夫，苏芳芳想张哥是不是给她看了一张合成照，他的目的是什么呢？

再到单位的时候，苏芳芳看出张哥总想和她套近乎说点什么，她都找借口躲掉了。后来张哥也不再对她上心，俗话说，清官难断家务事，更何况人家根本不稀罕他来断。从那天起，苏芳芳的心里就总是闷腾腾沉甸甸的。

这天核算中心跟政府大楼里的单位全员参加全市市民健步走活动，从大楼前的广场出发，绕了大半个城，足足走了一上午。正赶上三八妇女节，核算中心几乎是女同志，领导发了善心，下午核算中心放了半天假。苏芳芳和同事健步之后一起会了餐，乔安因为工作多，也没能来参加。吃了饭，苏芳芳她们几个精力好的又约着逛了会儿街才各自回了家。

苏芳芳在楼下看到了丈夫的车，今天他回来得挺早。开门进去后，苏芳芳僵在了那里，丈夫坐在沙发上，怀里抱着一个小婴儿。丈夫喊她："快过来，你不是想要个小孩子吗？你看，这个小孩子多可爱。"她感觉自己像在梦里又像在幻境里，她看着面前这个笑得牙花子外翻的男人，和这个似曾相识的小孩子，张哥的本事真大，把照片都变成真人了。苏芳芳醒来的时候，是躺在卧室床上的，丈夫坐在床边，看她醒了，对她说："你好好休息，医生刚走，说你没大事，就是血糖有点低。"她想起自己刚才晕倒了，还想起了晕倒前的情形，她看着丈夫，等他解释。

8

"我和她是去年一次谈生意时认识的。那天，我们喝了很多酒，后来我就送她回家。把她送到家，可能是喝太多了，我们都失去了理智，就发生了关系。但是从那以后，我们就再没有联系过。我发誓。

上个月，她突然给我打电话约我去她家，我说不去，她给我发了一张小孩子的照片，说不去我会后悔的。我看了照片有点害怕，就去找了她。她告诉我孩子是我的，我当然不能相信。她让我去验DNA，我验了，真的是我的。前几天，她说让我送她和孩子去一个朋友家，到了她朋友家楼下，她说东西多，让我帮她把孩子和东西送上去。我一进去，她就给朋友介绍说，我就是孩子的父亲。她的朋友好像早就知道我会来，我碍于他们太热情就留了下来吃饭。后来又来了一对夫妻，中间我无意中听到那个男的也在核算中心工作。我以为这件事瞒不住你了，可是你后来提过一次孩子，也没有太过激的反应，我想那个男的可能不认识我，我又暗自庆幸逃过一劫。

今天，她让我帮忙看一下孩子，说她有点急事要办。我没多想就过去了，她走了大概两个多小时，来了一个快递员交给我一封信，原来她已经出国了。如果不是当年怀孕了，她早就出国了，可是她没忍心做掉孩子，现在她又有了出国的机会，她不想再错过。她打听到我们一直也没有孩子，就决定把孩子留给我。你一直闹着要个孩子，我本想神不知鬼不觉地办个领养手续，就让孩子顺理成章地跟了我，可是看你今天一见孩子就晕倒了，我知道你同事一定是告诉过你了。既然你都知道了，我也真是没办法，我毕竟是孩子的亲生父亲，不能再抛弃他。我知道你为了要孩子最近一直在看病，我问过大夫，你这种情况能有孩子的机会很渺茫。这个孩子也许就是上天赐给我们的。"

丈夫的话，苏芳芳一字不漏认认真真地听到了耳朵里，眼泪流在了她的心里。她知道，如果她坚决不要这个孩子也就意味着这个家没了，而她，就像丈夫说的，这辈子有孩子的可能性又几乎为零。这个

089

孩子就成了丈夫在世上唯一的血脉。苏芳芳想起丈夫看着孩子的眼神，就知道孩子一定是他的，那种眼神里的温柔只有亲生父亲才有。连着几天，家里陆陆续续地来了婆家人、娘家人，她们都劝苏芳芳想开些，总比和自己一点关系都没有的孩子强吧。苏芳芳的大姐搂着她说："忍一忍，也许就怀上了呢，不是有很多这样的例子吗?"

苏芳芳开始进入母亲的角色。日子一天天地过去，她完全被这个小东西迷住了，世界上怎么会有这么可爱的生灵呢? 丈夫也每天很积极地赶回家来，他们两个争着抱小东西，喂小东西，丈夫说："给小东西起个名字吧，不能总是喊小东西吧，不好听，叫他小不点吧，对，就叫小不点，希望他永远是个小不点，快乐的小不点，不要长大。"苏芳芳喊小不点的时候哭了……

9

乔安知道芳姐有小孩子的时候，已经是小不点到芳姐家三个月后的事了。这期间，乔安去外地培训了两个月，回来又昏天黑地地忙了一个月，给他打饭的打字员那天递给他饭的时候说："芳姐的小孩真好看啊，特别可爱，没想到抱来的孩子都可以这么好看。"他先没有反应过来，等反应过来打字员已经走了，他撵到了打字室，问打字员究竟是怎么一回事。打字员知道的也不多，就知道芳姐不能怀孕，于是领养了一个男孩。

乔安听了这事后，从那天起心头总感觉憋了一口气，他说不出哪里不舒服，但他只要长叹一口气，就会觉得舒服点。老中医给他的诊断结果是郁结于心。他知道自己的郁结是什么。他想应该找个机会和芳姐谈一谈，可是谈什么呢?

核算中心里知道孩子底细的只有张哥，从同事们的反应来看，张哥并没有泄露孩子的身世。苏芳芳想张哥是个正人君子。张哥虽然不知道为什么孩子突然到了苏芳芳的手里，但是他想这或许是最好的结局。

　　乔安变成乔叹后，局里给他减少了一部分工作，让他调理一下身体。乔安知道一定是母亲又给哥哥打电话了。这样也好，乔安每天至少能午休一会儿。这天，乔安躺在办公室的沙发上翻微信，他自己很久没发消息了，他点开了芳姐的头像，芳姐的头像换成了一朵艳丽的花朵，底下有一行小字：如果疼痛可以开花，就让它开成一朵罂粟花……

　　原来，芳姐的头像是一朵罂粟花。

　　如果时光可以倒流，我能做什么？

　　乔安长出了一口气，在自己的朋友圈冒了个泡。后面的评论接踵而至，如果疼痛可以开花，就让它五彩缤纷……

麻辣烫店里的男人

接陈同学放学，他一路念叨小饭桌的饭不好吃，没有肉，问我："家里还有炸鸡翅吗？"我说："回去给你杀只鸡。"他一路撅着嘴不再理我。

停好车，我说晚上杀鸡毛拔不干净，吃点麻辣烫吧。他立刻乐了，说："那你明天白天杀，晚上我回来吃。"我说："我不杀生。"

麻辣烫店面不大，是一间改建平房。父母居住的小区是城里最早的较为高档的小高层住宅之一，可不知何故，小区周边发展缓慢，餐饮基本都是这样的改建平房，鲜有大饭店，单是看外观就让人心生厌恶，满眼的破、旧、乱。店面几乎没装修，门头是简易的广告绘制的几个大字"张家麻辣烫"，屋里是用白漆刷的大白墙，房顶也没做简单吊饰，一样用白漆漫过。头顶上一个陈年油渍的大吊扇，夏天给人们带来凉意；冬天在靠里的墙角支一个洋炉子，抵挡寒风。两侧挨着墙摆着几张简易餐桌椅，倒是拾掇得干净整齐。

我们挑了靠近洋炉子的一张桌子，今天外面下雨降温，看见热腾腾的炉子就让人心生欢喜。坐在炉子边，我心里琢磨着要是有个大白馒头放在炉子上，烤得又黄又酥，吃下去该有多美气。在我胡思乱想的工夫，陈同学迅速点好了菜，对我说："出去一下。"不等我反应过来，人已经窜了出去，一会儿又冲了回来，手里抓着一瓶"尖叫"。

在他很小的时候，去商店给他买喝的，我问他喝什么，他一时忘了"尖叫"这个词，急得最后冲我大声叫起来，叫得我直发蒙，老板娘倒是反应快，说："是不是要尖叫？"他立刻高兴地跳，嘴里"嗯嗯嗯"的。一转眼他就已经长大，今年是他的本命年，在我们老家，十二岁的本命年对于男孩子而言是个大日子，这一年男孩子从里到外都要着红衣红裤，这样才能一辈子平平安安。现在我们家依然保留了这个传统，但是经过改良，只穿红色的内衣内裤就好，况且你就是给他准备一身红色的外衣裤，恐怕他宁肯不上学也不会穿出去。

等菜的间隙，我和他看着"尖叫"发呆。

从门外进来一个男人，风尘仆仆的样子，打工汉的打扮，一进门就嚷嚷："来碗十元的麻辣烫，一天要累死了，不回去做饭了，随便吃一口吧……"这些话不知道他说给谁听，老板娘和离得最近的我都没有接话。老板娘过去收点菜单的时候，惊讶地问："你要在这喝酒啊？"他"嗯"了一声。我回头看了下，桌子上立着一瓶最便宜的二锅头，五十六度，很烈。对于一个吃口麻辣烫都要喝两口的打工汉，我想他一是因为喜爱，二是为了解乏。用自己的喜爱之物褪去一身的疲倦未尝不是人生一大幸事。

他喝一口酒，嘴就很响地吧唧一下，听起来就喝得很香。他又很突然地问老板娘有没有废纸，老板娘给他一张废菜单。他拿着点菜的秃笔头铅笔在纸上不停地算着，边算边叹气，叹完气吸溜一口酒。看来，这个疲惫的为人子、人夫、人父的男人，在一张废纸上划拉的或许是一家子的生活。

我们的菜上来了，看着眼前冒尖尖的一满盆菜，我问陈同学："点这么多能吃完吗？""能啊，我饿着呢。"好吧，老话说，半大小子吃死老子。喝酒的男人家里会不会也有一个或几个这样的半大小子，劳苦一天的他只简单吃一碗十元的麻辣烫充饥，是不是就为了多攒一些钱回去养自己的半大小子？

"呼噜呼噜"，陈同学吃得很起劲，满脸热汗，吃几口喝一口"尖叫"，嘴里满意地"吧唧"一声。隔壁桌男人喝得也很起劲，他的脸渐渐涌起红晕。

"老板娘，来份麻辣烫，我们全家都在减肥，家里没饭吃。"

一个中年高胖的男子，一条腿还在门外就冲着里面大呼小叫起来。老板娘笑着递给他菜单和秃铅笔，他就站在吧台旁开始点菜。

"这个脆皮肠好吃吗？"

"好吃，小孩子都爱吃。"

"这个午餐肉是牛肉的？"

"嗯，牛肉的。"

"这个羊肉一份有多少？"

"三四片吧。"

……

每个问题都围绕着菜单上的肉类，这是减肥的节奏吗？也许是他妻子减肥，他跟着遭罪吧。

"点这些一个人够吃了吗？"

"够了，够了，你拿回去全家都够吃。"

"不拿，不拿，就在这吃，就在这吃。"

听他忙不迭地回话，老板娘笑了，说："自己偷着吃啊。"

他有点不好意思，嘟囔一句："饿得心慌。"

"还有这个宽粉，加两元的。"他又补充了一句。

他回身找座位的时候，我暗暗瞟了一眼他的肚子，心里着实为胖子心酸。自己也在减肥的路上磕磕绊绊，终究还是个胖子。后来也不瞎折腾了，上天给你的，你就好好珍惜，随缘惜缘，生活也便自在一些。

"一个人喝啊？"胖子和打工汉闲搭话。

打工汉举着杯子问胖子："来一杯？"

"行，来一杯。"胖子倒是很爽快，一点也不认生，看来也是个爱喝酒的。

"老板，来盘花生米。兄弟，你请我喝酒，我请你吃菜。"

这声"兄弟"一叫，胖子和打工汉的关系一下子就亲密起来。他们热络地喝了起来。像胖子这样的略有江湖气的人，一旦减肥成功瘦下来，恐怕就没了那点侠气，也少了点亲和力吧。

打工汉在胖子的感染下，也越喝越开心，堆起的笑容把一张瘦脸的沧桑化为道道褶皱，这褶皱里有打工汉艰难的生活，也有他深藏的快乐，这张寡瘦的道道沟壑的脸映衬得胖子油光满面的脸更加丰腴。他俩的话渐渐多了起来，嗓门也越来越大。老板娘也跟着偶尔插一句话，他们就更得意了。

不管说什么，对于他们而言这都是一次愉快的晚餐。吃饭，环境菜色固然重要，但更重要的可能是一起吃饭的那个人。能和一个聊得来的人吃饭，就是一碗白米饭也开心，而世间有多少人多少关系都是死于无话可说。

码　头

部门的小高前几天被人事部叫去签离职协议，正好那几天我出差在北京学习。我回来的时候，小高已经在整理办公桌了。日子不经过，算算小高来单位也有小十年了。小高和财务室的小慕、办公室的小叶一起进的单位，当年市委有政策，在行政事业单位设立公益岗位，主要面向应届大学毕业生，工资福利加一起每月大概两千余元。这个钱虽然有点少，但是工作单位体面，任务也相对轻松，还是很受大家的欢迎的，而且那个时期这一举措在缓解就业压力上起到了很好的作用。然而今年政策有了新变化，凡是在公益岗工作满三年的一律解除合同，小高她们超出规定年限太多，只能离职。三人中，唯一做财务的小慕因为工作性质特殊，得以法外开恩多留一年，这一年她的主要任务就是做好对新人的“传帮带”工作。

看着噘着嘴整理办公桌的小高，我想起她们刚来单位的情形。三个年轻、充满活力的女孩，长相在她们身上已经不太重要，让人心生羡慕的是她们身上自然流淌的生机勃勃。无论皮肤白皙还是略黑，无论脸上光滑如蛋清还是时不时地冒几颗青春痘，都显得那么调皮可爱。因为她们的到来，原本的几个“70 后”立时荣升为哥和姐，组联部的秦主任，小高不喊他主任，喊他秦哥。一日，不知何事，小高找他，平日都是去办公室找，这日估计发懒就在走廊里喊:“秦哥，秦哥。"那娇柔绕梁的几声下来，其他办公室的男同志冲了出来，说："小高啊，你这么喊，你秦哥跟打了麻药一样酥软，出不了门了。"因为有了这些年轻的血液，单位也变得有了生趣。

进了单位的年轻人，因为没有正式的编制，都是边工作边参加国考或是省考公务员。对于挑选单位，她们就像挑选自己的归宿一样，希望能有一个永远的岸可依靠，而不是这样的临时码头。有时候，看着年年来单位实习的大学生一拨又一拨地离去，我就在想，我所安身立命的单位于这些年轻人而言，不过是她们人生的一个码头，在这里，她们第一次踏入社会，经历职场中的各种繁忙、虚伪、真善美……她们从学校到这里停泊片刻，还未等羽翼丰满，又会起航奔赴真正的战场。也许，在以后的战场上，她们会怀念这第一次驻足的地方，毕竟这里于她们而言，还没有利益、没有斗争、没有争抢，每个人像对自己的孩子一样对他们宽容以待，每送走一拨，我们也会感慨一下自己在渐渐老去。

在单位的这些年，小高她们完成了人生中的两件大事：结婚、生子，经常会看见她们凑在一起讨论着生活中的各种烦乱和养儿育女的辛劳与开心。在这个过程中，财务室的小慕进入了我的视线，小慕一直很瘦，个子也不高，笑起来脸上会有点淡淡的皱纹，但是皮肤的白皙和脸蛋的粉嫩很好地掩盖了这些。大家都说小慕是个好看的女孩儿。

小慕的婆家在做钢材生意，前些年赚了点钱，娶小慕进门的时候是很风光的，小慕还没有拿到驾照，一辆奥迪就摆在车库里等着她。后来，钢材市场遭遇了空前的暴风雨，那一年有许多做钢材生意的老板一下子从山顶坠入山谷，每天都在为银行贷款、高利贷等倒账，倒得只剩半条命。小慕的爱人每日早出晚归地到处补公司的窟窿，一方面欠着账还着高额利息，一方面借给别人的钱要不回来，赊出去的货收不回货款。小慕的奥迪还没等她拿到驾照，就被银行收了去顶账。有时候，会听见小慕和小高叹气，真是方向盘一天都没摸就没了……小高安慰她，以后让他给你赔辆大奔。小慕笑着回她："哪有你那个好命啊，老公是国企高管，工资又高工作又稳定。"

听小高讲，小慕在家很能干，她有轻微的洁癖和强迫症，家里家外都是她一个人在操持，每天都像陀螺一样忙不停，还要带孩子。小慕生了个女孩，她的婆婆很在乎传宗接代的事，而且小慕的爱人是独子。那时候二胎政策并没有出台，可是小慕的婆婆说她只是个临时工，生就生，大不了不干了，交点罚款。小慕倒不是不想再要一个孩子，她也觉得自己和爱人都是独生子女，有点单薄，只是婆婆的一句"临时工"深深地刺伤了她的自尊，原本她以为在这样一个看着体面的单位工作是件有脸面的事，然而事实上，在别人的眼里她们不过是个临时工。小高在说起这事的时候，也是义愤填膺的样子，"身份"这个词看似平常，其实它一直在左右着我们的情绪，化作外表就是面子问题。临时码头和永久港湾，无论是在安全感、归属感还是脸面上都对人有着深刻的影响。小慕的婆婆是有些跋扈的，小慕老是说，到了单位才像休息，回了家反而像上班。

小慕的爱人因为生意一蹶不振，渐渐地还染上了喝酒的坏习惯。两个人因为生活上的琐事，常常闹别扭。闹了别扭的小慕就会来找小高诉说，办公室的小叶比较内向少言，渐渐地和她俩拉开了距离。家境富裕的时候，小慕养成了用一些高档用品的习惯，尤其是化妆品，现在条件不允许了，她还是喜欢和小高讨论一阵子高档化妆品，好像那口红在网上多看两眼也能抹在嘴唇上一样。今年冬季，街上突然流行起貂皮大衣来，小高的生日正好在冬天，她爱人就送了她一件貂皮大衣，据我所知，再普通的貂皮大衣一件也得上万元。小慕摸着小高衣服上的貂毛，眼里全是羡慕。可是我并不觉得这种大衣适合她们这个年纪的女孩子，她们穿上并没有增添多少雍容华贵，相反，添加了许多的俗气与铜臭。此后的一段日子，小慕来找小高的次数少了，我想财务室最近应该很忙。那天，多日不见的小慕来了，她的身上也穿了一件貂皮大衣，她让小高看是真的还是假的，从她眉飞色舞的样子来看，能是假货吗？小高问她："谁给买的？"她低下头，脸稍稍红了一下，说："又怀上了，婆婆奖励的。"

小高还在整理东西的时候，小慕进来了，小高停下了手里的活，和小慕坐下说话。两个人说了半天的舍不得，最后，小慕拉着小高的手说："过些日子我也该走了，说到底，我们的终生依靠不是这里，这里再好，我们也是过客。"

影　子

1

　　认识她的时候是在多年前的五一长假，那时候五一和十一一样都是七天长假。那天正是假期第四天，我刚刚参加工作两年，在家里待着闲得发慌。那时候手机刚流行不久，我才将 BP 机换成了一款笨重的三星手机。中午时分，昏睡中老同学小凡打来了电话，说有一个与我同年同月同日生的美女想与我玩麻将。我笑骂同学的伎俩，为了玩个牌竟扯这样的谎。

　　终归有个事情做，我简单收拾一下就去了。天气很好，蓝蓝的天，白云朵朵，气温合适，阳光洒在人身上暖意融融，却不觉得热。一路上，没多少车与人，长假大家都跑去了长城、海滩、高山峻岭，电视里天天在播报旅游景点游客爆满，长城上游人摩肩接踵，爬山的过个索道排四五个小时的队……看着这些镜头，我心里不免庆幸自己没有随大流出去瞎转悠。正胡思乱想间，到目的地了，是个单位家属院，同学单位的单身宿舍。放假了，很多职工都回家了，院子里静悄悄的，院中央的大花坛倒是收拾得不错，各种花儿姹紫嫣红，很是喜人，冷清的院子一下子充满了生气。

宿舍门都是一样的铁皮绿，上面用红油漆写了编号，倒也好找。要去的那间宿舍，门大开着，同学小凡和一个男青年在愉快地聊天，从男青年的眼睛里我看到了喜欢，看来是小凡的爱慕者。和他们打了招呼，环视屋内，几张上下铺，几张桌子，单身汉宿舍特有的味道。却不见那个与我同年同月同日生的神秘人，摸着麻将牌，我打趣小凡："你这玩的是三缺一的新式麻将啊。"话音刚落，迎面的一扇小门开了，一个瘦小的女孩走了出来，她就那么灿烂地笑着向我迎面走来，直到今天，一想起这个笑容，我的心都还在剧烈地颤抖。走近了，白皙的脸上有一点浅浅的酒窝，"你好，我叫小丽，第四个人是我。"声音温和又吸引人。

就是这样一个瘦弱的有着天使笑容的女孩将我的一生改变。

那天玩完麻将之后又去做了什么，我有些忘了，可能去吃了饭还喝了些酒，整个过程都围绕着小凡和那个男青年的暧昧进行。我和小丽有一搭没一搭地说着话，她竟然和我是从同一个中学毕业的，这让我想起了我的初恋，那个从高三开始，一直和我在拉拉扯扯的女孩。她们的眉眼间神态都有些相似，外形也是一样的娇小瘦弱。就是看到这么多的类似，我都没有想到"轮回"这个词。人生中有些痛苦注定要来来回回地承受。

2

"在干吗？"

"上班。"

"下班呢？"

"没事。"

"出来坐坐？"

"好。"

就这么三言两语约了小丽出来，就在第二天，没有想象中的任何拒绝与困难。我还在假期里，她已上班。我去她单位附近的公园等她。公园位于闹市中央，人很多，夏日傍晚时分更多，仿佛全城的人都拥到了这里。人多但是很有秩序，跳舞的绕着广场随着音乐欢快起舞，音乐是耳熟能详的口水歌，舞者大多上了年纪，他们不分高矮胖瘦各就其位，舞起来的姿势有的很不错，一看就是风韵犹存的半老徐娘，身材也并未走样；有的就只是随着音乐扭动着肥胖油腻的腰身，这些大概就为了锻炼锻炼身体而已。围绕公园一圈的椅子上，三三两两坐满了观看的人，其中不乏谈恋爱的年轻人，头碰着头，窃窃私语，身体不时地扭动着青春的欲望，有肢体动作实在过分的，大家都会侧目观赏一番，嘴角流露出羡慕、鄙夷等诸多情绪。

公园建在高台上，下了台阶，有很多按摩的人，按一次十元，比起昂贵的桑拿房里的按摩真是大众又实惠。每个按摩的凳子上都坐着人，从他们的衣着打扮看都是很普通的工薪阶层，男的大都着老头衫、大短裤，女的则穿类似睡裙一样的棉质裙装。按摩师一边按一边和客人拉着家常，可以看出这些都是老顾客。一个妇人被按得不断呻吟，按摩师边按边说："大姐，疼了吧，让您别抱孙子别抱孙子，您怎么就不听啊？""唉，我不抱谁抱啊，儿子不争气，天天喝酒，儿媳妇生下孩子没多久就走了，一去无音信。好狠的心啊，这么小的孩子也舍得！现在的年轻人啊就只顾自己痛快……"看着听着，天色渐渐暗了下来。看看表，七点多了，她单位的办公室还是灯火通明的样子，不是六点下班吗？难道她忘了？

电话响了，小丽打来的。

"你还在公园啊，有个账错了，刚对上，我换了衣服就过去了。"

"好。"

她办公室的灯灭了。我看着她从马路的那边向公园走来，我的心"扑通扑通扑通"地跳个不停，腿不由自主地迎了过去。我们很有默契地相视一笑，转身朝着全市唯一的步行街走去。

"想吃什么？"

"麻辣烫。"

步行街有一家有名的"姐妹麻辣烫"，点菜、吃饭，全程我们仿佛是认识了好久的友人，而不是第二次见面的人。平日话比较多的我，今天却当了听众。她似乎有很多很多的话要对我说，很快我就知道了她的很多事，一个没什么经历的单纯女孩，一个家庭背景简单、生活小康的女孩。吃了饭回来，我们依旧短信发个不停，说些什么现在都已经记不清了。直到今天我都没搞明白我们这样算不算一见钟情。

第三日，我们去看了电影，电影的名字很好——《天下无双》。在电影院的时候，我们分别接到了小凡的电话，而我们不约而同地撒谎了，我说我在书店，她说她在家，小凡约我们去那时为数不多的酒吧玩，酒吧的名字叫"情缘"，就因为有我们这些下了班就无所事事的年轻人常去光顾，这家酒吧到后来开了好几个分店，城里的主要街道都会有"情缘"这个招牌。到"情缘"门口，我和小丽装作在门口偶遇的样子进了酒吧。小凡和那天的男青年已经坐在那里了，男青年叫建军。建军正在对小凡大献殷勤，我们去了有些打乱他的节奏。他仿佛有些紧张地喊服务生，声音都尖厉了，惹得我们都笑了，他也尴尬地挠挠头，本来就不顺的头发，更加凌乱。酒吧里的白天也很是昏暗，开着各色散发着荷尔蒙气息的灯，所有的卡座里都坐着人，卡座的设计很用心，让客人可以舒服地窝在里面喝着酒，慢慢地打情骂俏。服务生过来了，我抬头看了一眼，似曾相识的样子，小丽戳一戳我说："你看，他们穿着你的 T 恤。"对哦，怪不得我觉得怪怪的，服务生穿着和我一样的黑黄条纹相间的 T 恤，甚至连那个蜻蜓的商标都一样。我笑着对小丽说："我刚下班。"小丽听了笑得咯咯咯的，那是我见过的最纯净最温暖的笑容，我一时间竟发起了呆。小凡也发现了这个有趣的事，和建军打趣我："服务生就在你对面坐着，你还尖着嗓子喊什么。"建军又挠了挠那一头乱发，说："麻烦来一打啤酒，一盘瓜子，一份话梅。"我笑着起身去了吧台，后面又传来了小丽"咯咯咯"的笑声。

3

从小家里没有给我安排别的事，唯一的任务就是学习。我从没有像我同龄的孩子一样要帮家里做这做那。我回家放下书包就开始写作业，然后吃饭，继续写作业、看书。身边的伙伴也有不少，可我和他们出去玩的机会少之又少。在学校，我并不起眼，是那种扔到学生堆里就找不到的学生。学习成绩一直不好不坏，初中毕业的时候我没有任何异议地选择考高中，因为我将来是要上大学的。而小凡和其他的几个同学却报考了职高，这在我的人生词典里是如此陌生的字眼，就因为选择的不同，我和小凡他们分开了七年。我上了三年高中，四年大学；他们三年职高毕业就参加工作了，我大学毕业时，他们已是有些经验的社会人了。大学毕业后，我们在大街上的一次偶遇又拾起了少年时的友谊。

在我上高中、大学的时间里，小凡出落成了一个美女，她的性格很好，是那种温柔体贴的女孩，印象里我没见她对谁发过脾气。七年里，围绕着小凡，形成了一个很有趣的圈子。她的身边围绕着很多爱慕她的男生，但她与他们都处成了好朋友，他们有时候为了小凡争风吃醋，时不时地斗一场酒，第二天酒醒了，他们还是好兄弟，还是对小凡死心塌地的好朋友。多年后，我和其他男生聊起小凡，我们一致认为小凡最大的魅力就在于她美好的人格，她从来不会说任何一个人的不好，就算是和她相恋多年又分手的那个在我们眼里一身毛病的人，她在我们面前也从未说过一个字的不好。而今能做到这样的女子有几人呢？

小凡和小丽都是单位的美女，她们性格相仿，身形也差不多，自然而然就成了好同事、好闺蜜。从小凡的口里，我知道了小丽也有很多追求者，听了之后，我的心里默默地难过了好久。可我还是忍不住给她发信息、打电话约她出来，而每一次她都没有拒绝我，这让我心里有了一些期待，我们之间注定要发生些什么，是什么呢？

上高三的时候，我也像身边的很多同学一样，有了一场该来的早恋。那时的高考还是千军万马过独木桥，压力之大可想而知。然而压力越大，早恋的迹象却是风起云涌。尤其是重点班的学生，他们明目张胆地手牵手走进教室，放了学，男生骑着二八大自行车，横梁上坐着女生，又堂而皇之地离开了学校。学校也想了一些办法威逼利诱过这些学生，可是毫无作用。而这些学生在一起后，成绩并未有想象中的下滑迹象，相反两个人的成绩还在稳步提高，这就让老师在批评的时候找不到由头，从老师嘴里说出来的话也变了味道："嗯，同学之间就要互相帮助，互相提高，别辜负了家长和老师的一片苦心……"这是变相妥协了吗？于是，校园里有了一道独特的风景线，惹得学弟学妹们也是蠢蠢欲动。

小蓝是班里很寡言的一个女生，一开始我并未注意到她。那时我们经过上一学年的考试后分了文理科班，我所在的是文科重点班。刚进班的时候，彼此之间很是陌生，坐了好几个星期的同桌，往往说不上几句话，大家都还是和之前处了两年的同学玩得火热。大家开始熟悉起来是因为那一年举办的歌咏比赛，放了学，我们经常要练歌，休息的间隙，大家边聊天边熟络了起来。要比赛的前一天，老师拿来了要穿的服装，我们班选唱的是一首军旅歌曲，给大家准备的服装就是迷彩服。发衣服的时候，我恰恰排在小蓝的后面，班主任把衣服挑了又挑，咕哝着："怎么这么瘦小啊？没得穿啊。"我低头仔细看看小蓝，确实瘦小啊，怎么以前没觉得呢？嗯，"蓝精灵"，想到这个卡通人物，我笑出了声，小蓝回头望着我，也笑得很开心，说："怎么？没见过玲珑美人吗？"真的很美啊，尤其是我俩站在一起的身高差，按现在的话叫"最萌身高差"，这美又被无形放大了好多倍。脸颊上浅浅的酒窝，一口雪白细小的牙齿，更显得她美得与众不同。那一年，我不到十八岁，对男女之间的感情连朦胧都谈不到，是个实实在在的傻呵呵少年。

小蓝也是用她的笑容闯进我心里的。从那以后，我的视线就一直在随着她转动。第二天下午，天高云阔，无风，有些燥热，我们在操场上拉开了歌咏比赛的序幕。校长用一口南方普通话给大家来了个简短有力的开场白，各个班级都是服装整齐，精神抖擞，大部分穿的是颜色不同的运动装，只有我们绿油油一片，衣服是绿油油的，脸上也是绿油油的。上场前老师给扑的粉和腮红，因为浑身热得冒汗而变得花花绿绿，嘴唇也是用班主任老婆的劣质口红涂得像刚喝了一碗血水。小蓝和挨着的女生互相擦着花花绿绿的脸颊，嘴唇也在抿了又抿之后泛着淡淡的红色，我坐在后面，假装认真地观看比赛，其实目不转睛地盯着小蓝的一举一动，一颦一笑。可能我心里发出的爱慕光波太强烈，小蓝有了感应，她突然回头冲我嫣然一笑，和我直勾勾的目光相遇，如果可以做特效，那真是两道霹雳闪电啊。从天而降的幸福让我一时眩晕得差点栽倒，旁边的男生捅捅我说："中暑了？"我赶紧就着台阶说："可能可能，太热了！"边说边用袖子擦汗，"哈哈哈"，旁边的男生没有同情反而爆发出笑声，引得前面的同学纷纷回头，结果大家笑成了一片，其中也有小蓝。

怎么了这是？我继续用袖子擦着汗，小蓝从前面给我传过来了一面小镜子，这一照，连我自己也哭笑不得了。老师借来的是什么破衣服啊，竟然掉色，我用袖子擦汗，结果衣服的黄绿色糊了一脸，就像野战演习的士兵在脸上涂的黄一道绿一道的伪装。我照着镜子用袖子越擦越脏，正不知如何是好时，从前面又传来了湿纸巾，我感激地冲小蓝笑笑，她顽皮地吐了下舌头，转过身去了。旁边的男生说："赶紧擦，都成大花猫了！"

"谢谢你！"我递给小蓝一块德芙巧克力，之前我已经观察好了，她经常用这款巧克力充饥。她起先一愣，最后开心地接了过去，说："那我就不客气喽！"就这样我隔三岔五给她递一块巧克力，有时候只是悄悄放在她的抽屉里，然后默默地看她发现后的惊喜，接受她的回眸一笑。早恋就是这样，不需要太多的语言去表达，有的只是两个人的那份隐秘的甜蜜。

那一年，《廊桥遗梦》这部电影火遍全世界，我和小蓝还有其他几个同学趁着周末去休闲了一把。很幸运的是我俩座位挨着，当看到女主角坐在丈夫的车上，透过瓢泼大雨看着前方红绿灯路口停着的男主角的车，泪流满面，手紧握着车门把手欲冲过去时，小蓝的手握紧了我的手，那一刻我整个人僵直了，电影院黑暗的光线和激动人心的情节，使大家都没有注意到我俩这一刻的亲密。女主角最终留在了车上，留在了丈夫与孩子身边，放弃了一生的挚爱。或许，在这样的情景下开始的恋情，冥冥中也注定了我们相爱的过程与结局。

看完电影，大家各回各家，可我的心情还没有平复，我不知道小蓝是无意为之还是有意为之，道别的时候，在她的脸上我没有找到任何答案。下午的阳光很烈，周末的街道上行人不多，临街的店面都大开着门，偶尔门口会卧着一只打瞌睡的小狗。我骑着自行车漫无目的地闲逛着，不知不觉来到了小蓝家楼下的体育场。把车靠在跑道边的树荫下，我找了个看台上的台阶坐下来，台阶热得烫屁股，坐了几分钟就受不了。我又找了个阴凉地，坐在跑道边的横栏上。

偌大的体育场，骄阳下仅有几个不大的孩子在玩球，这里的热闹在太阳下山后开始，以前这里是不对外开放的，后来全民健身运动如火如荼地开展起来，小区周边的体育场也对外全面开放。这对于老百姓来讲真是一件大好事，再不用在马路上跑步，不仅吸汽车尾气而且不安全。这座三线城市的汽车总是异常忙碌，汽车司机从来不会主动避让行人，总是在几米开外就把喇叭按得很响，车速也是风驰电掣般，毫不减速，遇上这些愣头青，行人也是自保为主，说到底命是自己的，就算不死，受点伤，遭罪的还是自己。

"坐在这儿干吗？怎么不回家？"

就在我胡思乱想的时候，耳边传来小蓝的声音，我以为自己因思念过度幻听了，这时小蓝站在了我的眼前。从家里出来的她穿着一条碎花短裙，可爱又活泼，与在学校时被校服裹得严严实实的她判若两人。

"你怎么知道我在这？"

"你猜?"

"我猜不到。"

"你往那边看。"顺着她手指的方向,我看到挨着体育场一侧有两栋住宅楼。"那里四楼,我家。"哦,原来从她家的阳台往这里看是一览无余啊!从那以后,我成了那个体育场的常客,我可以正大光明地打着为了高考的体育考试练习跑步的旗号守在她的眼皮底下。每次,我来了没多久,她就会来找我,那个时候的我们有说不完的话,讨论不完的题目,唯独不提爱情。可是浓浓的爱意时时刻刻都环绕在我们身边,那时的笑容最真最甜。

4

"我们要转正面试了,得写个简历,你帮我写一个啊。"小丽发来信息。

"好!"

"下班联系!"

"好!"

不知为什么我给小丽回信息时总是一个字或俩字地往出蹦,其实心里憋的话都像发豆芽一样爆了盆。打个电话也是,总有些语无伦次,常常要做个深呼吸才能继续。后来才明白,从心理学的角度讲,是人的过度自卑造成的。没错,在美丽的小丽面前,我内心有着强烈的自卑感,自己除了有学历有一份貌似稳定的工作外,再别无特长。有时候也想像人家电影里的男主角一样,浪漫地弹个吉他,或者画一幅她独特的侧脸,再不然能潇洒地用笔写一封热情洋溢的情书也好。

可这些我都不具备，我能做的就是随传随到，做她忠实的衙役。

小凡和小丽的面试其实就是走个过场，银行不可能抛弃她们这些熟练的职工，那时大学毕业生并不多，在她们转正的两年后竞争才日趋激烈。她们单位的效益很好，当时她们的工资比我的工资翻一番还多，还有各种节日福利，中秋的月饼、端午的粽子、妇女节的卫生巾，还有过大年时丰厚的年终奖。小丽的转正面试波澜不惊，顺利通过。可是她和小凡却出了别的岔子。那天，我到的时候，她俩已经叽叽咕咕地讨论了半天，原来她们一共是三个人一个柜台，另一个人之前盘库少了一万元，但她对她俩说她知道哪错了，要去追回来，让她俩先帮她瞒着领导，否则年终的奖金就会大打折扣。两位涉世不深的小姑娘就这样来来回回为这个人隐瞒了近半个月，随着时间的推移，那个人的各种托辞让这两个单纯的小姑娘感到了危机。于是她们约我出来出谋划策。

"钱被她挪用了，你俩明天要赶紧向领导汇报。"这是我听完之后，给她们的意见。事实也正如我所料，那一万元确实是被那个人挪用了，在她哭哭啼啼地向领导求情说钱给母亲看病了之后，领导法外开恩，让她补上了钱，离开和钱打交道的前台，去了后台，而小凡和小丽则受到了领导严厉的指责与批评。事后，小凡她们越想越不是滋味，挪用公款的因祸得福去了轻松的后台，而她俩被臭骂了一顿不说，此后还一直在遭受那个同事的白眼，认为她俩背后告黑状，不地道。

也就是这件事改写了我和小丽的关系，我们因此成为恋人。后来，小丽说："那一刻你的果断和沉稳深深地吸引了我。"我听了却笑得言不由衷，当年小蓝曾对我说："你永远是这样，一点儿都不果断，生活需要激情，你懂吗？"我的性格给两个女孩的感受，竟然是如此的迥异。

高考结束，我勉强考上了一所本地的本科大学，所学专业还不是自己喜欢的。小蓝因为几分之差落榜了。她父母后来知道我们的交往，在她面前没少数落我，说本来她是可以上大学的，偏偏被我耽误了，而我却什么也没耽误。开始的时候她对父母的话很抵触，认为不关我的事，可是经不住天天说，又看我天天在大学里忙着参加各种活动，她还在复读班里苦熬，渐渐地，她也开始不停地指责我，这也看不惯那也不顺眼。

有一次实在把我说生气了，我在学校里待了几周没回家，也就没去看她。她家里安了电话，我每天都忍住不给她打电话，她也没有往宿管阿姨那打过来电话。过了几周，我实在憋不住了，就去学校等她。在校门口，我等到所有学生都走光了，也没见她出来。我冲到教室也没见到她，出门的时候正好碰见了一个和她一起复读的同学，她很惊讶地对我说："你不知道吗？小蓝的爸爸给她找了一个自费名额，她要去外地读大学了，本来要去的那个学生突然不想去了，要复读，名额就让给小蓝了，毕竟她就差了几分嘛。"我听了，冲出校门给小蓝打电话，她接电话的声音是开心的，我们约好在她家楼下的运动场见面。

现在回想起来，见面的时候也没什么特别的。她很开心，虽然是自费，可是她父母并不缺这点钱，花得起，出来以后文凭和其他学生的并没有区别。小蓝要去的城市是西安，学习法律专业，她要去的正是我梦寐以求的学校和专业。我很替她开心，我们依旧说了很多很多话，临走约定给对方每周写一封信。

小蓝刚去学校的时候，果然如约给我一周写一封信，有时候会有两封，我也是雷打不动地给她回信、写信。过了一段时间，就起了变化，她说自己实在太忙了，法律专业的课业很重，每天有看不完的法典、上不完的课。我并没有责怪她，只是叮嘱她注意身体，而我依旧一周给她去一封信，她却再也没有回过信。

在她去上学的第二个五一假期，也就是我们大二时的五一假期，呵，又是五一。我省吃俭用攒了一年钱，没有告诉小蓝，去了她所在的城市看她。我真的很想她。我感觉自己都快要忘记她的模样和声音了。

火车站嘈杂凌乱，到处是乱哄哄的人群，人的说话声普遍很响亮，像吵架一样，一副咄咄逼人的架势。从火车站的乱劲里我费尽力气挤上了公共汽车，仿佛又置身于一个农贸市场，车里也很鼎沸，五一长假来西安旅游的人爆棚，车上的亲友团见面，呱啦呱啦地聊得起劲。这一路我大概知道了来西安必去秦始皇兵马俑、华清池、华山、大小雁塔，必吃羊肉泡馍、肉夹馍、凉皮子、裤带面。而我在心里无数次地想象着小蓝见到我时的动作表情，心里的着急让我觉得这一路真是无比煎熬和漫长。

带着一身令人窒息的汗臭味，我终于到了小蓝的学校。这才是我想要的大学，门脸儿是那么气派，简单的几个字的校名都显得很有气势。校园很大，一条路蜿蜒曲伸，路旁种满高大的杨树、柳树，树荫遮盖了走过的每一个人，让人心情立马舒爽起来。学生比我们学校的看起来要白净洋气，身上散发着大城市的气息，几乎人人手里都抱着书，或独行，或三五成群热烈地讨论着什么。

学校大门附近两排一字排开的营业房，面积都不大，各种美食应有尽有，这倒是和我们学校附近差不多，这类小饭馆做的都是学生的生意，学生在校时，人满为患，一到了寒暑假，就人迹罕至。校园很大，沿路都有指示牌，我按照指示牌一路很顺利地就走到了小蓝的宿舍楼下。假期第一天，我并不确定她在不在学校，我已经想好了，不管在不在，我都会等到她出现。

我满面笑容地谦恭地冲着宿管阿姨询问："可不可以找一下×××宿舍的小蓝同学？"宿管阿姨人热情，嗓门更大，探出头，冲着楼道就大喊："×××的小蓝，有人找！"我当时是有些窘迫的，仿佛被人窥探到了什么隐私，我能想象自己当时脸红脖子粗的形象。几分钟后，我看见一个熟悉的身影出现在我的视线里。小蓝变得更好看了，准确讲，她身上有了成熟的美丽。走近了，她看见我的第一眼是惊讶的，并不是我一路上想象的惊喜，她看我的眼神有些躲闪，我能感觉到我们之间似乎隔了什么，生疏、陌生？好像也不是。来到这个城市，她比以前更白皙了，个头还是那样娇小，似乎略微胖了一点点，少了许多稚气，添了些成熟的优雅。

为了打破这似乎不该有的尴尬，我笑着说："怎么？不欢迎还是不相信？"她这时才似乎回过神来，笑着说："哪有，热烈欢迎。"这话里的语气明显是客气的，是礼貌的。她转身对宿管阿姨低声叮嘱了什么，我看见宿管阿姨用复杂的眼神看了我一眼，关上了小窗户。

"没吃饭吧，我带你吃饭去。"

"一天没吃了，我快饿死了，不过见到你就不饿了。"我说的是心里话。小蓝并没有接这个话茬，她快步走出宿舍楼，又带着我走向我刚来时的方向。一路上，我们简单地聊了几句，不过是校园很大很美，学生很多之类的寻常话，我给她讲了公交车上的经历，她带我去了一家肉夹馍馆子，里面还有凉皮、炒面、盖浇饭，我不知道什么叫盖浇饭，就点了一份，又要了一个肉夹馍，我问小蓝吃什么？她说她吃过了，来瓶汽水就行。结账的时候她抢着要付钱，说是到了她的学校应该她请客,我争不过她就由了她,也就是这一刻我才真正意识到我们之间确实出了问题,她开始因为钱和我划清界限。盖浇饭端上来的时候,我笑了,我对小蓝说:"我以为是什么稀罕东西,就是咱们那里的煲仔饭,只不过这里用盘子盛,咱们那里用砂锅。"小蓝也笑了,说:"快吃吧,饿坏了都。"我确实饿坏了,从上火车到现在我就喝了两瓶矿泉水,本来想在火车上买个盒饭,可是一听价格,我立刻不饿了,我要留着钱和小蓝一起吃好吃的。这一路我就这么扛过来了。

狼吞虎咽地吃完饭后,小蓝对我说:"我带你去校园看看吧。"我们在校园的林荫路上慢慢走着,和她近在咫尺,我却有一种远在天边的感觉。"坐一坐吧,有点热。"路边正好空着一条长椅,小蓝坐了下来。我本来想挨着她坐下,坐下去的时候又刻意拉开些距离,我怕自己身上挤了一天的汗臭熏到她。

"一会儿我带你见个同学,好吗?"

"好啊。男同学?"

"嗯,我男朋友。和我一个专业的,也是咱们那的,比我高一级。"

"哦,好,老乡啊。"我露出了大方得体的笑容,鬼知道我的心里是什么滋味。男朋友?那我算什么呢?这句话到今天我也没有问出口,小蓝也好像回避了这个问题。分都分了,什么身份又有多重要呢?

小蓝的男朋友,高大帅气,能说会道,他说将来要做律师,我觉得他对自己的未来把握得很准,小蓝选他是明智的。在西安的几天里,小蓝和她的男友带着我转了我在公交车上听来的必去的几个地方、吃了必吃的几种食物,整个过程我没有暴露一丝自己的情绪,除了烟抽得凶了点外。小蓝在我面前表现得很有分寸,没有太多的肢体语言,对我也是悉心照顾,她的男友偶尔吃醋一样说一句:"就知道对你的蓝颜知己好啊。"我一概一笑而过。

离开的时候，小蓝独自送我去了车站，她的男友去其他学校会同学。等车的时候，小蓝拉了拉我的衣角，低声说："少抽点烟。"那一瞬间我的心里难受得要爆炸，我狠狠地吸了一口烟，"嗯"了一声。谢天谢地，这个时候车来了，我掐了烟，一下子就跳到了车上，车子开动的时候，我冲小蓝挥了挥手，她边挥手边抹眼泪，这一刹那，我想我们之间是有感情的，只是不知败给了什么。

回到学校，那个时候特别流行张信哲的歌，打饭的时候我听到了他的那首经典歌曲《别怕我伤心》。

好久没有你的信

好久没有人陪我谈心

怀念你柔情似水的眼睛

是我天空最美丽的星星

异乡的午夜特别冷清

一个男人和一颗热切的心

不知在远方的你是否能感应

我从来不敢给你任何诺言

是因为我知道我们太年轻

你追求的是一种浪漫感觉

还是那不必负责任的热情

心中的话到现在才对你表明

不知道你是否会因此而清醒

让身在远方的我不必为你担心

115

一颗爱你的心

时时刻刻为你转不停

我的爱也曾经深深温暖你的心灵

你和他之间是否已经有了真感情

别隐瞒　对我说

别怕我伤心

……

这首歌就像一把利刀戳进了我内心最不敢碰触的地方，那个时候的我无时无刻不在听这首歌来祭奠我和小蓝的初恋。后来，我买了一个卡带寄给了小蓝，她回信说，自己在准备司法考试，没有时间听这些。此后，我们就几乎没了联系，她很忙，我也有尊严。

6

和小丽在一起我是开心的，她真的对我很好，按道理我是该知足该好好珍惜的。但是只要见到小丽，我的心底就总是隐隐约约浮现小蓝的影子，不停地在作比较。她对我越好，我就越挑剔，对她有时候也是各种刁难，完全没了我以往敦厚温和的样子。

有一天小凡单独约我出去，她劈头盖脸地问我是不是想和小丽分手。我心里根本就没有这个想法，可是鬼知道为什么当时的我竟然沉默了。小凡因为我的沉默爆发了，她从来没有发过火，这是我见到的第一次，她冲我大声嚷嚷："你以为你是谁啊，小丽哪里配不上你！"看着小凡喷出怒火的双眼，我心里一直在念叨："不是她配不上我，是我配不上她。"但是我就那么一直沉默着沉默着。最后，小凡甩下我，怒气冲冲地走了。我一个人坐在那里，喝得烂醉，最后怎么回的家都不记得了。

我不知道小凡是怎么和小丽说的，小丽似乎情绪并没有受到影响。我很感激小凡没有告诉小丽全部，但是我也不知道怎么摆脱小蓝的影响去好好待小丽。越是想摆脱的时候，这个影子反而来到现实变成了活生生的一个人。接到小蓝的电话，我惊呆了。她回来了！自从那盘《别怕我伤心》卡带之后，我们就几乎没了联系。电话里她说自己查的114，知道了我办公室电话。我脑袋一个劲"嗡嗡嗡"地响，就像刚刚经历了炮轰一样，她说什么我就只是一个劲地"嗯嗯嗯"。办公室的同事说我接了电话像中邪了一样，一直傻乐。

我和小蓝的见面地点选在了离她家很近的一家"情缘"。在和小蓝失去联系的日子里，我还是经常出没在她家周边，我幻想着能和她偶遇，或者她还能像当年一样，穿着碎花裙来到我面前，但这真的只是幻想，这种情况从来都没出现过。小蓝还是那么漂亮，而且有了职场女性的干练。她比以前说话的声音大了些，聊天内容直奔主题，干脆利落。我想这或许是律师的职业病。我们没有过多的寒暄，我点了本地啤酒，她要了"科罗娜"，一种外国啤酒，本地人很少喝，又贵量又少。酒过三巡，小蓝就讲了主题，她这次回来想自己开律师事务所，她需要一个得力的帮手，但是目前她还雇不起人，她说："你的工作清闲，先帮我一段时间，等律师事务所进入正轨了，我给你分红。"我这人对钱从来没概念，她知道提不提钱，我都会帮她，只要是她提出的，我就会答应。我以前对她说过，她就是我的一根肋骨，我的命都是她的。我说过的话从来没有忘记过，也没有不算数过。我的骨子里有很严重的大男子主义，男人的一诺千金对于我而言也是命。

小丽并不知道我和小蓝的这一层关系，她只知道我的一个老同学回来开公司，需要我的帮助。她告诉过我她以前的感情经历，但是我对她隐瞒了，我说自己很老实木讷，没有人看得上，她信了。小凡她们也不可能说漏什么，毕竟我的高中和大学对于他们而言是一段时间的空白。他们的印象也停留在初中那个其貌不扬、老实本分的男生身上。

　　开律师事务所并没有想象中那么简单。小蓝很好强，把工作室租在了最贵的商业地段，装修也花了一大笔钱，我知道她已经花光了所有积蓄并刷爆了所有信用卡。我把父母给我结婚买房子的钱拿了出来，让小蓝去运作，要不律师事务所就是一个空壳子。小蓝开始了无休无尽的应酬，拉关系、找案子、接近法官，等等，为了让律师事务所活起来，刚开始的时候，案子不管大小她都接，我常常疲于应付她的那些奇葩客户。有些客户看她是个弱质女流，想占便宜，搞得我分分钟都得看着点，那段时间单位对我也是颇有微词，但是我管不了那么多。

　　充当了小蓝的秘书、保镖，就没办法保证有时间陪小丽。她常常抓不到我的人影子。但是我告诉她，这件事做好了有分红，可以买大房子。在她听来，我是在为我们的将来做准备，所以她偶尔会发发小脾气，但是大多时候都是体贴的、通情达理的。她和我在一起是冲着一辈子去了，而我却是心猿意马的。

　　小蓝回来后，我一直没有问过她学校里的那个男友，大学里谈朋友能走进婚姻的少得可怜，所以我没必要问，也不想问，我得承认这件事给我留下了很严重的心理阴影。那天，陪客户小蓝喝多了，我一直守在她身边照顾她。第二天，她酒醒了，看见我趴在床边，摇醒我说："你不该对我这么好，我那么对你。"我说："你是我的一根肋骨……"话没说完，小蓝就吻住了我，我们的初吻没有在初恋的时候，是在重逢的时刻……

从那天后，我开始躲着小丽，我没有勇气对她说分手，而小蓝和我虽然有了床笫之欢，她对我和以前的态度还是一样，并没有因此而亲热起来，我们也再没有过任何亲密的举动。常常在午夜梦回时，我问自己是不是做了一个梦？

7

我躲着小丽，小丽渐渐有了觉察。她没有质问我，反而更加体贴，她很委婉地提出过不要什么大房子，只要我们能在一起就好。我不知道自己有什么吸引小丽的地方，对她这样委婉地提出要结婚的意愿，我装傻充愣起来，找各种借口忙碌。

我在小蓝面前有很多次冲小丽打来的电话撒谎，故意让小蓝看出我在躲着小丽，她当面没有说什么，也没有因此而和我有进一步的表示。小蓝的态度让我摸不着头脑，可我硬憋着不去问明白。就这样，我和小蓝、小丽在和平的屋檐下，各怀心事地相处着。日子一天天过去，律师事务所渐渐上了轨道，小蓝雇了不止一个助理，我也开始退出最初的角色。在一个晴朗的日子，天气好得不能再好，我的手机短信响了，我看见银行发来了一条短信，我的银行卡上进了一大笔钱，我知道是小蓝打来的，一部分是我当初借给她我买房子的钱，一部分是我的分红，我算了算分红，小蓝对我真的很大方。我正打算回信息时，又来了一条信息，是小蓝发来的："注意查收钱。这段时间谢谢你的帮助，那天的事忘了吧，小丽是个好姑娘，我们还是适合做朋友。祝你幸福。"

从那天晚上开始，我病倒了，发烧，说胡话，我知道自己是得心病了。

小丽衣不解带、无微不至地照顾我，她捧着我的脚给我洗脚，给我一点点擦身上的虚汗，做各种饭菜安抚我的肠胃，连内裤都帮我洗得干干净净。看着她为了我变得更加瘦小，脸瘦得就剩一丁点时，我觉得小蓝说的是对的，心病没了，身体的病自然就好了。

病好了，我却找不到小丽了。她的手机关机了，单位说她请了长假。我找到小凡，小凡冷冷地对我说："现在着急了，早干吗去了，小蓝和你到底是什么关系？"从小凡那我知道了小丽在我生病的时候，无意中看见了小蓝发给我的信息。小丽找到小蓝，小蓝并没有任何隐瞒，告诉了我们之间的事，小丽表现得很平静，小蓝就觉得没有必要告诉我，她以为小丽能够理解这一切。在我生病的时候，小丽那么精心地照顾我，小蓝更加确信了这一点，就一丁点都没给我说起过小丽找过她这件事。

我知道自己彻底失去小丽了。我放弃了寻找她，天天泡在酒吧里醉生梦死。

过了大概一个来月人不人鬼不鬼的日子，我收到了一条信息："我要结婚了，你也好好生活吧。以前我想和你好一辈子，可是你并不稀罕，我只是一个替代品，一个影子。我们好聚好散吧。"

小丽没有给我任何机会去挽留，去解释，我知道自己把她伤透了。那么骄傲的女孩，死心塌地对一个如此平庸的我，竟然还遭受了背叛，她不能原谅我是正常的。

十年过去了，小蓝的律师事务所规模扩展到了各个市县，小丽的孩子上小学了，小凡也嫁人了，只有我还是孤身一人闯荡在离他们很远的地方。在一个人的日子里，我渐渐明白，自己才是一个影子。

舞狮的老龚

1

提起老龚，我们那一届学生没有不知道的。老龚名扬校内外是因为他那直捣班主任脸颊的一拳头。

老龚大名龚壕，据说他爸本来给他起名自豪的"豪"，上户口的路上，他爸遇到了一个算命的，心血来潮给儿子算了一卦，算命的翻着白眼珠子，掐了半天手指头，捻着自己下巴上寥寥可数的几根胡须，说："贵子是贵子，就是命里缺土，不好养啊。""那咋办呢？"他爸立刻急赤白脸地嚷嚷。算命的已经习以为常，故意拿捏着劲，皱着个眉，一副痛心疾首又勉为其难的样子，这纠结的模样是为最后方便多要几个赏钱。吭哧了半天，算命的给他爸提出一个解决办法，就是把龚豪这个名字改为龚壕，一字之差，就弥补了缺土的先天不足。他爸一听乐了，大笑着说："改得好改得好，龚壕，说不定我儿子将来是个立功打仗的将军，战壕嘛。"他爸一高兴给了算命的五十元，那时候可是一笔不小的数目，我们买个娃娃头雪糕也才五毛钱。报完户口回到家，给龚壕他妈一汇报，他妈心疼钱，气得直骂："好个屁，豪来壕去的，还他娘的壕个土堆子，你个缺心眼的想把谁壕进去？"他爸本来热血澎湃地等着老婆的表扬，没想到兜头就是一个屎盆子，臭不可闻。回过神来想一想给出去的五十元，心里立时虚了，端起地上的一盆子尿布去洗。龚壕他妈也见好就收，不再为名字的事纠缠不休。

龚壕也确实对得起他这个名字，身体比同龄孩子都结实，其他孩子都是先会站再会走然后跑，龚壕不一样。他那天被他妈抱去乡下的姨妈家串门子，他妈把他放在房檐下的席子上玩，自己去帮姐姐择菜，姐妹俩有一搭没一搭地拉着话。大门口来了个小黄狗，小黄狗汪汪一叫，吸引了房檐下的龚壕，龚壕自己摸着墙先扶着站起来，小狗汪汪叫着要跑走的时候，龚壕急了，放开墙面，伸着两只小手向小狗摇摇摆摆地追过去。姨妈惊讶得发不出声，拿着一根豆角，指着龚壕跑的方向，"啊啊啊"叫唤。他妈吓得以为龚壕摔了，回头一看，儿子冲着大门方向在跑，没来得及多想赶紧去撵儿子，刚到身后，龚壕就摔倒在地上，他妈又急又喜，一把抓起儿子，给儿子掸身上的土。龚壕也不哭，就冲着大门汪汪汪地学狗叫，他妈知道他在说小狗，这孩子就是说话太笨了。龚壕确实跑得比其他孩子早，但他说话就远远被其他孩子甩了几条街。龚壕有个特点，不会说的话就学叫声，两三岁的时候还让人觉得可爱，再长长就让人觉得犯傻气。他爸以为儿子智商有问题，抱着去了大大小小好几家医院测智商，大夫都说没问题，只有一个大夫问他："你儿子小时候是不是放在养殖场过？"他爸听了骂了一句："你才是在畜生窝里长大的呢！"抱起龚壕就走，从此再不去测什么狗屁智商。后来，到了上学的年纪，龚壕说话已经和其他孩子没有区别，但是他学动物叫声的本领却消失了。他妈又数落他爸，儿子好好的一个特长愣让检查没了，就爱没事找事。他爸平白地又被骂了一顿，心里不爽，但看在儿子说话正常的份上又忍了。

龚壕上小学三年级的时候，学校里新来了一个体育老师，这个体育老师上学的时候学过武术，他的体育课上总是留出一部分时间教学生武术。那时候龚壕正是精力旺盛的年纪，敦敦实实的，干啥都像要干仗的样子。那模样小时候随他妈，白净秀气些，越长越像他爸，皮肤黑了不说，那鼓突突的脑门子，爆眼珠，一说话声音咚咚咚砸脚面子。体育老师说龚壕一看就是个练武的好材料。龚壕也喜欢练武，能吃苦，其他小孩满操场疯跑的时候，龚壕在那打沙袋练臂力，复习老师教过的拳法。老师看龚壕这么努力，私下里也给龚壕开了不少小灶，因此，小学阶段，龚壕的学习成绩一般般，可他的武术本领却是响当当的，整个小学没人敢招惹他。等到上了初中，龚壕活生生一副梁山好汉李逵的模样，就是少了那一圈大胡子，他的脾性和拳脚也像足了李逵。

2

我和龚壕在同一所中学上学，同一级，只不过他在一班，我在六班。全年级六个班，只有一班在二楼，其他五个班在三楼，六班就在一班的上面，我们经常在教室地上使劲跺脚，一班有了龚壕，我们谁也干不过人家，就靠这种幼稚的法子找找平衡。龚壕的班主任是全校有名的厉害角色，对不听话的学生骂起来狠得咬牙，打起来狠得要命。她的手上永远有一根戒尺，你永远防不住她什么时候把尺子落到你的头上，而且她还喜欢扇学生耳光，这个是我最不能想象的一件事。我从老家转学到这个城市的小学后，老师因为学生做不出题而扇学生耳光，当时我幼小的心灵受到了巨大的冲击。在我们那么偏远的县城里，老师也就是敲一敲教鞭，不会动手扇学生耳光。打人不打脸，人人都有自尊，老师更不能随意伤害孩子的自尊心，这样的伤害可能影响孩子的一生，这在心理学里叫童年心理创伤。

我们上初中的时候，武侠剧开始风靡。一部《射雕英雄传》迷倒了多少少男少女，蓉儿和靖哥哥成了我们在情窦初开年纪最美好的启蒙。大多数学生都在羡慕蓉儿和靖哥哥的爱情，龚壕则全身心地投入在郭大侠的武术秘籍上。龚壕眼不眨地看郭靖在电视里练降龙十八掌，脑子里就像装了一台复印机，一招一式丝毫不漏。电视看完了，就回到他的小房子开始苦练，怎么运气，怎么出拳，怎么收掌，一练就是大半宿，着了魔一般。龚壕的精力基本都放在了练武上，他上课的时候脑海中在钻研武术招式，下了课和同学切磋，回到家看电视自修，他的学习就可想而知，作业基本是第二天早早去学校一通狂抄，作业太多写不过来时，就让他的那些小跟班帮着抄。龚壕的作业字体很花哨，任课老师多方教育无果，也就放任自流了，反正九年义务教育，他就是天天考鸡蛋，也得让念完，至于上高中考大学，那就是他个人的命运了，老师也掌控不来。最喜欢龚壕的依旧是体育老师，虽然这个体育老师不练武术，但是龚壕可以在学校运动会上让他风光一回，龚壕的长跑无人能敌，耐力和速度好得惊人。市上的田径队来招人，体育老师推荐了龚壕，可是龚壕说啥也不去，说自己对跑步没兴趣，要招就让他进武术队。田径队的老师很和蔼，并没有因为龚壕的顶撞而生气，还夸他很率真，回去会给武术队推荐。龚壕很开心，破天荒地对老师鞠了一个躬，扭头跑了。体育老师回想起这个细节时说，学生很简单，谁对他好，他就对谁好，不管他多么顽劣，也会感激一个对他好的人。可惜龚壕的班主任并不懂这些，或者她根本不屑于这样做，她是那种自我又跋扈的人。

龚壕他们班的同学背地里都叫班主任"梅 Sir"，班主任并不姓梅，这个"梅"是《射雕英雄传》里梅超风的代名词，在他们心里，"梅 Sir"

就是现实生活中的女魔头。现在每每教育家里的小孩子时，我常常用"梅 Sir"作为反面教材提醒自己，不要变成孩子心里的魔头，要让严厉成为另一种爱，而不是折磨。

"梅 Sir"喜欢的学生有两种，一种学习好，一种长得好。你要是学习好又长得好，那你就是"梅 Sir"的宠儿。我们那一届的校花就出在一班，一个玲珑乖巧的美人，学得也不差，深得"梅 Sir"喜爱。最重要的是这个学生的母亲也是我们的老师，"梅 Sir"的同事，一位英语老师，我们进去的那一年，她在带初三毕业班。而龚壕同学在班里就属于"梅 Sir"最不待见的那种，学习一塌糊涂，长得一脸霸气。"梅 Sir"知道龚壕痴迷武术，或许是恨铁不成钢，她觉得龚壕不务正业，总是对他冷嘲热讽。龚壕自知学习成绩差，心思不在学习上，对于"梅 Sir"的挖苦也是左耳朵进右耳朵出，反正在她眼里学习差的人怎么做都不对。

3

龚壕虽然功夫了得，但是他并不是爱惹是生非的人，反而他身上还有一些侠义的东西。他喜欢打抱不平，不会恃强凌弱，外校的高年级学生有时候会来我们学校对一些矮小瘦弱的学生下手，一般就是半道上截住，把他们身上的块儿八毛抢去买烟。我们那时候家长不太给零花钱，有的男生不好好学习，早早学人家混社会学会了抽烟，刚学会吸烟的人，一般瘾都大，恨不能时时嘴上叼根烟。家里的烟也不敢偷太多，被大人发现了，逃不过一顿胖揍。省吃俭用攒点钱，去小卖部买不来一盒烟，小卖部的阿姨为了赚钱，就把烟盒打开，论根卖。越是这样，这些早早学会吸烟的男生就越上瘾，生命中你越是缺什么就越对什么上瘾，所谓的爱而不得说的就是这个道理。

　　烟瘾大的男生实在没招了，就会铤而走险，跑到外校去欺负一下低年级的学生。本校的轻易不动手，万一遇上个胆大的告了老师，就可能请家长，把家里的老子请来了，回去吃几顿"皮带面"可不是好受的。外校的学生一般不认识，抢了就抢了，块儿八毛的也没人去追着指证，都会自认倒霉。我们学校的学生很少遭遇这样的事情，就因为有个龚壕在。有一次，几个不知好歹的外校学生，仗着自己发育快，长得人高马大，在我们学校门口不远处一个一个拦住搜身抢钱。一班的班花，就是"梅Sir"最喜欢的那个女生，低头看书经过时根本没注意前面，要不她肯定会躲着走了。那几个大个学生，有一个心术不正，一看这个小姑娘真好看啊，立刻起了邪念，正是青春躁动期的男生，唇边刚出来一层毛茸茸的胡须，喉结也鼓了起来，说话声音像老鸭嗓，一蹦子跳到女生面前，把上衣拉链拉开往后一甩，露出平板一样肋条根根的胸脯，吓得女生一声尖叫，书掉在了地上，人也蹲下哭开了。这一哭更激发了男性荷尔蒙分泌，几个男生把她团团围住，哥长哥短地调戏。龚壕同学恰好经过，上演了一出英雄救美的好戏，打得几个男生哭爹喊娘，屁滚尿流地跑了。打跑了这些二流子，龚壕把自行车一支，冲蹲在地上抹眼泪的女生说："来，我送你回去。"女生估计也是受惊吓过度，一声不吭就上了龚壕的自行车，龚壕雄赳赳气昂昂地捎着班花回了家。一路上，班花的心情渐渐平复，到家后，冲龚壕露出了真诚甜美的笑容，说了声谢谢。打架的时候，龚壕没发蒙，这个莞尔一笑让龚壕蒙圈了，班花都上楼好久了，他才回过神来骑自行车回家，一路上眼前都是这个笑容在飘。我们的大侠龚壕同学情窦初开了。

　　从那以后，班花见到他就客气了很多，有时也和他聊聊天。龚壕心里就别提多美了。沉浸在暗恋中的人自己并不会发觉，但是周围的人一下子就能感觉到变化，所谓当局者迷旁观者清是也。整天像个北京猿人一样鼓着大眼珠子凶狠狠的龚壕同学，脸上开始泛出笑容，对他的那些小跟班也前所未有的和蔼起来。小跟班们追着龚壕问大嫂是哪个？大哥的马子是哪个？马子，是那时候周润发的小马哥电影风靡而在我们中悄然流行的对女朋友的一种称呼。大哥的马子，在我们听来很有分量很豪气冲天。

后来，大家都看出了点端倪，龚壕原来是喜欢上班花了。学生时代，大家或许都经历过那种两个人本来没什么，只是其中一个人一厢情愿，但是只要其中一个经过，大家就会喊另外一个人的名字起哄。说到底，爱是人类永远的对美好不曾停歇的追逐。龚壕和班花就经历过这样的一幕幕闹剧，然后班花就不怎么理龚壕了。龚壕有一段时间很失落，一副打了败仗的模样。每个班都会有那么几个特别爱给老师打报告的学生，他们就像老师安插在我们身边的"奸细"，一般情况下他们隐藏得很深，我们轻易找不出来告密的是哪个。龚壕暗恋班花的事，被这些告密者添油加醋地告诉了"梅 Sir"。"梅 Sir"的愤怒是可想而知的，大胆的龚壕招谁不好，非要招惹"梅 Sir"的最爱。

"那天'梅 Sir'进班的时候，我们班的同学就感觉到了一股杀气。"这是后来听别人转述龚壕拳击"梅 Sir"的时候的开场白。"梅 Sir"进班后，气氛异常阴郁，"梅 Sir"的脸就像刚从墓地爬出来的人一样惨白、阴冷，她的眼睛环视了一下全班同学，没有人敢正面接她的目光，低着头用余光瞥一下都能让自己心惊不已。最后，她的目光停留在龚壕身上，龚壕开始还敢接她的目光，四目相视，但是他毕竟是个孩子，怎么也经不住这么凶狠的盯视。龚壕低下了头，搓着手掌练武留下的茧子。先用眼睛打趴下龚壕，紧接着，"梅 Sir"开始发动语言攻势，这些还未涉世的少年经历了前所未有的言语风暴，刻薄、歹毒、犀利，就像泼妇骂街一样，还是个有文化的泼妇，骂得这些少年恨不能一头撞死。骂着骂着，针对性越来越明显，癞蛤蟆想吃天鹅肉，一个老鼠坏了一锅汤，一脸的山野村夫样愣充大侠，以为自己是第二个李连杰吗……这不是直接指向龚壕了吗？其他同学听到这里暗自舒了一口气，也有心大的还发出了讪笑。龚壕的脸上挂不住了，他本来想低头听听算了，可没想到，"梅Sir"那天就像一挺机关枪，机关枪还有个弹尽粮绝的时候，"梅Sir"没有，她越骂越来劲，越骂越兴奋，那张惨白的脸上还泛起了红晕，两片薄嘴唇噼里啪啦噼里啪啦一刻不停，话也是难听得不能再难听。龚壕实在受不了了，他抬起头，鼓着大眼珠子怒视着"梅Sir"，也许这正中了"梅Sir"的下怀，要是一直忍着，她没有借口揍他，现在公然挑衅她，"梅Sir"就像一只战斗的公鸡一样俯冲下来，冲着龚壕就是一个耳光："瞪什么瞪，再瞪也是一双死鱼眼，烂眼泡！"这一耳光龚壕根本没防备，打得他脑袋嗡嗡响，紧跟着又是一个耳光，龚壕的鼻血出来了。龚壕用手抹了一把鼻子，血抹了一手，"梅Sir"似乎毫不在意这些，她面露讥笑，说："你不是大侠吗？两巴掌就成这熊样，就这德行还想去市上的武术队，我告诉你，你休想，武术队的老师来过了，我告诉他们你是个小流氓，不能收你这种害群之马！"听到这，龚壕被彻底激怒了，他一拳就把"梅Sir"打趴下了。随着"梅Sir"的一声尖叫，还要再跟着踢几脚的龚壕被同学拉住了。离教室门近的同学，已经冲出去喊其他老师了，他们以为龚壕把"梅Sir"打死了。

"梅Sir"没有死，她只是被打晕了。闻讯赶来的老师，背起"梅Sir"就去了医院。在医院，"梅Sir"先是恢复了知觉和意识，然后医生给她处理了伤口，"梅Sir"的嘴被打扯了，缝了足足七针。去市武术队梦想的破灭，让龚壕使出了这一生最重的一拳，这一拳打醒了"梅

Sir"，也彻底打没了龚壕的梦想。

"梅Sir"的家人很愤怒，他们要求校方要狠狠处理龚壕，学生打老师，下手这么狠，这还了得。我们那时候的校长是个和蔼的胖乎乎的老头儿，他不停地点头哈腰答应着家属的要求，暗地里又多次去给"梅Sir"下话："一日为师，终身为父，孩子毕竟是孩子，就是把天捅个窟窿，我们当老师的也得想办法补上。龚壕打人不对，可是作为老师，你做得太过了……"校长三番五次苦口婆心地劝解着"梅Sir"，龚壕的父母也是日日登门看望她，龚壕看着被自己打得面目全非的"梅Sir"，也扯开了嗓子哭了一场。最后，"梅Sir"放过了龚壕，学校给了他记大过处分，继续让他上学，有个初中毕业证，去当个兵也是条出路啊。

"梅Sir"没再继续当一班的班主任，她养伤就养了快一年。据后来的学弟学妹们讲，"梅Sir"还是会打骂人，但也就是在气急了的情况下，而且也很有节制，这或许是龚壕同学给学弟学妹们送的最好的一份礼物吧。龚壕因为这一拳而名扬校内外，谁见了他都有点绕着走的意思，到最后毕业的时候，龚壕其实是孤独而落寞的，颇有些孤胆英雄的味道。

4

初中毕业，我们一部分同学上了高中，一部分同学去了职业技术学校。龚壕并没有去参军，他也上了职业技术学校，学习烹饪。

龚壕不是背着处分去上技术学校的。校长在毕业的时候，从龚壕的档案里拿掉了那个记大过处分的文件，一辈子的路还很长，这个忠厚仁慈的老人最后又拉了龚壕一把。学烹饪是龚壕妈决定的，她看着儿子一天天越发孔武有力，又不是学习的料，在一次和同事闲谈时，同事说她家小叔子小时候不好好学习，人又高大壮实，学了个厨子，谁知道歪打正着，现在成了饭店的大厨，月月工资半万。这么能挣钱啊，龚壕妈听了眼珠子都绿了，想到儿子那粗壮的胳膊，掂个大勺没一点问题。就这样，怀揣着万元户的梦想，龚壕妈给儿子报了烹饪班。

事实证明，学烹饪不能只有力气，还要有天分。龚壕对做饭简直就是深恶痛疾，切了几个月的土豆丝，还是抓不好刀，切得比自己的指头都粗，还动不动拿着菜刀在班里抢来抢去地练杂要，吓得同学大喊大叫的。老师也管不住他，索性放任自流，龚壕爱干啥干啥，不干扰其他同学上课就行。

龚壕妈天天看着儿子早出晚归，以为在学校好好学技术呢。其实，那时候的龚壕已经和社会上的一群小青年混在了一起，这群无所事事、顶着一脸疙瘩的社会青年，到处招鸡逗狗，龚壕渐渐地也喜欢上了这种自由自在的野日子，天天和他们吃喝玩乐，钱也是越来越不够花。那时候到处是骑自行车的人，龚壕和这群狐朋狗友钱不够花了，就去倒腾辆自行车卖给修车的，换点钱继续吃喝。龚壕因为拳头硬，很快就成了这些游荡青年的头目。那时候提起二道街的龚老大，真是无人不知。

当了老大的龚壕，渐渐开始无法无天起来，他身上那点侠气渐渐被物欲横流的社会腐蚀，钱变得越来越重要，这么多的小弟跟着他，他这个老大也确实感受到了钱的压力。从偷一辆自行车开始，龚壕他们最后发展到骑上三轮车路过一处停车的地方，丁零当啷扔一车自行车上去，路边不知情的以为是执法队的来收缴乱停车的。就这样，龚壕他们愈陷愈深，动静也整得愈来愈大，最后惊动了派出所。在经过一周的摸排之后，派出所的民警很快就把龚壕一伙抓获，在派出所，和龚壕称兄道弟、肝胆相照、生死一处的弟兄们一个个都把枪口对准了他，都说是受了龚壕的指使才去偷车。正所谓众口铄金，在这一片倒的指证下，龚壕成了此案的第一要犯，更倒霉的是当时正是严打时期，龚壕同学的年龄又刚刚过了十八岁，龚壕被判了十年。龚壕最好的青春年华就得在高墙中度过了。

龚壕在监狱待到第五年的时候，我警校毕业被分到监狱做协警。龚壕在监狱里依旧是一号种子选手，他靠着自己的拳头又打出了一片天地，又成了这群三教九流混杂的人群的头目。我上班第一次见到龚壕，是在打饭的时候，我站在打饭人员的身后，紧紧盯着犯人们的一举一动。当龚壕出现在我面前时，我为眼前的这个粗壮的青皮后生可惜，龚壕个头没见长太高，但是他的身体一看就是一直在保持着高强度的锻炼，透过宽大的狱服还是可以影影绰绰地看见他强壮的胸肌，还有他胳膊上跳动的肱二头肌。如果"梅Sir"当初没有阻挠他去武术队，我相信龚壕一定能打出一片天地来，而不是沦落到今天这个地步。

龚壕打饭经过我这边的时候，眼睛亮了一下，我相信他认出了我，虽然我现在个子比他高一头，又穿着帅气的警服，但是我的脸上并没有太多的变化，瘦长寡白，以前的熟人见了都是一眼就认出了我。我看龚壕的时候，并没有表现出什么，毕竟我们两个的身份现在是天壤之别，一个兵一个贼，怎么也不可能相认。龚壕的眼睛闪过亮光后，低着头迅速地打饭离开了。看着他的背影，我的心里有点发酸，当时就想着要为他做点什么。

我来监狱没多久，就赶上了过大年。为了活跃气氛，也为了让服刑人员能安心改造，监狱领导决定让他们的家人和他们一起过节，监狱领导还申请了一笔专项资金，搞了一台像模像样的晚会，让这些服刑人员八仙过海各显神通。那是我第一次见老龚舞狮。老龚拿着狮头，后面跟着一个人举着狮尾，舞狮在我们老家我经常见，狮尾要紧密配合狮头，狮头是整个舞狮的灵魂，小时候过年看热闹，舞狮只是其中一个，我们的注意力主要在孙猴子三打白骨精、猪八戒背媳妇上，对于舞狮就是看个热闹。我问在监狱工作很久的同事，老龚怎么会舞狮的？同事说看黄飞鸿电影看的。李连杰演的黄飞鸿系列电影里有很多舞狮争霸的，老龚看了很感兴趣。老龚喜爱武术，但又吃了拳脚的亏，他看舞狮既能练武术又受大家欢迎就来了兴趣。监狱领导很开明，他们希望服刑人员能有一技之长，将来到社会上也能找个工作有饭吃，不会因为没有钱吃饭而再次铤而走险。老龚在监狱里精力旺盛，狱警都是提着百倍精神看着他，怕他在监狱带头闹事。自从老龚提出要学舞狮，监狱领导多方协调，从民间的志愿者里找到了一个能教舞狮的老师，老师一个月来一次。据同事讲，老龚很珍惜这一个月一次的学习机会，而且下课后也很勤奋，带着大家有时间就练习，老龚因此被评上了优秀服刑人员，还减了刑，这个年过完，老龚就可以获得自由了。我听了同事的话，可以想象老龚带领大家练习舞狮的场面，甚至他的表情我都能想象得到，鼓着一双大眼珠子，又狠又有力量。因为对武术的痴迷，舞狮或许让老龚抓到一根救命稻草。

演出结束后，我找到了还沉浸在兴奋中的老龚。老龚对我行了礼，我笑了笑，想叫一声老同学，又把话压了回去。我问老龚："出去了打算做点什么？"老龚的脸立刻灰了下来，眼神也迷茫起来，低着头说："出去了再看吧，我要啥没啥，不好找工作，我妈和我爸想让我学修车去，我听他们的。"经过近十年的牢狱生活，老龚对于外面的世界确实是一片茫然，最好的十年青春年华，他在高墙里度过，他的青涩已被磨成土黄。我拍拍老龚的肩头，说："别丧气，我看你舞狮舞得快赶上李连杰了，出去了我介绍你去一个朋友开的广告公司，他们给客户搞开业典礼，现在也流行先来一段舞狮，生意人喜欢这个。在广东，舞狮被用来庆祝开业，寓意大吉大利发大财。"老龚有点不敢相信我的话，他问我："舞狮真的能赚钱吗？"我说："可以，现在社会发展快，做生意的人遍地都是，天天有开业的，你舞得这么好，肯定行。"老龚半天没说话，最后说了一句谢谢，转身回牢房了。我看着他的背影一耸一耸，这个坚强的汉子落泪了。

5

老龚出狱后，我就介绍他去了朋友的广告公司。我提前给朋友打了预防针，朋友也是很讲义气的人，听了老龚的事，也觉得年轻人谁不犯错，同时也为老龚对武术的痴迷所打动，没说二话就让老龚去上班，还对其他员工介绍他是自己的一个远房亲戚，这样其他人也会对老龚另眼相待一点。

监狱工作繁重，我还是会时常打个电话问一下老龚的情况，这也是服刑人员出狱后我们工作的一个继续，看着他们又渐渐融入社会，成为社会上的正常人群，这对我们的工作也是极大的肯定。更何况老龚曾经是我少年时代的扛把子，我幼小心灵的保护神，能够帮助他再次雄起，就好像完成另一个自己的一次重生。朋友讲到老龚就眉飞色舞，夸我给他推荐了一个这么得力的帮手。老龚上班很勤快，比别人都早到，到了就开始打扫卫生，其他人到了，他就开始整理舞狮的道具，准备当天出门做活动的东西，因为有了老龚，出去搞活动，再没有丢三落四的现象发生。他说，老龚看着五大三粗的，粗中有细，身上装个本本，记着一天里要做的事和准备的东西，他文化水平低，写的字只有他自己认得。我想这是在监狱里养成的习惯，教导员通常都会要求服刑人员把需要做的事记下来，完成了就划掉，这样做的目的就是让他们养成规矩。这些服刑人员首先要改掉的就是天王老子都不怕的习气，没规矩也不讲规矩是他们在社会上多年养成的恶习。看来这一点需要加强和推广，老龚可以作为范例讲给正在服刑的人员听。我从兜里掏出小本本，也记下了朋友讲的关键点，以备下次开会的时候作为教育实例。

渐渐地，老龚在这行干出了点名气。他舞狮舞得好，舍得卖力气，不偷奸耍滑，开始的时候有的商家还忌讳他坐过牢的事，后来看他人实在，讲义气，不再排斥他，还把他介绍给其他客户。再后来，上至国家下至街道都重视环保问题，开业放鞭炮成了明令禁止的一项，不让放炮，开业还怎么热闹？有的地方开始踩气球，踩气球踩着踩着也不行了，有一回踩气球踩过头了，造成了踩踏事件，虽然没死人，但是也够开业的商家喝一壶的，据说那个商店还没开门就开始转让了。传统的东西永远不会被淘汰，随着时代的发展，越是传统的越散发出了迷人的魅力。老龚的舞狮就赶上了这个好时代。

各种喜庆典礼，都要敲锣打鼓地来一场舞狮表演，老龚率领的舞狮队天天从早忙到晚。那日，我接到老龚的电话，约我吃饭，他说的饭店我知道，是本市很豪华的饭店之一。我说："你要请我吃饭就像个老同学的样子，不要搞虚头巴脑的东西，你请我去那么豪华的饭店吃饭，是同学叙旧还是搞腐败啊？"老龚电话里急了："那是我龚壕的诚意，那你说去哪儿？"我笑了，说："急什么眼啊，去你的地盘啊，二道街嘛。"老龚在电话那头骂了句脏话，我知道是他的口头禅，不会计较。我和老龚在一家烧烤店碰面，这家店开了很久，叫"新疆大盘鸡丁丁炒面"，店名很长，一言道尽店里的特色——大盘鸡和丁丁炒面，当然，菜单上还有很多大众的凉菜、烧烤、面点做陪衬。我喜欢这家店，是因为我曾经暗恋的一个女孩特别喜欢这家店的丁丁炒面，我陪她吃了无数盘炒面，吃得老板娘从少妇到了中年妇女，从一尺九的腰到二尺九的水桶腰，我们吃成了两个家庭，吃成了最好的蓝颜和红颜，后来叫闺蜜。管他叫什么，总之，我没追到她，漫长的追逐让我突然有一天很疲倦，我不再在她面前遮遮掩掩，装什么王子，而是打嗝抠牙说一些漫无边际的笑话。她也不再矜持，不化妆就跑出来吃饭，告诉我早晨差点迟到，牙都忘了刷，而我和她吃饭时她用没刷过的牙把食物咬了一口，然后递到我嘴里，而我也没有任何嫌弃地吃得很香。两个人就像过了很久日子的夫妻，又像在一个家中生活了很多年的兄妹，后来，我们发现了一个能很好地诠释我们关系的词——后天亲人。我甚至都有点庆幸没有追到她，就因为我们没有过肌肤之亲，所以我们才能如此自然如此坦然地保持着这一种"后天亲人"的亲密，无论是她面对我的妻子，还是我面对她的丈夫，我们的心干净得像冬雪。

老龚一口干掉了面前的白酒，我说："你慢点喝，给我留点，这么好的酒。"老龚抹掉嘴边的酒，说："你想喝，哥天天请你喝。"我知道老龚说的话发自肺腑，从他出来到现在，我们吃过几回饭，档次一次比一次高，我知道老龚是从心底里感激我，像他这样的汉子话不会说太多，一切都在行动上。酒喝得差不多了，老龚给我点了一支烟，说："兄弟，哥对不住你。"我有点发蒙，不知道老龚又闯了什么乱子，吐了一口烟圈等他往下说。

"你给哥介绍的这个工作，没的说，这几年哥干得很顺也很高兴。经理，就是你那哥们对我也不错，给我发的钱也没的说，比其他人都多。"我没接茬，等着他继续说，"可是，哥对不住你，哥打算辞职了。

我想自己开公司，单干。"原来是这样啊，我心里松了一口气，这是好事啊，我以为他又闯了乱子让我帮忙呢。我举起酒杯一口喝干，又给我俩的杯子都倒满酒，把杯子递给老龚，说："干了这杯，兄弟祝你财源滚滚。"老龚一口闷了下去，眼圈有点红。我突然有点反应过来，问他："怎么想起单干了？钱不少挣，还不操心拉活。"老龚笑了一下，脸突然红了，不是喝酒那种红，是害羞的笑和红。我拍了一下桌子，大声说："你有女人了！"老龚赶紧四下里看看，说："小点声，你喊什么啊！"我为老龚这个五大三粗的汉子还能有小男生的羞涩而开心，多少年了我都再没有过这种感觉，为了一个女人变得羞答答的，这些年的社会生活已经把我变成了一个刀枪不入的油腻中年男人。

我又给老龚倒了一杯酒，我俩一干而尽。我眼巴巴地看着老龚。

老龚摸了摸后脑勺，说："你还记得当年的那个班花吗？"

"记得啊，那能忘吗？多漂亮的小姑娘啊，全校男生的梦中情人，你见着她了啊？"

"嗯。"

"在哪见到的？你俩相认了？她让你单干的？"我连珠炮一样噼里啪啦甩出一串问题。

老龚倒不急了，又喝了杯酒，说："前些天我去给一个公司剪彩舞狮，表演结束，发现她站在台上，她是那家公司的副总。"老龚说的那家公司我知道，是市里比较有名气的一家装潢公司，连锁的。"她没认出我，我没摘狮子头，也没和她打招呼，她是公司领导，我就是一个舞狮子的，还坐过牢。这些天，她的影子老在我眼前晃，我不知道她现在成家没有，也不想知道，我就想能有一天和她平起平坐，和她平等一回。"老龚说这话，我能理解，一个男人在自己喜欢的女人面前，能不能得到是其次的，但是尊严是必需的，就是不能在一起，也不能让她看扁了。我还能说什么呢？我和老龚喝得酩酊大醉而归，我希望老龚事业有成，希望老龚抱得美人归，这都是我酒后的希望……

6

朋友打来电话的时候，我酒还没醒透，正在听老婆的数落。他在电话里冲我吼叫："打了这么多电话你咋不接，你活着你不接电话!"老婆在叨叨，朋友在电话里吼，我的脑袋嗡嗡直响，我说："出什么事了？昨天和老龚喝多了。"

"昨天你和老龚在一起啊，那你知道他辞职的事了？"

"知道，他昨天给我说了，对了，他让我给你解释解释，还让我好好谢谢你。"

"解释个屁，谢个屁，他现在翅膀硬了，要飞了，我这接的一堆活怎么办？我给客户怎么交代……"

我揉着脑袋听朋友在电话里发泄，终于，他告一段落，语气陡然下降，蔫不溜地说："你能不能劝劝老龚让他别走，除了工资，我给他分红，钱不成问题。"

我说："我知道钱不成问题，可是老龚要的不是钱，是在一个女人跟前的尊严，你给不了。"说完，我挂了电话。朋友再没有来电话，我想他应该能明白。

老龚的公司开业了，老龚亲自操刀舞狮庆祝开业大吉，我和朋友作为嘉宾佩戴红花站在台上等着剪彩。看着生龙活虎的老龚，朋友突然戳了戳我，问："老龚今年多大？"我说："和我一样大。"

137

长颈鹿躲雨失败

1

方舒外出学习了两个月，今天是第一天上班。

学习班本来还有一周时间才结业，可是学校临时被上级安排了其他教学任务，他们这批学员被提前结业。学员们很是不满，倒不是因为少学习了一周遗憾，而是突然结束这管吃管喝管住啥心不操的美好生活，心有不甘。结业仪式结束后，方舒和其他三十五个同学依依惜别。躺在火车下铺的方舒翻看着手机相册，心里想着下了火车就又回到了原点，每天单位、家、学校三点一线，忙完工作忙家务，忙完家务忙孩子，忙完孩子忙老人……总之，一睁眼就是鸡零狗碎的世界。哪里像在学校的时候，顿顿饭有人准备，还是不重样的自助餐，吃完碗筷一放就可以甩着手哼着歌回宿舍休息娱乐。

到家后，方舒推开门的瞬间，就想拎着行李箱扭头离开，不管去哪都行。可是看到墙上女儿的照片，方舒深深地吸一口气，又缓缓地吐出来，才踏进了家门。方舒从入户门走到卧室，是踮着脚尖一跳一跳地过去的。因为地上到处是女儿的玩具、零食、衣物，还有各种各样方舒眼里的垃圾、垃圾、垃圾。方舒进了卧室，看见到处乱扔的衣服鞋袜，心里已经没有了气也没有了急，她知道这才是自己生活本来的样子。如果她提前告诉丈夫她回来的时间，他一定会花大价钱雇几个钟点工，把家收拾得利利索索，她看着开心，可是在以后的日子里，他会想法把钱再从她手里要回去。方舒的丈夫丁大力没有固定的职业，今天跑保险，明天卖房子，后天做策划，没有一样工作他能做过一年。眼高手低，没本事，这是方舒对丁大力下的定义。隐含的意思就是，当初瞎了眼看上他。所以，对于在事业单位有着稳定收入的方舒来讲，丁大力挣得比自己少得多得多，还朝不保夕。

丁大力和方舒是高中校友，班挨着班，丁大力本身其貌不扬，学习成绩一般，原本进入不了方舒的视线。临毕业的时候，这座小城开始闹地震，小城本来就在地震带上，方舒记得很小很小的时候就闹过一阵子地震，那会子好像唐山大地震刚过去不久，人们谈震色变。方舒家在六楼，是顶楼，她的父母那阵子天天带着方舒睡在楼下的小帐篷里，正值夏季高温时节，热倒不怕，就是蚊子太可怕，方舒的体质又特别爱招蚊子，就因为浑身被蚊子叮得没有一处好皮肤，所以那个夏天在方舒脑海里留下了不可磨灭的印记。哪儿哪儿都痒，哪儿哪儿都被挠破了，红红的，又被母亲涂上紫药水防止发炎，整个夏天，方舒的身体都是红紫相间，浑身散发着医院的味道。和方舒一起玩耍的小朋友后来也不和她玩了，他们说她得了皮肤病，会传染，所以，方舒的那个夏天被地震搅和得十分凄凉，连她自己都有点相信真的是得了病而不是蚊子惹的祸。后来，地震的传言渐渐弱下去，天气一天天凉下来，楼下避震的帐篷也逐渐减少到寥寥无几。方舒的父母最后也回到楼上继续之前的日子。

时隔多年，关于地震的各种谣言又开始满天飞，政府怎么辟谣也敌不过广大人民群众的七嘴八舌，毕竟当年政府的宣传手段有限，除了电视、报纸，好像也没有更好的途径阻止谣言的蔓延。从古至今都是谣言止于智者，但更多的人不是智者，而是些看热闹不嫌事儿大的吃瓜群众，这些谣言再一次击中了方舒内心的记忆，那个夏天关于身体的溃烂和心灵的自卑孤独让方舒寝食难安。方舒的同学们更是下了课就热衷于讨论有关地震的五花八门的话题，人人都仿佛变成了预言家，以后的日子里关于世界末日的种种猜想和今天的情形如出一辙。这天，乌云压顶，空气沉甸甸地挤压人的心口，正是午后最明亮的时光，天空却显得比夜更黑沉，教室里开着灯也昏暗得像乡下的牛棚子。下课铃一响，学生都迫不及待地冲出教室，五六十人的教室憋得人上不来气儿。方舒和几个同学趴在栏杆上闲聊，有一个同学神秘兮兮地说，他住在乡下的奶奶打来电话说最近村里的狗到了晚上就叫个不停，用棍打都没用。他爸悄悄对他妈说这是大地震的前兆……方舒他们听了，吓得紧紧抓住眼前的护栏，好像手一松开楼就会塌一样。就在这时，教学楼很善解人意地抖了几抖，方舒只听旁边的男生大喊一声："地震了！"就看见身边的同学倏忽不见了，只留下她呆头呆脑地杵在原地不动弹，不是方舒不想跑，是她的大脑发出跑的指令，可是她的身体竟然呈现拧螺丝的神奇效应，她的双腿像螺丝一样开始原地旋转，仿佛把整个身体拧得越来越深，越来越紧……就在这时，方舒被一双大手扯了起来，拉着她飞快地跑下教学楼，楼下的操场上早已乌泱泱的全是人头。方舒就像从屠夫的刀下死里逃生的小羊一样身子发颤，她紧张得都忘了给拉她下楼的男生说一句谢谢，反而是那个男生安慰了她，轻轻拍拍她的肩膀说："没事了，安全了。"这个男生就是丁大力，这随手一拉、轻轻一拍和飘来的再平常不过的这句话，从此把两个陌生人扭结成了一个锅里的米，而他们以后的大把光阴都在熬这锅夹生饭。

2

　　方舒用了蛮荒之力才把家暂时恢复到能看过眼的地步，她实在干不动了，丁大力知道她回来了，反而找借口说自己在外地忙工程，要过几天才能回家。女儿被寄放在丁大力的亲姐姐，方舒的大姑姐家。方舒知道丁大力是在逃避她的责骂，在听完丁大力的借口后，方舒哼了一声就挂了电话。她根本不想和他多费一句口舌，有那个力气不如留着接孩子的时候去应付大姑姐。方舒把带回来的特产给大姑姐狠狠地装了一大包，大姑姐是个热心人，也是个死要面子活受罪的犟骨头。方舒在丁家生活这么多年，已经有了一套应对她的办法：见了面就狠狠地夸，临走时要留下丰厚的礼物，要让她在姐夫家有面子，抬得起头。早些年，丁家家境寡薄，常常靠姐夫家接济，大姑姐在婆家就没有太高地位，又生了个丫头，在家就总是看着别人的脸色过日子。随着丁大力和方舒的结合，方舒的体面给大姑姐撑了场面，虽说弟弟丁大力还是那么不争气，可是长得端庄又是公务员的弟媳妇提气啊。

　　方舒很顺利地接到了女儿，大姑姐把那一大包特产摆了满满一茶几，方舒知道，那是摆给她老公和婆婆看的。离开大姑姐家的时候，方舒一手领着女儿，一手拎着大姑姐蒸的包子。做饭的手艺，大姑姐在家里是数一数二的，所以，这包子方舒没有客气就拎上了，她和女儿可以吃好几天。回家的路上，方舒打开车窗，车内的燥热被外面的凉风吹走了一大半，方舒想，这就是小城和皇城的区别，早晚温差明显，不管正午的阳光多么灼热，太阳一落山，气温就降下来了，小城人民在各夜市大碗喝酒大口吃肉，不论天气还是生活，小城都有着比大城市更适宜人生存的优势。这几年，小城不遗余力地打造宜居城市，在全国也创出了一点名气，一到旅游旺季，小城的大街小巷操外地口音的人明显多了起来。夜市摊上，这些外地人说着全国各地方言扎堆吃喝，大家都说来小城，不喝一场夺命X5（本地啤酒）、不吃一顿大块羊肉，那就白来了。

这个点，路边的烧烤摊此起彼伏，男人大都卷着短袖褂子，露着或白或黑或干瘪或肥硕的肚皮，举着大扎杯咣咣地喝啤酒。让包括方舒在内的女人们都纳闷的是，在大庭广众愿意敞胸露怀的男人大都身材已被生活毁得面目全非，而那些身材看起来干练舒服的往往老老实实地穿得板板正正。女人恰恰相反，身材好的就八仙过海各显神通，想方设法地让所有人观瞻自己的好身材，身材不好的就一条宽松式文艺范睡裙，起到一裙在身遮百膘的好效果。

方舒开着车，看着风景，听着女儿从后座站起来趴在她耳边叽叽喳喳地说着这些天积攒下来的话，从女儿的嘴里方舒知道丁大力中午还在大姑姐家吃包子喝鸡蛋汤，下午就出门做工程挣大钱去了。方舒想，果然男人都是网上说的大猪蹄子，呵呵，他丁大力在方舒眼里连大猪蹄子都不配。

3

方舒第一天上班就迟到了。

方舒不在家的这些日子，女儿三天打鱼两天晒网地去了幼儿园几次，大多数时间，都是睡到日上三竿，丁大力带着她去姥姥姥爷、姑姑姑父家蹭吃蹭喝，吃完碗一撂，丁大力去忙他的事业，女儿就留在家里玩。所以，早晨起床的时候，方舒不知道哄了多少回、吓唬了多少次才把女儿带出门去上幼儿园。幼儿园老师见到方舒的第一句话就是："您终于回来了。"方舒不好意思地笑了。这世界上盼着你回来的未必是睡在一个被窝最亲近的人，反而是这些和你的生活并无多少交集的陌生人。

　　方舒上班迟到了大概半个小时。和方舒一个办公室的老黄，见到方舒进来，高兴地又是抹桌子又是泡茶，实习生小王打趣老黄："黄主任，方姐回来你比她老公还开心哦！"老黄也不恼，眯着眼，顶着个肉球脑袋，说："你个小丫头片子懂什么，你方姐的老公肯定比我开心，开心得你方姐没睡好觉，上班都迟到了……"说完这话，老黄又冲方舒挤眉弄眼。方舒说："别挤了，就一道缝再挤该眼球内陷啦，老丁在外地根本就没在家，我这是让孩子拖累迟到啦。"老黄听了，摇着大脑袋打着哈哈说："不着急不着急，迟早要回来收拾你的嘛。"方舒没再接老黄的茬，她知道要是把这话接下去，老黄能和她纠缠一上午。有时候，她很是佩服这些和老黄一般年纪的中年大叔，你随便一句无关紧要的话，只要他想，就能和下半身运动联系起来，而且还那么的顺溜。在后来的日子里，方舒渐渐领悟了一件事，凡是在这方面嘴上劲很大的人，是来不了实战的，他们只是为了满足口腹之欲，方舒称之为"意淫"。而相反的，有一些人，闷腾腾的，看着一本正经道貌岸然的，在某些场合仗着几两猫尿下肚，就原形毕露，那咸猪手一点儿都不安分，不是在你的背上拍一拍，揉一揉，就是趁机在你的大腿上摸几下，有的还假意和你说点悄悄话，那臭嘴就在你的耳边或脸上拱一拱，胆子大的一个不防备就亲一下你的脸颊，说什么这是西方礼节。这种情况下，你和一个醉鬼也讲不清什么道理，只能暗暗地吃了这个亏。这些人在揩完油后，又或许能在另外的场合见面，这个时候，他们又是正襟危坐，张口闭口原则与规矩，方舒心里一万个鄙视，脸上却没有表现出来，好像和他们是第一次见面。

　　老黄在方舒的眼里就是那种"意淫"之人。老黄惧内，这是全单位公开的事实。之前老黄是科室主任，单独的一间办公室，方舒和实习生一间办公室。后来，全国上下整顿办公用房，越往下越严格。方舒单位领导一开始没重视这件事，让办公室看着办，办公室也没有充分领会精神，就不痛不痒地调整了几间办公室，领导还是坐在大房子里。后来，市里成立专门的检查组对全市办公用房严查，他们单位被通报批评，单位领导也因此背了一个警告处分。背了处分的领导把办公室的人从头到尾狠狠地熟了一顿皮，办公室主任天天挂着个驴脸，请来搬家公司吆五喝六地将各科室整合，有的办公室实在没办法，怎么整合都有点超标。最后不知道谁出的馊主意，将一间大办公室隔成两间，中间的隔断打的时候打成空心的，原本宽敞明亮四方四正的办公室被隔成了条条房。尤其是财务室，因为就一个会计，面积少得可怜，只留了一扇窗户。狭长的办公室，会计坐在靠窗的位置，每次方舒去报账的时候，推开门，要够着脖子才能看见会计在没在，而会计也得伸着本来就驹长驹长的脖子看来人是谁。方舒看着会计一日比一日长的脖子，说："你这哪是办公室，分明是望夫崖嘛。"会计恼怒地敲着旁边的墙，说："你听听你听听，空的，空心的，隔了一米的空心就是不给活人用，我和你说小方，我现在一推开办公室门就觉得上不来气，不开灯就像渣滓洞。暖气片也隔在空心墙里了，都不知道挪出来，冬天冷不冷的先不提，你说要是暖气片漏水了怎么修？还有，用的这什么烂材料，一点音不隔，说句不好听的，放个屁都怕隔壁听见。"方舒除了万分同情地宽解她几句，也做不了什么。打隔断的时候，是十一长假，等到收假回来时，隔断已经打好了，除了一片狼藉等着大家伙去收拾，其他的已成定局。方舒他们办公室是最幸运的一间了，除了进来一个老黄，调整了一下格局之外，其他的都没有变，方舒在地中央养的花依旧幸福地生长着。其他科室的人说："还是黄主任艳福好，美女鲜花环绕，真是越来越年轻了啊。"

4

老黄的到来，让方舒最不适应的就是中午吃饭和休息。女儿上幼儿园之后，方舒中午是不回家的，她要么吃吃食堂，要么点点外卖，要么到周边晃一圈找点吃食。有很多时候，中午是方舒和闺蜜聚餐的好时间。随着结婚生子，方舒和朋友们聚会的时间大部分安排在中午，下午要接孩子要辅导孩子功课，很难凑在一起，中午，孩子要么在学校吃饭休息，要么去小饭桌，这段时光成了已婚妈妈们最惬意的一段时光。吃吃美食，逛会儿街，喝杯小资咖啡，戳一戳各自的家长里短，把在家和在单位积下的一肚子苦水坏水馊水一股脑倒出来。

老黄这个人中午基本上雷打不动吃食堂，吃完饭绕着单位的大楼转几圈，然后回到办公室支开一张行军床午休。一个大男人四仰八叉地躺在办公室的当地上，方舒就是坐在自己的办公桌后面也感觉浑身的汗毛在打结。老黄倒是无所谓，没有几分钟就鼾声贯耳，睡熟时，还掀起衣服，露出白花花的大肚皮。方舒想，在老黄眼里，根本就没有性别差异，他已经不在乎方舒眼里的"形象"二字，方舒倒觉得老黄活得很真实，对于和自己不相干的人或事就是这么坦然。所有人都说老黄惧内，只有老黄自己说，一个"怕"字省了多少心。在婚姻生活里，老黄是活得通透的不多的几个人，他的惧内不是酸倒牙的因为爱，而是省心。在形形色色的婚姻里，能让人过得省心，不就是最好的日子吗？多少婚姻败给了焦虑、烦躁，败给了鸡毛蒜皮，能把日子过得和和顺顺的人，不就是人生赢家吗？丁大力倒是不怕她，可是他们的日子没有和顺过，反而一直无休止地吵闹。直到近几年，方舒突然间想开了，对丁大力的任何风吹草动都不闻不问，就算丁大力想找茬和她闹气，她都不应战。对于一场永远打不赢也输不掉的战争，方舒不知道一直战斗下去的意义何在，与其耗费精力，不如养精蓄锐做点有意义的事。也就是从这个时候开始，方舒开始了写作，渐渐地在文学圈里崭露头角，这次出去两个月的学习就是全国性创作班，方舒用自己的文字虚拟着自己的梦想世界，她一直记着自己刚开始写作的时候，把作品发给一个作家姐姐看，作家姐姐给了方舒很多中肯的意见。打动方舒内心最脆弱的那根神经的是作家姐姐的那句话：写作能让你成就自己所有现实生活中的遗憾。看到这句话的时候，方舒的眼泪刷地一下就下来了。人生有一知己，足矣。方舒到这一刻才真正悟到了这句质朴的话语背后潜藏了多少对人生的参透。

为了让彼此更自在些，方舒中午没事的时候基本上都会去单位附近的一家咖啡店，要一杯咖啡，慵懒地窝在沙发上，随时用手机写一点东西，久而久之，方舒习惯了这样的写作，她的很多诗就是在这个时候写成的。

5

丁大力在方舒上班一周后才回到家。

方舒看见丁大力第一眼的时候，女人的第六直觉告诉她，丁大力外面有人了。以前的丁大力就是嘴上叫嚣着老子在外面女人一大把，方舒都嗤之以鼻，根本不相信。今天的丁大力，明显不一样，以前的丁大力无论冬夏，一年四季都是牛仔裤 T 恤衫运动鞋，唯一的一身西装衬衣还是他们结婚时置办的，就穿了一天，此后束之高阁，按丁大力的话说，他就是这么专情的人，对衣服对人都一样。反正他也没有正经工作，穿什么衣服都无关紧要，舒服就行。今天的丁大力，进门后，脱下的是一双锃亮的皮鞋，黑西裤，淡粉色的短袖衬衣。这么多年都没怎么打扮过的丁大力就像换了一个人，以前方舒眼里那个微驼着背的黑瘦男人，变得挺拔白净了，冲着方舒笑着说"你回来了"的时候，那一口因为抽烟而微黄的牙也有了平时少有的温柔。然而，在这个男人稍纵即逝的眼神里，方舒很敏感地捕捉到了一丝闪躲，这是孩子做错事的时候内疚的躲闪。

拖地的时候，方舒假装挪丁大力的皮鞋，趁机观察了一下鞋子，花花公子的正牌货，方舒想怎么也得一千多，她在想丁大力是挣钱了还是傍上富婆了。晚上睡觉的时候，丁大力凑上来想要和方舒温存一下，方舒努努嘴，女儿睡在怀里。丁大力也不再勉强，略显失望地去了另外一间卧室，方舒觉得丁大力那不是失望，是解脱，她分明在丁大力出卧室门的时候听见他长出了一口气。换了以前的丁大力，这么长时间没有见面，就是想尽办法也是要和方舒做一次的。仔细想想，方舒回来，他却躲了出去，也许他并不是想躲方舒的责骂，而是实实在在地在躲方舒这个人。这让方舒陡然地冒起了一股火，他丁大力凭什么嫌弃她？或者，说得更不堪点就是，他凭什么抛弃她搞外遇？

方舒把女儿缓缓地放在一边，打算去和丁大力理论一番。丁大力的卧室门竟然是关着的！丁大力任何时候睡觉都不会关门，就是上厕所他都很少关门，直到有了女儿，他上厕所的时候才有所顾忌，但有时候也会忘记。方舒一把推开小卧室的门，丁大力光溜溜地直挺挺地睡在小床上，方舒看着眼前的这个男人真是哭笑不得，丁大力什么时候有裸睡的爱好的。方舒的用力推门并没有打扰到丁大力的睡眠，方舒想了想，过去给丁大力搭了条单子，丁大力脑子抽筋，可不能影响到女儿。

回到卧室，重新躺下的时候，方舒的手机上来了条短信，是弟弟方鑫发来的。方舒和方鑫，姐弟俩，父亲取名"舒心"，母亲说男孩子要多金才有底气，所以弟弟的"心"换成了"鑫"。不过，弟弟的名字既没有让父亲如了舒心的意，也没有满足母亲多金的愿。从小到大，弟弟方鑫就是个惹祸精，学习成绩差得一塌糊涂，恶习一大堆，抽烟喝酒打群架早恋，方鑫没有一样落下的。开家长会，母亲常常是在方舒的班里听完表扬，再到方鑫的老师那挨足了批评。方鑫高中上了两年，实在是混不下去了，父亲托了人，搞到了毕业证，把方鑫送去参了军，那时候在家管不了的顽劣子弟都被送到部队这个大熔炉里去打造，不论成功与否，至少野性子能收敛一点。方鑫当兵回来，父亲在电力系统有内部照顾政策，部队转业的优先录用，方鑫成了电力局的电路检修员。电力行业是垄断业，工资待遇很好，可是方鑫的工种比较苦，就是大街小巷常常能见到的那种爬在电杆上检修电路的。经过培训，方鑫被局里分配到了县里的供电所，这也是新政策，新上岗的人员必须下基层锻炼两年。县里又把他派到了村子上，村子里的条件比较艰苦，爬电杆真是冬天冻死夏天晒死，春秋两季跟着大风跑，方鑫在父亲的高压政策下，还算争气坚持了两年，方舒想这或许是因为当过兵。

两年后，父亲又卖着老脸打点着给方鑫换了个工种，抄电表，这个活挣的钱比爬电杆少点，可是轻松啊。方鑫回了城就开始了潇洒的生活，天天不是喝酒就是打游戏，女朋友换了一个又一个，挣的钱不够自己霍霍，经常向父母伸手。父母亲娇惯唯一的儿子，总说男孩子结了婚才能收性子。方鑫结婚的时候，新娘子的肚子已经显怀，怕影响胎儿，方鑫在酒店包了一间豪华套房作婚房结了婚。新婚三天一过，方鑫两口子就和父母住在了一起。方舒的父亲在电力部门是老资格，福利分房的时候，分了一套简易二层，说洋气点就是二层别墅。房子公摊小，面积足够大，又是上下两层，所以弟媳妇家没有在买房子的事上多纠缠，总不能孩子生下了再补办婚礼吧。未婚先孕在当时也还是不光彩的。弟媳妇在商场里做导购，怀孕之后自然就彻底待在家里养尊处优了。方家二老都刚刚退休，乐得在家伺候儿媳孙子，方鑫结了婚还是甩手掌柜。方舒有时候心疼父母，就教训一下弟弟让他管管自己的老婆，别那么懒，方鑫倒是也听姐姐的话，一来二去，弟媳对她这个大姑姐就很是不满了。但弟媳很聪明，她不和方舒正面起冲突，人家的原则是惹不起躲得起，滑得就像个泥鳅，方舒除了训一训弟弟，也没有太好的办法，后来连方鑫也开始躲着她了。父母怕方舒伤心，反而劝慰她，他们还能做得动，等干不动的时候再来麻烦小两口，让方舒不要计较这么多了。方舒也就此死了心，一个愿打一个愿挨，清官也难断家务事。

6

　　方鑫的短信很长，大概意思就是，他结婚的时候为了孩子没有买新房，也没有装修一下现在的住房，现在孩子大些了，他们想把住的房子装修一下，现在谁还住水泥地的老房子。装修的时候，他们一家三口暂时住到岳母家去，自己的父母希望姐姐能接过去住一段时间，收拾好了，他们就把父母接回来。方舒想了一会儿，给方鑫回了一句："知道了，和你姐夫商量一下。"方舒的信息回复得模棱两可，她不是作不了父母来家里住的主，而是她要回趟家问清楚是怎么回事。她前两天学习回来去看父母的时候，他们对这件事也只字未提啊。

第二天送了女儿去幼儿园，方舒给老黄发了个信息请了半天假，就去了父母家。

方鑫给方舒开的门，父母家的小院已经摆满了东西。父母家的二层小楼还带个独立的小院子，平常就种点蔬菜和一些花花草草，堆一些杂物。方舒看着满院子的东西愣神的光景，方小涛小朋友，方舒的亲侄子，扑到了方舒的怀里，两岁多的孩子还叫不清楚姑姑，嘴里"嘟嘟、嘟嘟"的喊着，眼泪流得不住气，鼻涕蹭了方舒一裙子。方舒的这个侄子和自己的女儿差不多大，方舒虽然结婚早，可是她因为一侧输卵管堵塞，怀孕异常困难，耗费了很多时间、金钱、人力才有了宝贝女儿，一点儿也不像弟媳，生下侄子没多久就又怀上了，方鑫很坚决地让做掉了。

"小涛乖，别哭，告诉姑姑谁欺负你了？"方舒一面用纸巾给侄子揩着鼻涕一面安慰着。方鑫气呼呼地说："哭，就知道哭，一点儿男孩样都没有，不就是杀了个鸡吃吗？咱们都搬走了，没人喂鸡，鸡不得饿死了啊。"这下方舒明白了，原来是父亲给小涛养在院子里的两只小鸡让方鑫给杀了。在大人眼里，鸡只是食物链上的一环，在孩子眼里，鸡就是玩伴，就是朋友，眼看着自己的好朋友被杀害了，换了谁不伤心？方舒哄了半天侄子，最后答应在自己家里给姐姐和小涛养只小狗，侄子才又露出笑脸。方舒的女儿点点不止一次地提出要养只小狗，可是方舒爱干净，一直没答应，这次看侄子哭得这么伤心，方舒想起了在学习班的时候，有个女同学，是个女诗人，四十好几的人了，说话还奶声奶气，有一次她朗诵了一首自己的诗，是写自己养的一只狗老死的过程，她朗诵得声情并茂，哭得稀里哗啦，那么大的人也不顾及形象，眼泪鼻涕糊了一脸，班里好多同学都陪着掉眼泪。小涛这鼻涕眼泪一把抓的样子，方舒眼前立时出现了女同学的形象，人过中年还能保有一颗纯善的童心是多不易啊。要是养个小动物，能让人一辈子有一颗童心，就是再脏方舒也愿意。

看着家里的乱劲，方舒想也没必要多问了，方鑫发短信是通知她，不是征求她的意见。她进屋帮母亲去收拾东西，弟媳也在卖力地干活，见了她讨好地叫了声姐。方舒想，这请半天假恐怕是不够了，就又给老黄发了信息，简单讲了下情况，请了两天的公休假。老黄很痛快地回了一句："忙去吧!"方舒在院外，给丁大力打了电话，说方鑫要装房子，父母亲要去他们家住段时间，让他过来帮忙搬东西。丁大力说了句知道了就挂了电话。过了半个小时，来了辆搬家公司的车，说是丁老板让他们过来搬家，钱已经付过了。方鑫直夸姐夫会办事，真讲究。父母面前方舒不好意思发作，丁大力什么意思，两个月没见，发了大财了，就搬点老人的个人用品用得着搬家公司吗?

等到搬家公司满满当当装了一车的时候，方舒对丁大力的气才消了。老头老太太攒了几十年的家当，拉这一车也不算过分，有很大一部分老人家都忍痛丢下了。

7

方舒的家一百四十平，三室两厅两卫，一家三口的时候，很宽敞。他们刚结婚的时候住的是丁大力家的老房子，后来老房子拆迁，补了一笔钱，又赶上方舒的单位分最后一批福利住房，方舒赶上了末班车，拆迁的钱付了这套大三居的首付，装修完还余下了点钱，方舒买了个代步车。丁大力的父母在他们结婚没多久就相继过世，丁大力的姐姐在老房子的继承上很大度，她说丁大力和方舒给二老送了终，老房子

151

就归他们，她不掺和。后来，方舒生孩子，弟媳也跟着生孩子，方舒的女儿很多时候是大姑姐帮忙带着。在这两件人生大事上，方舒对大姑姐是万分感激和尊敬的，她的确是个大气又热心的女人。

三间房，装修的时候，方舒给自己弄了个书房，余下的两间一个主卧一个次卧。有了孩子后，丁大力和她基本上是各住各的，现在父母突然间住进来，她能和丁大力和谐地共处一室吗？

搬家公司把东西一股脑儿搬上了楼，方舒本来还略显空荡的家一下子拥满了东西。方舒先把次卧的柜子腾空了，再把父母的衣物一一放好。剩下的箱子装着他们的厨房用具以及一些家居摆设，这些东西方舒打开来看了一下又原封不动地封住了口，她对父母说："还是放地下室吧，过不了多久又要搬回去，这些东西在这边又用不到，拆来装去的麻烦。"父母也累了几天，干不动了，说："也好也好，别麻烦了。"这时候，丁大力从外面回来了，手里拎着水果、肉，还有菜。听方舒说，地上的这些东西要放在地下室，丁大力放下东西就开始搬。丁大力搬大件，方舒拿小件，两个人都搞得浑身大汗淋漓。方舒的妈妈，心疼女儿女婿，已经去厨房忙乎着做饭。丁大力边擦汗边问岳父："怎么都搬出来了，这些放在院子里的小房也行啊。"丁大力这一问，方舒才醒过神来，只顾着忙乎，她也才发现父母的大家小当真的倾巢而出了。就几个月时间，拿点衣物就行了，其他的确实是放在小房就可以。方舒的父亲没解释太多，就说了一句"这样用起来方便"，起身说去厨房看老太婆饭做得怎么样了。丁大力冲方舒撇撇嘴，方舒明白他的意思，这件事有蹊跷。

8

吃完饭，丁大力又出去了。

方舒和母亲收拾着厨房，方舒问母亲："方鑫装修的钱谁掏的?"

母亲说："他们出一半，我们出一半。"

"一半是多少?"

"十万吧。"

方舒算了算，二十万也差不多，但是她心里清楚，这钱恐怕全是父母掏的。方鑫两口子天天坐吃山空的样，怎么可能有十万的存款。

"那怎么把东西都搬出来了呢，小房不能放吗?"

"你弟说把小房拆了重盖，东西尽量都搬走，要不装修工人会趁咱们不注意拿走的。"

方舒听了，好像也没什么不对劲，那父亲的反应为什么那么奇怪呢? 也许是她和丁大力多心了。

下午方舒接女儿回来的时候，母亲说丁大力让家具店送来了一张双人床，家具店的人把小卧室的小床挪到了书房，大床放在了他们睡的这屋。母亲还说，她悄悄地问安装床的师傅了，这床是环保的，床垫子也是高档货，整个下来要七八千呢。母亲埋怨她不该让丁大力这么破费，他们俩挣钱也不容易。母亲对他们的生活状况是完全不了解的，她以为是方舒交代丁大力去办的。方舒心里很惊讶，但脸上并没有表现出来，只说，这是应该的，再说了将来点点也用得着。母亲听了将来点点也用得着，才不再说什么，就当是沾孙女的光吧。方舒又去地下室取来了父母以前的被褥，给他们铺好床，床单用了家里现有的一套新的。点点闹着要和姥姥姥爷睡新床，方舒随她去了。

晚上丁大力发信息说有应酬，走了外地，方舒本来想问问他床的事，也只能等人回来了再说。

父母和点点去睡下了。方舒一个人坐在书房愣神。原本以为要两天才能搬好的家，因为丁大力请的搬家公司，买的床，一天就搞定了。两个月不见丁大力一下子能耐变大了，还是背后有高人指点呢？当年方舒找丁大力的时候，她父母是不同意的，一来丁大力就是大专文凭，也没个稳定工作，二来丁大力家境太一般，虽说他们家只是普通的工薪家庭，可是因为是在电力系统，他们家就比其他家庭富裕得多。为人父母的谁不愿意女儿攀个高枝享福呢？可是拗不过方舒那时候一门心思看上了丁大力，她对父母说，穷没关系，钱可以挣，自己看上的是他这个人。其实，说到底，方舒是放不下丁大力在地震的时候拉她的那一把，那是方舒第一次对一个男生动心，丁大力是方舒的初恋。方舒和丁大力的结合在同学中也算是一段佳话，方舒想，这些年，她和丁大力一直坚持了下来，也是得益于那笔拆迁款。丁大力虽然收入不稳定，可买房子装修买车等于都是丁大力出的钱，加上方舒的收入稳定，他们没有像其他夫妻那样因为钱去争吵翻脸。丁大力的父母不在了，方舒的父母也不用他们操太多心，所以他们的小日子在别人眼里是富足的平稳的。就像老黄提起丁大力的时候，总是表扬他，说："你家老丁大气啊，那么大一笔钱直接打到你名下，房子车子都写你的名字，好男人啊。"方舒回老黄："这都是婚后财产，写在谁的名下都是一人一半。"老黄笑她无知，说老房子是丁大力父母留给儿子的，婚前就过了户，所以不属于他们的共同财产，这笔拆迁款说到底是丁大力一个人的。方舒听了心里别扭，后来又托人打听了一下，确实如此，可她心里还是认定自己下嫁他丁大力，这是她该得的。到了今天，丁大力的父母并没有享受过一天新房子的福，反而现在方舒的父母住了进来，丁大力的表现方舒是满意的，他让方舒的父母感受到这个家欢迎他们二老的到来，如果丁大力甩脸子，方舒也没办法，毕竟事情来得突然，连她自己到现在还有点蒙圈。

9

方舒胡思乱想时迷迷糊糊地睡了过去，又被一阵接一阵的门铃声吵醒。她以为是丁大力喝多了开不了门，开了门，却看见方鑫带着方小涛站在门口。

"这么晚不睡觉，带着孩子乱跑什么！"方舒没好气地说。

方鑫自知理亏，又很无奈，说："姐，小涛在他姥姥家闹腾得不睡觉，非要找爷爷奶奶，还要找姐姐，说姑姑答应给他和姐姐买小狗，他妈怎么哄他都不睡。他姥爷心脏不太好，他姥姥怕这么闹腾下去，老头再折腾病了，就让我把小涛送过来。"

"这是让赶出来了啊！"方舒冷哼了一句。

"小涛，快问姑姑好。"方鑫看自己说的话打动不了方舒，就把儿子推了出来。

"姑姑……"

"臭小子，姑姑也不要你。"嘴里说着不要，方舒已经抱起了小涛，这个时候，她听见父母的房间也有了动静，估计是听见声音了。

"那我走了啊，姐。"

"快滚吧。"

"唉！"

方舒让方鑫滚，方鑫这声"唉"却清脆又喜悦。

把小涛安顿给父母，方舒又把女儿抱了回来和自己睡。

调闹铃的时候，方舒看今日头条发了个图片：下大雨了，一个长颈鹿在亭子下躲雨，可是长颈鹿脖子太长了，它只能把中间的身体放在亭子下面，它的头和屁股都露在外面。图片的标题是：长颈鹿躲雨失败。底下有条是评论：致我们顾头顾不了尾的中年。

方舒发了一条朋友圈：万能的圈，有卖小狗的吗？

折　腾

1

"活着，就得折腾。"

这是我最后一次见到李梅的时候，她甩给我的一句话。

"随她折腾吧，好好的日子让她折腾没了。"坐在我对面的苏芳冲我嚷嚷道。

2

我、李梅、苏芳，从高三分文理科重点班开始，我们从不同的班级被分到了文科重点班——高三（6）班，一直到大学、工作、恋爱、结婚、生子，三个人牵牵绊绊了二十多年。

高三的时候，本来大家没那么多时间交往，我们那时候考大学是万人闯独木桥，幸存的没几个。大家每天都埋在山一样的习题里，两耳不闻窗外事。事情的转机是在一节补习课上。对于高三的学生来讲，没有周末，没有假期，只有学习、考试、补习。周天授课的还是本校的老师，只不过换了个高级的叫法——周末提高班，每个人收一点点课时费，这在当时都是允许的，不像现在，减负，不允许老师带家教收补课费……所谓的提高班，其实就是讲一些老师课上来不及讲的内容，或者更深入讲一下课上内容。提高班第一次开课，我们三个无一例外地都迟到了，就只能坐最后一排。那黑压压的学生头，把个头都不算高的我们三个人堵得严严实实。教室又大，没有话筒，老师的声音根本传不到我们这里。李梅低头看一本闲书，凡是和高考没关系的书我们都叫闲书。"看的啥?"旁边的苏芳问她。"《廊桥遗梦》"，合上书，看见书名，我们同时小声惊呼。"电影院正放映这部电影呢，要不要去看?"李梅看着我俩一副遇到知音的迫切眼神。三个人对视片刻，齐声说："走!"趁着老师转身写板书的时候，我们仨溜之大吉。看电影的时候，李梅哭得稀里哗啦，我和苏芳感动归感动，倒是没有掉一滴眼泪。回家路上，李梅红肿着眼睛说："这辈子能有一次这样的爱情，死了也值了。"我和苏芳听了还有些不好意思，为李梅的大胆有些脸红。

从那以后，我们三个人就成了数学里最稳定的三角形，老师上课点名有一个不到，就会看另外两个，好像我们仨是一家子的三胞胎。说来也奇怪，那年月没有手机，没有传呼，家里都很少安装电话，可是我们就是能约到一起。

李梅是我们三个人中主意最多，也最能找事的一个。她的古文功底很好，喜欢一些风花雪月的诗词，按苏芳的话说，李梅讲了一辈子情怀，也毁在了情怀里。李梅的相貌和情怀不太搭，粗黑的脸膛，一头硬撅撅的卷毛，往哪一戳让人都以为她来自西域。偏偏她又是女儿身，满嘴的林妹妹，不见人只闻其声还好，真身一现，她那点情怀就像狗不理包子，包子是好包子，就是名字太难听。李梅不管这些，元旦晚会、同学生日聚会，她总要朗诵一首诗，班里流行一句话：煽情哪家强，文科重点找李梅。我和苏芳老打击她不是朗诵家，顶多算个谐星，好好的诗让她一朗诵，变成了打油诗。海子的《姐姐，今夜我在德令哈》，多好的一首诗，她那一句略带本地口音的"姐姐"，惹得全班同学笑得炸了棚，连语文老师那么严肃的人都没能矜持到底，笑得抹眼泪。只有她自己陶醉其中，情绪丝毫没受影响。回想起这些，我似乎有些明白后来的李梅无论遇到多么大的事，都能做到不惊不喜。一个人能不能干大事，关键看能否控制情绪。

"知道吗？李梅给咱们地理老师写情书了。"苏芳扒拉着我的耳朵悄悄说。一个寒假过来，李梅又做了一件让人惊骇的事。看着我睁着小眼睛，一脸的蒙相，苏芳拍了我的后脑勺一巴掌，说："傻乎乎地想啥呢？"三个人中我在这方面是最愚钝的一个，也没想什么，就是惊讶。这或许也和我的性格有很大的关系。我这个人有些木，就是人们常说的木头，听到什么大消息，别人都会第一时间有大反应大动作，只有我蒙蒙腾腾的，一副与己无关的样子，反射弧特别长，这在后来的日子既吃了亏也沾了光。

地理老师我是知道的，新分配来的大学生，比我们似乎大不了多少，喜欢穿白衬衣，外面加一件简单的西装。他应该很喜欢运动，身材属于现在人说的那种穿衣显瘦、脱衣有肉的类型。他长得很干净，我唯一不喜欢的就是他那两片薄薄的嘴唇，整个人因为这两片薄薄的红唇显得有些轻浮，但是也托了这两片薄嘴唇的福，他的口才是极好的。高一的时候教我们地理的老头儿就生生地把我们打败了，枯燥乏味，一上地理课，睡觉的一片连一片。老头儿快退休了，有时候在家受了气，上课的时候就会挨个地把睡觉的同学打一教鞭，打一圈儿下来老头儿气也消了，又开始唠唠叨叨地讲课。高二开学的时候，地理老师突然换成了一个帅哥，大家都很开心。后来听消息灵通的同学讲，老头儿放假的时候，在家洗澡时滑了一跤，骨折了，到开学都没恢复。那我们也算因祸得福吧。可是高二地理会考之后，帅哥就完成了自己的使命，去带下一届学生了。高三了，正是复习紧张的时候，李梅又是哪根筋搭错了给他写情书呢？

3

李梅和地理老师算是有一点缘分。

地理老师第一天来学校报到，搞不清楚方向，正好碰见了迎面走来的李梅，他向李梅打听教务处在哪里。李梅用颤抖的陶醉的声音对我和苏芳说："那时候正午的阳光最灿烂，他冲我微微一笑，温暖的光打在他瓷白的牙齿上，落在他笔挺的西装上，他就像一个自带光芒的王子。"我和苏芳听得浑身发麻，感觉鸡皮疙瘩掉了一地，问李梅："你这是从哪看来的酸词啊？"李梅看我俩这副模样，失望地说："是我自己想的。"我的脑子里立时浮现了一个作家——琼瑶，那时琼瑶姐姐的小说很受欢迎。要说地理老师符合琼瑶作品的男主人公特点，倒是也有些贴切，年轻，有才华，长得帅气，喜欢运动。可看一看李梅，她和女主人公相比，实在是差之千里。她长得是有特点，可只能说丑得特别，完全不是书中描写的那种特别的气质。

情书的具体内容我们至今也是一知半解，据她自己说写得完美极了，简直就是一篇古典美文。这个我是有点相信的，以李梅的古文功底写一篇这样的文章也不算难事，她的作文常常是老师用来读的范文。我写的作文就是老师说的那种不高不下的应试文。可滑稽的是，后来我从事了天天和文字打交道的工作，李梅却做了商人。

地理老师人和他的外表一样，干净利落，他对李梅说，信写得很

160

有文采，他非常欣赏，可是作为老师，他希望李梅以学业为重，不要因为这些事影响了一辈子的前程。而且，他现在已经有女朋友了，是他的大学同学，他们打算年底结婚。最后，他感谢李梅对他的赞扬，希望能成为李梅的朋友，或者说文友。就因为地理老师的坦诚，李梅很快就忘记了求而不得的伤心。她真的和地理老师做起了文友，经常用最好看的信纸把她写的一些短文寄给老师。一开始，老师还有回应，后来就对李梅说，自己实在太忙了，没办法总是回信给她，也希望她好好复习，为高考做准备，不要为此分散太多精力，高考结束了再做这些事。李梅再寄给老师的信就真的没有了回应，后来，连碰面的机会都很少。我和苏芳猜测，地理老师一定是在躲李梅。毕竟是老师和学生，还是要有所顾忌的。

高三的时候，我们学校对早恋突然变得很民主，不再像之前那样打压。听说其他学校老师和家长眼里的两个优秀学生早恋，学校给的压力太大，两个人竟然打算私奔，幸亏及时发现，否则好好的两个孩子前程就毁了。所以，我们学校对高三的学生就采取睁一只眼闭一只眼的态度，只要两个人能互相鼓励着学习，好好准备高考就行，老师和家长就像侦察员，负责盯梢。

说来也怪，高一高二的时候，都是差生在早恋，也不过是那种朦胧的暧昧而已，男生给女生买个发夹，女生给男生带个饼子。正是长身体的年龄，每个男生都很能吃，还个个瘦得像麻秆。高三的时候，就一反常态，谈恋爱的都是好学生，也就是我们文理科重点班的学生。临高考的前两个月，哗啦啦涌现了好多对，有的公然拉着手从班主任眼前经过进了教室，班主任的脸色难看得都抽成了一团，硬生生忍着没有发作。有一对，男生个头很高，快一米九了吧，女生又很矮，一米五的样子，走在一起就像骆驼拉着鸡。最搞笑的是，放学的时候，男生骑着二八大自行车，女生站在后座上，扶着男生的肩膀，一路欢歌一路飞驰。发育期的男生毛发正茂盛，喜欢装成熟，都留着些胡子充大哥。那街上的路人见他俩这样，也没有过多的疑惑，都以为是爹接了女儿回家去。还有比较励志的，男生对女生表白，女生说："你要是考到北大，我就做你的女朋友。"男生立马像打了鸡血，没日没夜地学习，本来学习就不差，这么一用功，那成绩噌噌噌地上去了。老师们也在大课小课上含沙射影地表达谈朋友就要这样，以学业为第一。每次听老师字斟句酌地讲这些道理时，我觉得老师真的很辛苦，不知他们私底下琢磨了多久才能如此隐晦地不伤大雅地把这个问题摆在桌面上讲。可怜天下老师心啊……

看着如雨后春笋般冒出来的一对对，李梅对我和苏芳万分遗憾地说："我给他写信写早了，应该现在写才是时候。"我和苏芳异口同声地打击她："啥时候写都一样，人家已经有女朋友了。"李梅气得几天没和我俩说话。

4

十年寒窗苦读，终于到了宝剑出鞘的这一天。那一年的高考，我们赶上了交警出警保证考生有一个安静的考试环境的好时候，不大的城市，所有考场四周的道路都戒严了，给大家的出行都造成了困难，可也没听见多少抱怨，被挡在警戒线外的人流、车辆都是一副目送壮士出征的样子，眼里的期望不亚于考生家长。那几天的天气也很给力，正是七月最热的几天，可在考试的第一天，这个城市开始下雨了，淅淅沥沥地下了三天，刚好是高考的这三天。老师、家长、市领导都异常高兴，这么好的天气怎么能不出好成绩呢？我的数学学得比较差，到今天我都记得，我坐在一楼靠窗的位置，不会做题，竟然听了半个小时雨落在窗外遮阳板上的滴答声。多珍贵的半小时啊，竟然被我败家地听了雨声。

那年的高考分数也确实创下了历年的新高，因为题出得没有剑走偏锋，大部分都是平时做过的，所以后来估分的时候，我估的分和去年的重点录取线差不多，我们全家都沉浸在要考上重点大学的喜悦中。然而等到分数线一出来，好多人都傻了眼，去年的重点录取线是今年的普通本科录取线。我以超了普通本科录取线一分的成绩进了本地的一所大学；李梅则差了十来分，选择复读；苏芳，本来学习成绩就差，这次更是发挥失常，题越是简单她反而考得不如以前模拟的几次，她父母看她不是这块料，就让她上了脱产自考，想让她早点就业。我们三个就此分道扬镳，走上了不同的人生道路。

复读班的班主任是我们之前的老师，他对李梅读诗的印象比较深刻，就让她当了班长。李梅很喜欢这份荣誉，丝毫没有介意别人对复读生的另类目光。和李梅一起复读的有我们班的好几个同学，她们后来和李梅一起做了我的学妹，两个小我一届，一个小我两届。我们几个在大学食堂偶遇，开始的一段时间就常常一起吃饭，吃饭的时候有时李梅不在，她进了大学便如鱼得水，成了学生会的红人，这个先按下不表。和其他几个吃饭的时候，我断断续续听说了李梅在复读班的事。复读班通常就设两个，一个班差不多有七十人。班里的气氛通常很压抑，这些学生经受着家庭、学校和社会施加的方方面面的压力。有的家长起先对孩子抱有很高的期望，结果孩子名落孙山了，就天天在家里数落，孩子的心情和压力可想而知。复读班人多，生源的质量参差不齐，有的根本就是学渣，是家长硬逼着来复读的，在班里也是天天上课时不好好听课，下课就逗长得好看的女生，那些漂亮的女生真是不堪其扰。我这两个学妹就属于长得好看的一类，说起来就气得瞪眼睛，说尤其是那些家里条件优越的，更是跋扈得很，把老师也不放在眼里，她们也只好敬而远之，不敢告诉家长和老师，怕引来不必要的麻烦。

在如此繁重的学业压力下，她们说，真搞不懂李梅，当个班长而已，天天疯天疯地地搞活动，学校的迎新会、元旦联欢、教师节，她一天没事找事，没几个人配合她，她就天天利用自习课给大家讲劳逸结合，讲寓学于乐才能考出好成绩。学习不好的就跟着起哄，学习好的、打算再冲刺一年的对她的演讲真是翻了无数的白眼，干脆用棉花把耳朵塞上，任你东南西北风。就这样，李梅折腾了半学期，期末考试成绩出来，她差一点垫了底，看看其他同学较去年都有了很大的进步，她才开始急眼了。要说李梅也算是有点小聪明，并且能发狠学习，后半学期据苏芳打探到的消息，李梅每天就睡两三个小时，其他时间都在学习，也算皇天不负有心人，李梅和我的这几个同学都刚刚过了本科线，和我做了学姐学妹。

进了大学的李梅，每一天都像打了鸡血一般兴奋，对于李梅这样性格的人，大学生活无疑是她人生所有情怀的一次集中发泄。大学一年级，各种社团活动、迎新活动，哪里都有她的身影，很快她就进入了学生会，任一个"小官"——卫生委员，我最为厌恶的一个"官职"。初进校门的我，喜欢这份自由，根本不愿意参加任何活动、社团，天天抱着个书，我行我素。我从小就爱干净并略有洁癖，在我的带动下，我们宿舍的卫生还是不错的。那时候每周三下午不上课，一般都是大扫除，到下午快五点的时候学生会的卫生委员会带着其他委员来检查宿舍卫生。检查我们卫生的是大四的一个学姐，扎着一个辫子，把头发梳得紧绷绷的，感觉前额都快被扯破了，眼神带凶相，进了宿舍就一副盛气凌人的模样。我很看不惯她的做派，为了我们宿舍能顺利过关，每次到检查的时候，大家就把我赶出去玩，不让我和她有正面接触，但是每次反馈回来的意见真是让人又气又笑，我深深地怀疑这个学姐是不是因为头发扎得太紧而把脑子弄坏了。每周都例行检查，我也不可能每次都被赶出去玩，那一次不记得是什么原因，反正宿舍就剩我一个人在迎接检查。从学姐一进门，我就开始心里起腻子，翻腾，脸上也是挂不住的憎恶，学姐似乎也感觉到了什么，我的脸相也不是那么好惹的样子，而且她可能是第一次见我在宿舍，所以语气并没有那么恶劣。我努力地挤了个笑容，估计比哭好看不了多少。本来这样和平地结束多好，可是学姐似乎并不满意这样的友好结局，临出门的时候，对着我们的洗漱台说："你们应该把牙刷放在一个缸子里，牙膏放在一个缸子里，最好统一一下缸子。"我那个无名火啊，噌地一下就燃烧到了头顶，语气很冲地回击说："六个人牙刷放一起太脏了，不卫生，缸子没钱统一，委员你要不赞助一下？"可能从来没有人这样顶撞过她，我看她嘴唇抽了几下，没说出话来，和她一起检查的还有一个是我们班的女生，见这样的场面，赶紧出来打圆场："天天就知道开玩笑，胡说八道，学姐，别理她，她在我们班就这样没正形。"我哼了一声，扭头坐到了床上，我同学赶紧拉了学姐去了另外的宿舍检查。不过那次的检查我们宿舍并没有受到影响，还是过了关，我给其他舍友吹牛皮说，谅她也没这个胆子。其实我心里是打鼓的，只能说自己运气好而已。李梅现在就是学姐这个角色，一到各宿舍检查卫生就吆五喝六的，很是让人反感。每次到我们宿舍，我都坐在床上不搭理她，任凭她和其他舍友叨咕，她叨咕归叨咕，每次走的时候还是亲切地对我喊一句："我走了啊。"我也是拿她没办法。

上大学时，我们三个离得很近，学业也没多少压力和负担，反而相聚最少。说不清为什么，自从李梅当了学生会的"官"，我就自然而然地一点点远离她，直到今天，我的个性还是依旧，对于"官"我一直心存距离，任何时候都想着能躲则躲，能避开就避开。

大学时光，倏忽而过，转眼我就到了毕业季。李梅上大三。毕业的时候，我对未来的职业没有任何规划，虽然我的专业是汉语言文学教育，可我对家里人郑重其事地说："我绝不当语文老师。"父母很吃惊也很无奈。我知道父亲会替我想办法的。大四的课业已经不多，那时候考研的人并不多，奇怪的是我们宿舍除了我，其他人都从大三开始准备考研。在那一年研究生开始报名的时刻，我鬼使神差地和她们一起报了名。对于专业，我选择了上大学时没有如愿的政治系，而学校，我这个叛逆鬼选择了广西的一所大学，当时只有一个想法——离家越远越好。

我就这样稀里糊涂地开始准备考试，又临阵磨枪一样上了考场，成绩出来后，也是没有辜负我的吊儿郎当，英语差了十来分，我名落孙山。就在大家要么沉浸在考研上线的喜悦中，要么焦头烂额地应聘工作之际，好运再一次垂怜了我，父亲为我找了一份事业单位的工作，我毕业那年开始实施公务员考试制度，而事业单位的考试制是我参加工作的第二年才开始实施，我等于搭上了末班车。学生会干部李梅很快就知道了我的分配去向，她第一时间跑到我的宿舍来祝贺。我俩在校门口的酒吧喝了我平生的第一场酒，我喝了半瓶啤酒就抱着酒吧门口的树转圈圈，而李梅喝了好几瓶，还能照顾我这个酒量这么差的人回宿舍。苏芳后来知道我俩喝酒的事，奇怪地问我："李梅什么时候这么能喝的啊？"我睁着一双无辜的小眼睛，看着她说："对啊，什么时候这么能喝的啊？"

小时候觉得日子过得好慢好慢啊，等长大了，又发现日子太不经过。一转眼，我们三个都工作好几年了。我吃着事业单位旱涝保收的国家粮，苏芳进了本地的一家企业做出纳，而李梅又成了一个谜。

李梅和我学的是同一个专业，我和苏芳都以为她会按部就班地当老师。李梅的父亲早逝，她母亲带大她和弟弟，她家的条件不是很好，当老师于她而言，又稳定又体面。可是在她毕业后的两年，我和苏芳同时失去了她的消息，在我们都配了传呼机，家里安装了固定电话，联系起来比较方便的时候，我们却失去了她。李梅有各种理由在忙，后来，我和苏芳也找她找烦了，就等着她来找我们，这一等就是两年。

李梅再出现在我和苏芳面前时，已经是职业女性的打扮，一身干练的黑西装，手里拎个公文包，她约我和苏芳在当时还为数不多的一家西餐厅见面。李梅笑我俩，和学校时候的区别不大，我还是一身休闲装，苏芳还是她的淑女范。我和苏芳撇着嘴说她："你的变化倒是翻天覆地啊，这是发大财了吗？"李梅还是和高中时代一样，无论我们怎么挤对她，她都是一脸笑意，好像我们是两个无理取闹的孩子。

李梅的黑西装，让我有似曾相识的感觉。在她点菜的时候，我的脑子在迅速地过滤。"保险"，当这两个字闪到我眼前时，我想起了和她一样的黑西装。那是在今年过年的初中同学聚会时，我们聚在一桌的十个同学，有三个男同学穿了这样的黑西装。过年的时候，气温还是很低的，我穿着厚厚的羽绒服，看着他们只穿了西装，我说："难道黑色这么吸热吗？你们不冷啊？"当时坐在我旁边的同学齐大胖说："冷什么冷，人家都是保险公司的高级经理，里面套着高档保暖衣呢。"保暖衣，刚刚开始盛行，还是第一代产品，其实就是秋衣里面加了一层棉裹着塑料布，这样的保暖衣，坐在屋子里，热得浑身冒汗，因为它不透气；出了屋子，又冷得人浑身打战，走起路来听见衣服里面的塑料哗啦哗啦响。我想起那三个男同学边吃饭边热得汗流满面的情形就失笑。我对着点菜的李梅说："你现在也是保险公司的高级经理吗？"李梅惊讶地抬起头说："你怎么知道的？"我说："你这身黑皮告诉我的。"

李梅点了三份牛排，还有沙拉、咖啡之类的。在吃饭的将近两个小时里，有近一百分钟都在听李梅讲保险人的情怀。我对苏芳总结了一句话：大爱无疆，保险人在人间。李梅给我们讲了很多的保险案例，经过她的粉饰后，给人的感觉就是你要是没买一份保险，在这个世上就处处危机四伏，而拥有一份保险后，你就拥有了爱，拥有了关怀，拥有了一切。在李梅稍作休息的空当，我问她："保险那么好，当年的地理老师和保险让你选一样，你选哪个？"李梅气得翻眼睛，说："你什么时候能有点正形，不要总是这么叛逆，老想着和人对着干。保险又咋把你惹着了？"我笑着说："惹倒是没惹，就是听了起腻子，只要你别让我们买保险，我们还能愉快地玩耍。"苏芳也跟着附和说："就是就是，挣的钱都不够花，哪有闲钱买保险啊。"李梅的嘴动了动，又放弃了反驳，就这样她的如意算盘落空了。

李梅做保险的时候，是保险业刚起步的时候，老百姓对卖保险的人就像对骗子一样防着，那时候流行一句话：大热天穿西装的，不是经理就是卖保险的。所以，李梅的保险做得并不那么顺畅。不过很快，她就转了行，去了本地一家房地产公司的营销部。这一次，李梅的选择无比英明。她在这里如鱼得水，公司的营销广告被她写得又煽情又感人，在福利分房渐渐退出历史舞台的时刻，大家都转变了观念，开始购置商品房，加上她营销得力，他们公司的楼盘卖得风生水起，很快她就坐上了本地房地产行业的第一把交椅，李梅的工资是当时我和苏芳两个人工资的好几倍。就像后来李梅落魄后对我说的，在房产公司的那些年，她在家里说一不二，家里人还有家族的人，见了她都是满脸笑容，点头哈腰，她弟弟更是对她崇拜得一塌糊涂，唯她马首是瞻。她那时候就是家里冉冉升起的一颗明星。短短的时间里，她买了一套住房和一套十几平方米的营业房，当然全是公司的员工价。这在我和苏芳眼里都是天大的事，我俩的工资，一个月都买不来一平方米，更何况那时候我俩脑子里也没有购房的概念，都在等着结婚嫁人住婆家的房。

苏芳是我们仨里第一个结婚生子的。她老公是她上自考时的同学，很普通的一个男人，苏芳在工作后经历了人生的一次重大变故。她的哥哥在一次车祸中去世，她成了家里唯一的孩子，父母因为丧子之痛把她看得格外的重格外的牢，他们不图苏芳有大出息，就希望她平平安安过日子，其实这也不过是大多数父母的心愿。

苏芳为了让父母早点从哥哥去世的悲痛中走出来，选择了从自考时就一直追求她的男生，她对我说："他真的是太普通，普通到追了我这么多年都没给我留下什么刻骨铭心的印象，我这辈子注定就是个普通人，选一个普通人过平凡的日子或许是最好的选择吧。"苏芳的父母对这门婚事还是满意的，他们看中了小伙子的老实。苏芳结婚后很快就要了孩子，她把孩子交给她的父母带，有了外孙的二老，日子变得忙碌而快乐，这或许是苏芳对于自己婚姻最好的安慰。苏芳的老公确实就像她说的那样，太普通了，没什么爱好，也没什么大志向，唯一的兴趣就是换手机，只要市面上新出一款手机，不管多贵，他都会想尽办法买回来。苏芳老是在我跟前抱怨说："你说他一个大男人就不能出去折腾着干点什么吗？你看看李梅，一个月挣他半年的工资。"我说：

"得了吧，男人钱多就变坏，你不怕啊。"她又不吭声了。

李梅是第二个步入婚姻的，她的选择也很出乎我们的意料。按照当时李梅的条件，我们猜测着她的眼光会很高，可没想到，她听从家人的安排，相中了一位普通的老师，相处不到三个月，他们就领证结婚了。那时候还不流行闪婚这个说法，但是李梅却做了闪婚这件事。李梅给我和苏芳结婚请柬的时候，我们一看日期，我的天！第二天就是她大婚的日子。

我和苏芳真是又气又笑，我说："李梅，你就那么忙吗？还送什么请柬，你不如明天中午告诉我们去吃席就行了！"苏芳到底是过来人，一边打着圆场一边焦急地对李梅问东问西，一个劲地问李梅："是不是有了？是不是有了？"我就像个傻子一样冲苏芳喊："有什么了？""孩子啊！你个二货，还能有什么！"苏芳也被我问急眼了。李梅反而像个事外人一样，平静地喝茶，等着我俩安静下来。

婚后的李梅确实很快有了孩子，苏芳扒拉着手指头算了算说："结婚后有的，不是奉子成婚。"我说："你真是瞎操心，婚都结了，啥时候有的有啥关系。"苏芳放下自己的手指头，对我严肃地说："这件事是不重要了，现在有一件迫在眉睫的事。"我莫名其妙地问她："啥事？""你说啥事，你什么时候结？这件事还不迫在眉睫吗？""这……"苏芳的问话，把我噎得说不出话来，最后憋出了一句"结婚总得找个有感觉的人吧。"苏芳听了，满脸的嫌弃，说："感觉？感觉是个什么鬼东西？你就是一个人住久了，过独了。"我想了想，或许是吧。

对于我还没有成家却能一个人生活，我得感谢我的父母。我家一直住在一套父亲分的福利房里，六楼，五十几平方米，后来，大家都开始买商品房，我父母一看指望单位给我们调整住房已经是天方夜谭，他们就用攒了一辈子的钱买了一套不到一百平方米的商品房。房子又大又敞亮，小区的环境也好，可是离我的单位实在是太远了，当时那里也还没通公交车，我每天骑个自行车早出晚归。李梅有天在路上看见我骑车往单位飞奔，给我打电话说："今天我在路上看见了一个风一样的女子，仔细一看，原来是你这个疯女子……"好吧，我承认，我是风一样的疯女子，每天像飙车一样的在路上狂飙几十分钟，到了单位，我就灰头土脸，一头短发乱炸。办公室的同事都笑我说："你看看你还有个坐办公室的白领样吗？民工也比你水灵些啊。"我听了就更加沮丧，对住新房子由喜悦渐渐进入厌恶。我越来越怀念住在老房子，走路不到十分钟就能到单位的惬意来。在我决定自己搬回老房子住之后，我就开始了艰苦卓绝的软磨硬泡工作，长达几个月的拉锯战。后来，因为下大雪我骑车摔得差点骨折，父亲才松了口，同意我上班期间住在老房子，假期和休息时回家住。可是，令父亲没想到的是，将在外军令有所不受，自从搬回老房子一个人生活，我渐渐适应了这种自由自在的日子。利用节假日，我自己对老房子进行了简单装修，老房子在我的精心布置下，一点点地变成了我想要的独立的窝。在我的窝里，我想怎样就怎样，洗完澡可以先不穿衣服就晃到客厅喝一杯水，这在父母家是绝对不可能实现的事。休息日，想睡多久就多久，睡得美美的，下楼吃一碗得意的"玉莲面"，再上楼回家开始看书、追剧、来一杯红酒，总之，怎么快活怎么来。看着我越来越享受一个人的生活，父亲后悔当初的决定，母亲整天数落他，说就是他这个老糊涂让我成了老姑娘。随着年龄的增长，父母的数落渐渐地稀稀拉拉起来，最难熬的就是逢年过节的时候，一大家子总有那么几个好管闲事的好心人，一见到我就一副恨铁不成钢的样子，搞得我像个罪人。后来，流行起节假日旅游，我乐得四处游玩吃喝，于是讨伐我的声音也很少听到了。

6

在我心里，以为我们仨的日子就会这么波澜不惊地一直过下去。李梅和苏芳相夫教子，而我一个人自由自在，等待着那个有感觉的人出现。可是，在一个深夜，我被苏芳的一通电话吵醒了。我被电话里哭哭啼啼的苏芳吓了一跳，不知道出了什么事。我一边安抚她，一边让她打车来我家，我去楼下接她。

接到苏芳的时候，我明显地感觉她消瘦了很多，她的身体像在衣服里游荡一般，眼睛也已经哭成了桃子，原本因为近视鼓突的眼珠更加突出，大半夜的看着让人心里有些发毛，瘆得慌。喝了两杯热茶后，她总算平静了一些，开始向我诉说。

"你说，李梅她一天折腾啥呢？"

"李梅？我好久没她消息了，之前联系了一次，她说在开会，后来没回电话，我也忙忘了。怎么了？"

"李梅向你借信用卡了吗？"

"借了。年前借的，年后我家里用钱我要回来了。"

"你要回来了啊，那就好。你知道吗？她借走了我四张信用卡，现在卡里欠了将近四十万了，银行天天给我打电话，催我还钱，我都快被逼疯了啊……"

在苏芳断断续续的讲述中，我大概知道了事情的来龙去脉。言简意赅点就是，李梅辞职了，做了一个养生的产业，中间缺钱了，就找苏芳借信用卡，从一张到四张，苏芳毫不犹豫地给了李梅。开始的时候，李梅都能按时还款，后来就只能每个月还最低额度，再后来就有了一次逾期、两次逾期、三次逾期……随着逾期的次数越来越多，卡里的钱利滚利，越滚越多，原本四张卡只能透支十来万，到了今天就滚到了近四十万。我听了以后，惊呆了，赶紧上网查了一下信用卡的利息是怎么算的，又打了银行的客服电话问了一下卡的具体情况，正是应了那句天下没有免费的午餐，银行也不是你爹你妈，怎么可能对你那么好，让你平白无故地白白透支呢？信用卡，就是应急的，你别想着拿几张卡倒来倒去地玩空手套白狼的把戏，单单是手续费也够你喝一壶了，更何况每个月若是只还最低额度，余下没还的那部分照样产生利息，这样利滚利，像滚雪球一样越滚越大。李梅就是这样被套得牢牢的，据苏芳讲，除了她的四张卡，李梅自己还有九张卡在倒腾。我听有十几张卡在倒腾，就觉得头昏脑涨。

我这个人在信用卡、电子消费这一块属于保守型，不喜欢透支，我一向的原则是多了多花，少了少花，没了不花。不管是欠什么样的债都让我觉得不舒服，就连后来单位分了一套房，父母替我出了部分首付，我用住房公积金按揭了贷款，每个月的还款日都让我觉得有道无形的绳索勒住了我，至少我从不敢想辞职这件事，即使我没有家庭的负累。就像网上流传的"70后"你可以随便欺负，他们上有老下有小，还有房贷车贷，没胆量辞职。不像"90后"，说不干就不干。我想这也只是极少数的"90后"，现在谁还没个贷款勒着脖子，哪有那么容易就撂挑子的？又有多少人能为了诗和远方，放弃眼前的苟且的？

我问苏芳："李梅把钱折腾着干吗了？"苏芳看着我，一脸的白痴样，双眼空洞，说："不知道。我问不出来，她让我别和你说，可我实在扛不住了。银行天天打电话，李梅让我别接电话，结果电话打到我老公那里了，我给他说是诈骗电话，让他别管。可是到了这个地步，还能瞒多久啊。"说着，苏芳又哭了起来。我看着她，又恨又心疼，苏芳对这份友谊真是掏心掏肺，换了谁都不可能把自己四张卡给朋友倒钱去，我也做不到。现在回想起来，我和李梅要卡的时候，李梅也是推脱了一些日子的，不过最后她还是还给了我，我不知道是该为自己庆幸还是为李梅还算对我仁慈而感谢。可以肯定的是，如果当时不是家里有事，我的卡拖到现在估计和苏芳的命运是一样的。

我给李梅发了信息："苏芳在我这里，信用卡的事我已知道，速来!"我连发了三遍，然后拍了一张苏芳哭哭啼啼的视频给她。过了好久，李梅回了信息："在路上。"

7

李梅到我这里的时候，苏芳已经哭得虚脱地睡着了。

李梅倒是看不出太多的情绪和变化，只是脸色略显沉重。我单刀直入地问她："怎么会变成这样? 辞职这么大的事都不和我们商量?"她听了，喝了口茶水，润了润喉咙，说："辞职的事已经过去了。今天，我去离婚了，孩子给他爹了。他爹说这日子没法过了，天天银行打电话催债，小额贷款公司和高利贷发恐吓信息，单位也被闹腾过了，领导发话了，再不解决就别来上班了。我说没法过就离吧，钱我现在没有，今天去办的手续，净身出户。我和他过了十五年，给他生了儿子，留了一套房给他，你知道他说什么? 他说我活该。"

"凭什么你净身出户，凭什么把房子给他，谁不知道你家的钱都是你挣的，就凭他那点工资能买得起房?"苏芳不知道什么时候已经醒了，听到李梅的话，她先炸了窝。我心想："你还替人家喊冤呢，也不想想，净身出户的李梅拿什么还信用卡啊。"善良又愚蠢的女人，我在心里默默地骂苏芳。

"你净身出户了，苏芳的钱怎么办?"苏芳傻了，我不能跟着傻。

苏芳总算反应过来了，眼睛直勾勾地看着李梅。李梅依旧脸色平静，说："你们还记得我以前买的那个小营业房吗？房产证在我妈那，我本来打算给她养老用，现在恐怕不行了，我把它卖了还钱。不过现在有好几个债主盯着这套房，卖了恐怕也只能给苏芳一部分。剩下的我打个欠条，什么时候有了我就还。"

"一部分？具体是多少？"我问李梅。

"一多半吧。再多也拿不出，我自己的卡欠钱已经被起诉了，这几个债主是小额贷款公司的，都是要命的主，我倒无所谓，我就是担心孩子。"李梅说到这里眼里有泪水滑下来。

我看向苏芳，看她怎么表态。苏芳看看李梅，看看我，说："一多半就一多半，剩下的我借去，为了孩子。"李梅一把抱住了苏芳，一边流泪一边说着对不起。苏芳也跟着她一块哭。我在地上转了无数的圈圈后，她俩总算安静下来。我对着这两个肿着眼泡的中年大妈又心疼又无奈地说："我能力有限，手头有几万块，你们先拿去用吧。但是，李梅，你总得让我和苏芳为你担这个责任担得明白吧？""对啊，对啊，"苏芳边擦眼泪边摇晃李梅，"你把钱都折腾什么了？"

李梅猛猛地灌了一杯红酒，我因为有失眠的毛病，茶几上通常都会放着一瓶开着的红酒，每晚临睡前喝一杯，起没起作用感觉不明显，唯一可以肯定的是我的酒量与日俱增。

"你们记得那几年我带你们去的那个茶社吗？"

"记得啊。"苏芳的嘴很快。我脑子里浮现了那个表演茶艺的中年女子，满脸的蝇营狗苟，愣要装一副清纯脱俗的样子。在喝完茶回去的路上，我印象中对李梅说过类似的话，让她不要深交，可见李梅并没有听进去，而是背着我们和这个女子扯上了关系。

"你们知道，我从上高中起就喜欢诗，喜欢诗意人生，可我的生

175

活却总是背道而驰，虽然我用诗歌的情怀为公司为自己挣了钱，可是总感觉自己像一块行走的肉，一块忙得团团转的肉。直到进了茶社，我才感觉自己的灵魂又回来了。茶道，诗歌，远方，养生，创业……我们在一起感觉有那么多喜欢做又做不完的事。离开单位，也不全是因为这个，房地产这几年不好做了，国家调控得紧，我们公司来了很多年轻人，学历高，长得漂亮，业绩远远在我之上，而我所用的那些营销手段已经渐渐被淘汰了，在公司，我上面受领导的气，下面受这些初出茅庐的小丫头片子的气，你们看着我风风光光，我不说你们怎么知道我的难处?"

"你怎么不和我们讲啊?"苏芳抱紧了李梅。

李梅苦笑了下："你哥哥去世，家里一摊子事，这位又是个独行侠，清高得一塌糊涂，说了又能怎样?"听到这里我为自己的自以为是默默地内疚起来。"在茶社，我可以全身心地放松自己，可是我们都没有想到，现在做点事真是难，再没有了过去那种只要你拼就能赚到钱的好事。辞职出来，我投资了养生行业，就是给你们品尝过的'枣核之恋'，我以为就凭这个名字都能一炮打响。可谁知，市面上一下子涌出那么多的'枣想核你在一起'，大枣里裹着核桃仁的小零食满淘宝网都是，价格低得不能再低，我们是纯手工制作，一个月也出不了多少货，选的原材料好，成本高，价格自然下不来，基本就靠熟人在维系，后来又做了姜枣茶、姜枣膏等附带产品，也都是半死不活。钱是只见投进去不见回报，可我们不甘心啊。又学着别人倒腾茶叶，就是我常常在微信上发的收藏普洱茶，可是人不顺了真是做什么败什么，别人拍到的茶很快就能出手见钱，我们拍到的茶，摆了一架子，无人问津。有几次还上了当，花了买黄金的价买回了假货。就这样，积蓄花光了，开始倒信用卡，卡里的钱倒不过来了，就找小额贷款公司、借高利贷，我现在每天一睁眼就有好几万的利息等着我，本金的事我想都不敢想，亲戚朋友也都借遍了。我总以为有几张卡，倒来倒去没问题，可是这就像一个不见底的深渊，怎么填都填不平。这让我想起了在网上经常看到的大学生网贷事件，有一个学生大一借了三千，到毕业的时候利滚利滚到了几十万，被逼得没办法跳楼了。我以为这样的事件是为了吸引人的眼球有夸张的成分，可万万没想到，就发生在了我的身上。"

"那和你合伙的茶社老板呢？你们应该一起扛啊。怎么都是你一个人在欠债？"我问李梅。

"她欠的比我还多，在我们相识之前她就已经危机四伏了，我的出现救了她的命。那些日子，她无数次地让我给她周转一两万救急，我喜欢茶社，喜欢她带给我的轻松，从来都没有怀疑过她。后来，她劝我辞职和她做一番事业，把茶社做大，正赶上单位调整中层，我的位置被一个'80后'小丫头取代，一气之下我就辞了职，和她一起干。其实，开始的时候，挺快乐的，那种每一天都有目标，每一天都在为自己的理想奋斗的快乐。那段时间是我人生中唯一为自己活的一段时光。可是，她之前自己亏的钱和后来我们一起亏的钱，一点点地压垮了我们。她最近出去找钱去了，我有一周联系不到她了。"

"跑路了，她已经跑了，你个大傻子！"我气急败坏地冲李梅嚷嚷。

苏芳也大喊起来："是啊是啊，她是跑了啊！"

李梅看着我俩几近抽搐的面庞，竟然笑着说："不会的，她不会扔下我不管的。"

无论我和苏芳怎么劝李梅去报警，李梅都是一副泰山压顶的模样，坚定地认为茶社老板不会扔下她。我不知道李梅凭什么对一个在我眼里沾满铜臭的人如此信赖，我从李梅的言谈举止中仿佛看到了被洗脑的传销人员，那种执着，让我感到了深深的无力。

8

后来李梅遵守了我们的约定，卖了老母亲养老的小营业房，给了苏芳一大半。苏芳用我给她的几万加上家里攒了几年打算买车的钱总算填上了四张卡的窟窿。因为买不了车，苏芳那个老实了十几年的老公第一次对苏芳动了粗。苏芳要离婚，苏芳的父母说："你要是离婚，我们就死给你看。"她老公又给她道了歉，离婚的事也就不了了之了。后来她对我说："年轻的时候，我看到有人打老婆，发自肺腑地深恶痛绝，我当时发誓，谁要是敢动我一根手指头，我一秒钟都不会和他过。现在想来，只能说明当时太年轻。男人嘛，都差不多，你的坚持是对的，真羡慕你的自由自在啊。"这是苏芳第一次对我目前的单身生活表达出羡慕和肯定。而我当时已经沉浸在一场恋爱中，看着她黄皮寡瘦的脸，没敢对她吐露心思。

李梅自从还了苏芳的钱之后，又消失在我们的生活中，我和苏芳对她的事无能为力，也只能等着她来找我们。

那一天，我和即将步入婚姻殿堂的男友从商场买东西出来，迎面撞上了李梅。李梅很开心，我反而有点尴尬。我向男友介绍了李梅，也邀请了她来参加我们的婚礼。李梅开心地拥抱了我，祝福我们，说一定去。在李梅抱紧我的一刻，我问她："折腾啥呢最近？"李梅笑着松开我，说："活着，就得折腾。不然，怎么能知道自己还活着呢？"

我把和李梅偶遇的事告诉了苏芳，苏芳听了恨恨地说："随她折腾吧，好好的日子让她折腾没了！"我看着放在苏芳面前的结婚请柬，心里一凛，我折腾得是不是太晚了……

178

沙发客

1

"第三十天。"田文躺在沙发上，看着手机上的日历，心里恨恨地念叨着。

三十天了。今天，是这个夏天罕见的连续三十五度高温的第三天，也是田文在沙发上睡了整整一个月的日子。田文家在顶楼，近几年小城的夏天经常高温，家里的温度就居高不下，田文是个壮硕的汉子，家里温度一上升，他的汗液就拧开了阀门，像这样的高温天，田文一天能冲三四次凉。这个夏天刚来的时候，田文和妻子商量装个空调，妻子瘦，不怕热，生二丫头的时候还落下了头疼的毛病，在单位也不爱吹空调。两口子感情好，妻子看田文一入夏热得可怜巴巴，天天像个水萝卜，就答应在客厅装一台挂式空调，房子不大，柜式空调贵且浪费。

要去买空调的那个周末，田文至今都记得。那天的天略阴，小雨似下非下的样子，气温不是太高，可是空气里跳动着"闷"的字符，连两个女儿起床的时候，都对妈妈说："妈妈，宝宝想出去，家里不喘气。"女儿还小，她们想表达的是喘不上来气，说出来的却是不喘气。

179

田文自己就更别说了，他一直站在阳台的窗户边，心口闷得慌，他怀疑自己得了高血压，三十五岁的年纪得高血压是不是太早了点？他平时不抽烟，也很少喝酒，就是身体壮实一点，可是他个子大，按照比例去摊，这个体重也不算多过分。比起他同事胖金刚真是不知好多少倍。同事中一块豆腐高、两块豆腐宽的比比皆是。

接到母亲电话的时候，田文一家刚进车库，买空调是这个夏天的头等事。田文全家出动，加上丈母娘五个人，一辆车满满当当。电话里母亲让田文赶紧回来，说他父亲晕倒进了医院。田文挂了电话，看着妻子，妻子说："还不请假回啊？"妻子把买空调的银行卡塞给了田文，空调泡汤了。回去的路上，田文没有飙快车，不是他不急，是不敢急，他刚拿到驾照不久，还在实习期，本来上高速按规定旁边要跟一个驾龄达到一定年限的老司机。小城不大，人口少，在这方面的管控松一些。田文不是第一次上高速，却是他独自一人第一次上高速，之前的副驾都会坐着人。第一次一个人跑高速，田文有些紧张，感觉自己的双臂僵直，头使劲朝前够着，生怕前面路上窜出什么来。三个小时的车程田文开了大半天才到，下车的时候，衬衣竟湿透了。母亲见他这副模样，以为他是为父亲的病急的，心疼地安慰他半天。

父亲是脑出血，幸运的是出血不多，出血的部位也不要命，大夫说手术很成功，后期好好照顾，可以恢复到和以前一样，不会有后遗症。家里的亲戚都说还是老田福大命大，上个月村东头的老王也是一样的病，到现在还瘫在炕上，大夫说最好也就能恢复个半瘫瘫。田文知道亲戚说的是半身不遂。父亲恢复得差不多的时候，母亲催他回家，说："家里还有两个孩子，你媳妇和丈母娘她们忙不过来。"田文说："家里没关系，就是单位领导催了几次了，今年是中华人民共和国成立七十周年，单位任务多。"父亲躺在病床上对田文说："回吧，大夫说我再养几天也能出院了，回家一样养，家里亲戚多，帮忙的人也多。"田文留了油钱和过路费，把剩下的钱都塞给了母亲，让母亲回了家也要给父亲把营养跟上，不要舍不得钱。

回去的路上，田文给堂哥打了电话。田文姊妹三个，就他一个男孩，两个姐姐出嫁得早，都是一大家子老老小小的拖累，他给两个姐姐打电话也是徒增她们的烦恼。堂哥家就在他家隔壁，他拜托堂哥父亲回家后每天过去看一看，母亲毕竟上了年纪。父亲住院的这些日子，家里的鸡啊狗啊，也是堂哥在照料。堂哥是个老实人，村里年轻力壮的大都进城打工了，堂哥跟着出去过一次，刚进城就把身上的钱和包袱丢了个干净，是田文给了堂哥返村的盘缠。从那以后，堂哥就一门心思在家务农，他对田文说："只有把两条腿踏进地里才觉得安心，城里再好，安置不了咱的心。"田文和堂哥差一岁，田文从小喜欢读书，堂哥一见书就犯困，小哥俩光屁股长大，玩着玩着，渐渐分道扬镳，田文在上学的路上越走越远，成了大家常说的山沟里飞出的凤凰；而堂哥在这块贫瘠的土地上，玩耍，长大，娶妻，生子，从现在一眼望过去可以看到他的一生，土黄土黄的一生。

不过话说回来，在村里生活，除了钱少点，没有城里的日子丰富花哨，其他的时候真是神仙日子。日出而作，日落而息，走在乡间小路上，风吹麦浪，吹走一天的疲惫，进了家门，躺在院子里的摇椅上，嘴里啃着从地里刚揪的黄瓜，吃一老碗媳妇做的热腾腾的白皮面，就着新鲜的蒜和大葱，满院子地吧唧嘴也没人嫌弃。哪像在城里吃饭，吃个大蒜走到人跟前遭人捂嘴翻白眼，吧唧个嘴遭人撇嘴嫌弃，在自己家的院子里撒欢式地吃饭，吃的就是个快意，一身舒坦。吃饱喝足，牲口一喂，搂着媳妇美美睡一觉，第二天日头升起，又是元气满满的一天。但这样的神仙日子，田文只能享受几天，他不能也不愿意像堂哥一样把一辈子交给土地，虽然最后他和堂哥一样会回到土里去，但是在生命鲜活的日子里，田文喜欢读书，喜欢城里的花花哨哨，他还是想为这个社会做一点自己的贡献，留下生命的印痕。

2

堂哥接了田文的电话，让他放一万个心。堂嫂抢过电话大声喊田文，家里不用他操心，他们会帮着照看好的。田文对堂哥堂嫂的感情就像亲兄嫂，他们也待他如亲兄弟。田文安心地想挂电话的时候，堂嫂在电话里冲他喊："文啊，嫂子还有个事要和你商量啊。"田文听见堂哥在旁边呵斥嫂子，嫌他给田文找麻烦。田文知道，嫂子不到万不得已也不会麻烦他，看来他们真遇到事了。田文说："我听见了，嫂子，我现在开车往回走呢，到了家我给你回电话。"嫂子连连说着"好好好，小心开车"挂了电话。继续赶路的田文能想象得到，堂哥一定唬着黑脸结巴着把嫂子狠狠地剋一顿，说不定还会照嫂子的大屁股来上一脚。堂哥一犯急就结巴，这是从小就有的毛病。小时候和人吵架，堂哥只用拳头说话，不像田文有一副伶牙俐齿，不过这也是哥俩要好的秘诀，互补型兄弟，一个负责劈里啪啦，一个负责踢里哐啷。在村里，田家小兄弟一度是孩子王，称霸田家村。

回来的路上，田文想东想西，一个人开高速也没再觉得紧张害怕，比去的时候快了很多，按正常时间到了家。进了家门，妻子还没回来，只有丈母娘和小女儿在家，丈母娘说："她娘俩还没回来，今天兰兰加班，小丸子上了延时班。"幼儿园的延时班其实是兴趣班，就是写字、画画、跳舞、弹琴之类的，教育局不让收补课费，幼儿园就想了个办法叫延时班，那家长总得交点加班费吧。猎手虽然厉害，可是猎物也是非常狡猾的。田文喝了杯水，逗了逗小女儿，对丈母娘说："我去接她们。"丈母娘让他吃了饭再去，他摇着车钥匙说："回来一起吃。"田文想先去接妻子吧，反正女儿在上延时班，幼儿园也吃过晚饭了，不用着急。接到妻子，他们再一起去接孩子。到了妻子单位楼下，田文打电话给她，没人接。田文下了车打算去楼上找，看门的大爷拦住了他。他冲大爷龇着牙说："是我啊，大爷，不认识了？"大爷说："咋不认识，你是高兰的爱人小田嘛。"田文说："大爷你记性真好。"大爷看着田文，十分纳闷："小田你这个点来找谁啊？高主任下班了啊。"田文一下子愣住了，下班了？难道他和妻子错过了？他来接她，她却去了幼儿园接女儿。一定是这样。田文转身跳下台阶说："谢谢你啊，我看错信息了。"他听见大爷在身后嘟嘟囔囔："大小伙子毛毛躁躁的，一点不稳重。"田文听了，这话听着像在家的时候父亲教训他的话，想到躺在病床上的父亲，田文竟然不争气地眼圈红了。

到了幼儿园，女儿的延时班还没有下课。田文在延时班门口没看见妻子，他又给她打了电话，还是没人接。他想了想发了信息给她。直到田文接了女儿回到家里，妻子也没有给他回电话和信息。他问丈母娘妻子是怎么给她说的，丈母娘说就来电话说她加班，让她延时班下了课去接小丸子。田文没说话，阴着脸去沙发上看电视。丈母娘看他的脸色不好看，打着哈哈说："不会有什么事吧。"田文回家没有提前打招呼，他没想到妻子有这么一出等着他。十点钟，孩子们该睡觉了，妻子还是没动静。田文稳着劲不再打电话找她。

田文的电话响起的时候，他正在哄大女儿睡觉，小女儿跟着丈母娘在小卧室。田文以为是妻子打来的，看也没看就吼道："你还知道回电话啊！"电话那头沉默了一下，传来嫂子的大嗓门："文啊，这是和谁生气呢？"田文这才想起来要给堂嫂回电话的事，他压住火气，说：

183

"实在抱歉啊嫂子，回来就被单位拉来加班，忘了给你回电话。说吧，您有啥事啊？"堂嫂顿了顿说："文啊，工作慢慢干，别上火，对身体不好。嫂子想求你个事……"堂嫂在电话里里里外外拉扯了半个来小时，田文听明白了堂嫂有两件事要他帮忙：第一件，就是去年他们家的补偿款，村里还差他们两千块钱没给，他们找了几次，都被村会计打发回来。这笔钱他们打算给大丫当高中学费。第二件就是大丫上高中的事。大丫考上了县二中，县一中比二中教学质量好，升学率高，大丫考的分数比一中的录取线也只低了两分，他们想让田文想办法把大丫转到一中。堂嫂在电话里重复来重复去的是，他们不想让大丫和自己一样一辈子埋在土里，再苦再难也要让孩子上大学，要像田文一样在城里风风光光的。

大丫是田文看着长大的，小姑娘长得随她妈，浑身圆鼓鼓的，很早就开始帮大人做地里的活计，劳动并没有让大丫的个头抽开了长，反而横向发展得不错，不高的个头往那一戳，敦敦实实。大丫喜欢看书，有一年过年，田文发现其他的孩子都在玩耍，只有大丫手里捧着他随手放在炕上的一本小说在看。从那以后，田文每次回家就给大丫带一些书回去，乡里的学校书籍匮乏，至今也是如此。田文还和同事要了很多他们孩子用过的学习资料，同事之间又互相传，后来，田文单位的很多同事都给他送来一些自己家孩子不用的书，还有学习用品，很多还是崭新的。田文统统拿回家给大丫他们，后来越来越多，就给村里的其他孩子都分一分。田文所在的党小组听说了这事，让田文协助着和他们村结成了一对一帮扶对子，后来在很多事情上单位都帮助村里解决了问题，村里人都夸田文，出去了不忘本，还惦记着村里人。

田文知道这不是自己的本事，自己在单位就是个小秘书，市里给各单位下达了结对子扶贫的任务，单位同事也是做个顺水人情。田文

184

在电话里应下了堂嫂要钱的事，大丫去一中的事他没敢打包票，他得想想找谁能办这件事。现在孩子上学无论在城市还是农村都是大事，尤其是转学，教育局管得很严，要看你的学籍、户口、房产证，有的学校还要去你的住房实地考察，在市里好的学区房也是炒到了天价。田文躺在床上，给女儿一个故事没讲完她就睡着了，田文回到客厅躺在沙发上想找谁帮忙办转学的事。

3

快十一点，房门响了，妻子推门进来。她看见田文躺在沙发上，问他怎么不去床上睡。田文没有吭声，他在等妻子解释今天的事。妻子换了鞋，去卧室看了看女儿，他听见岳母问她干什么去了，妻子说和老同学吃个饭。岳母说那也应该给家里说一声，岳母的意思是她应该给田文打个招呼。妻子说手机在包里静音没注意。这倒是符合妻子的性格，他们单位会多，开会要求一律静音，有时候一忙，会议结束忘了开铃声。田文想知道的是她和哪个老同学吃饭去了。田文知道妻子在大学的时候谈过恋爱，毕业的时候，男生要去北京当北漂，妻子因为是母亲一手带大的，从来没想过要离开母亲，两个人因此分手。大学毕业分手的情侣很多，妻子伤心过一阵子也就过去了，田文知道妻子孝顺，和岳母的感情也很好。从他们结婚有了孩子，岳母就住进了他们家，给他们做饭、带孩子、收拾屋子，凭良心说，岳母是个好母亲。田文和妻子有时候拌个嘴，岳母也是批评妻子多一些，背地里又安抚田文让他让着些兰兰，兰兰从小没爸爸，让她惯坏了。岳母的话常常让田文惭愧，对一个从小缺失父爱的女人自己不应该这么小气，还和她争高低。

妻子从卧室出来，问他家里的事安排妥当了？田文知道岳母此刻正侧耳听他们会不会吵架，他就不再计较妻子先前的事，说："妥当了，过几天就能出院，堂哥他们会帮着照应。"妻子说："那就好，钱都用上了吧。"田文赶紧说："用了一部分，剩下的我给妈让她回去给爸调理一下。妈说了，药费报了会给我们一些，我们也花费大。"妻子没继续这个话题，说："我洗澡去了，太热了。"田文因为妻子塞给自己的那张银行卡一下子觉得理亏了起来，刚才躺在沙发上的气焰立时消散了。田文和妻子的结合，田文的家里并没有出多少力。田文父母都是农民，把田文供到大学毕业已经耗尽了精力，后来田文考上公务员留在城里，给父母增了光也添了愁。成家就要有房子，城里的房子最便宜最偏的，田文的父母也掏不起首付。田文在大学的时候处了一个女朋友，女生和他家一样也在农村，长得很普通，田文和女生在一起是因为他们每天都会在图书馆碰见，一来二去的两个人就有了好感，大四的时候两个人才确定了恋爱关系。在校园里的田文，以为他会和这个姑娘结婚生子，过一辈子。不到一年时间，他们的恋爱就无疾而终。大学毕业，女生考上了研究生，而田文英语太差，虽然专业课考了第一名，也因为单科不过而落榜。

毕业后，女生回老家等着去上研究生，田文卷了铺盖和其他几个同学租了城郊的房子开始了一边打工一边考公务员的生活。城郊的房子是当地农民盖的简易楼板房，这里每家每户的院子都四四方方盖了一圈这样的简易二层房，进城打工的和像田文这样刚毕业还没有着落的都暂时租住在这里。当时，田文和班里的几个男生搭伴租在一户人家里，他们看上了院子里的井然有序。房东张嫂一看就是田文他们村里的麻利姐，穿得简单干净，利利索索，脸没那么白但是干净耐看。其时正是夏天，田文他们拎着铺盖卷去的时候，张嫂在院子里架起的铁锅前做午饭，铁锅的上面支着一个简易的凉棚，田文仔细看了看搭棚子的手艺，和父亲的不相上下，茅草盖得密实紧致，四根椽子，光滑油亮，一看就经过精心的打磨。天气热，张嫂做的是凉面，做好的一部分摊开在案板上，面条不宽不细，条条匀称，看着就很筋道的样子。张嫂正在擀第二张面，握着擀面杖的手轻快地翻飞着，略微丰腴的身体随着擀面的节奏抖动，饱满的胸脯在田文他们眼前上下弹跳，几个大小伙子，站在旁边看得入了迷，张嫂以为他们饿了，就招呼他们先吃做好的这锅凉面，他们很不好意思，齐声说："吃过了吃过了。"张嫂停下了擀面，先把他们几个带进了房间。房间不大，放了张单人床，一把椅子一张桌子，还有个简易的布艺衣架、脸盆架、脸盆，床上用品什么的没有，一般都是租客自己带。墙刷了白乳胶漆，墙围子和老家一样刷了绿漆，地板是水泥地，拖得泛亮光。田文对张嫂家的房间很满意，比宿舍要干净许多，最重要的是他终于拥有独立的一间房了。田文喜欢看书，偶尔也写点东西，以前八个人的宿舍几乎天天都是闹腾腾的，所以田文大学四年几乎都泡在图书馆，图个清静。

收拾好自己的行李，田文躺在床上休息，肚子不争气地咕噜噜起来，眼前立马浮现了张嫂的凉面，这个时候要是来一碗，再就着几颗大蒜那真是美气死了。隔壁的同学来喊田文去吃饭，田文下了楼才看见另外两个同学已经在大口地吃凉面，原来他们又厚着脸皮来和张嫂套近乎，张嫂依旧大方热情地邀请他们吃面，还让把田文也喊来。拌面的菜很简单，黄瓜丝、青椒丝和韭菜末，再调点酱油、醋、盐，滴几滴小磨香油，简单爽口，桌子上还扔着几头新蒜，田文他们后面下来，看着已经捧着大碗面在咥的同学，喉头一紧，口水要是不闭紧嘴巴就要流出来，张嫂给他俩也一人捞了一大碗，四个大小伙子蹲在地上"呼噜噜呼噜噜"，头都顾不上抬，满脸的汗珠子也顾不上擦，一个同学率先脱了短袖光着膀子吃，田文他们也都跟着脱了，四个人光着膀子继续"呼噜噜"，张嫂看着他们的模样，笑着说："喂了一群猪娃子嘛……"这期间，只有田文有点礼貌地抽空抬头对张嫂说："嫂子，你也一起吃啊。"田文现在想起来都很失笑，张嫂和他们一起吃什么呢，他们都快把锅舔干净了，张哥回来好像都吃的是馍馍。

田文想自己能考到今天这个单位，和善良的张嫂一家是分不开的。张嫂喜欢爱读书学习的田文。打零工的时候，田文并没有像其他同学一样下了班就去放松，每天下班就回到小屋发奋用功，女朋友在去读研一年后，就和他渐渐地断了联系，他们没有说分手，但是很默契地越来越淡，最终化为一缕云烟。田文也难受过一段时日，但很快就不再痛苦，原本他们的感情也并没有多么你死我活的刻骨。田文刻苦备考的日子，张嫂对他有些偏爱，有时候他们家改善生活就给田文端一碗来吃，田文记忆里张嫂总是笑眯眯的，端着一碗香喷喷的肉，叮嘱他趁热吃。然而命运并不眷顾这些善良的人，田文考取后，离开了张嫂家，住到了单位的集体宿舍，上班第一年的春节，田文留在单位值班，初三值完班，他骑车去给张嫂一家拜年，想来想去买了一个时令果篮，他想张嫂家一定舍不得买这个。他一路欢歌，很快就到了那个熟悉亲切的小院，进了小院，田文明显感觉到张嫂家没有往年过年的热闹气，院大门和正房贴了对联，其他的地方都光秃秃的，过年的时候租客基本都回了家，可是每年张嫂他们都会给各个房间贴春联，门上贴"福"字，田文他们每次从乡下老家过年回来依旧感觉还在家里一样。田文停好自行车，冲着屋里喊："张哥张嫂，我来拜年啦。"张哥从屋里迎了出来，接过田文手里的果篮说："这孩子，来就来吧，买什么东西，瞎花钱。"进了屋，田文看见张嫂躺在炕上，面容惨淡，张哥悄悄地告诉他，张嫂得了癌，晚期了。田文很吃惊，以为自己耳朵出了毛病，可炕上的张嫂却是活生生的现实。他安慰了一会儿张嫂，给她剥了个橘子，张嫂伸出枯黄的手吃力地吃了一瓣，说："真甜啊。"那是田文最后一次见张嫂，没多久，他接到张哥的电话说张嫂走了，当时单位正在迎接上级大巡查，他没能去送张嫂，有时候他想也许有时间也未必会去，不是不想而是害怕面对。

张嫂的离世让初出茅庐的田文对生死、对人世无常第一次有了切肤体会。他躺在宿舍的床上，满脑子是充满活力的擀面的张嫂和躺在炕上黄瘦成一片纸的张嫂。到了医学发达的今天，人们对癌还是束手无策。癌，究竟是怎样一种难以克服的疾病呢？田文查阅了很多资料，各种专业术语说得神秘晦涩，田文自己总结的原因是：吃的食物有问题，呼吸的空气有问题以及压力太大。田文每次回乡，都会带来很多农家肉、鸡蛋、土豆、米、面之类的农副产品，这些都是父母精心侍弄出来的。鸡蛋是吃粮食的鸡下的，土豆、大米、小麦是农家肥滋养的，连女儿都说："奶奶家的鸡蛋香得冒泡。"父亲种出来的大米，蒸出来泛一层油光，吃到嘴里香糯筋道，岳母用家里的面粉蒸出来的馒头，什么都不就，单单吃馒头也是越嚼越香甜，不像买来的馒头，看着宣腾腾的，嚼到嘴里顽劣异常，越嚼越顽，妻子的姥爷吃了岳母送去的馒头后，就再不愿意吃外面的馒头，说会把他的假牙嚼断。可是大部分家庭吃到的都是化肥、饲料催熟的产品。一头猪，母亲要仔细饲养一年才能膘肥体壮，而喂饲料只需要几个月，这些本身就吃了不健康原料的农产品，人吃了后果可想而知。田文身边越来越多的人开始食素养生。空气质量更不用提，这些年大家挂在嘴边的PM2.5、雾霾，对人身体有很强的破坏力。雾霾这种大城市的"富贵病"，现在在这个三线城市到了冬季供暖期也是隔三差五地上演，大街上到处是戴着猪鼻子的红男绿女。压力大更是常态。单拿房价来说，田文结婚买房的时候，一平方米不到三千元，不到五年的时间，平均翻了一倍多，至于学区房和景观房随随便便就过了万，工资却是稳稳当当地不见涨多少。大学毕业就意味着失业，大点的企业、学校动辄招聘时只要研究生，很多从农村考出来的大学生，回家戴着大学生的光环，出了门就四处奔波打工，每个月能把自己养活就很不容易，结婚生子还是得靠家里帮扶。张嫂就是这样累病的，儿子女儿相继上大学，儿子又要在城里买房结婚，张嫂和张哥起早贪黑地挣钱攒钱，学费、生活费、房子、彩礼，这一件件大事压得他们像缺氧的鱼，探出水面深呼吸一口，反过头又得扎进水里苦熬，最后精疲力尽，油尽灯枯。患癌的原因千奇百怪，这只是田文自己的猜测，不足为据。

躺在沙发上的田文想起张嫂，更加感激岳母。田文和妻子是经人介绍认识的，妻子开始还有些犹豫，田文的家境太薄，负担重。岳母劝妻子："人品和能力比家境重要。你爸走得早，我就你一个女儿，与其将来都留给你们，不如现在帮你们把日子过起来，田文人老实，做事踏实，靠得住。"就这样，在岳母的资助下，他们贷款买了现在的房子。岳母没要彩礼，妻子只是象征性地买了点首饰和衣服，婚后的日子，岳母和妻子对他的家人也很好，没有高高在上的优越感，家里来个亲戚也是尽心招待。如果说，田文刚开始和妻子只是在一种合适的不温不火的基础上的结合，那么婚后的日子，妻子的善良还有岳母的豁达，让他逐渐对这个家变得依恋起来。有了两个孩子的他，没有像其他男人一样对家庭生活的琐碎感到厌倦，相反的，他除了上班就是回家陪家人，在大家的眼里，田文是顾家的暖男。只有田文知道，不是他多顾家，而是这个家给了他太多温暖，让他不舍。

妻子洗澡出来，让田文早点洗了休息，田文对之前的事已经不再挂怀，但他躺着没动，他心里盘算着谁能帮大丫转学这件事。

4

第二天，田文送了妻子和孩子就去了单位。在办公室，他给大学同学张国庆打了电话，张国庆大学毕业回了家乡，在挨着田文他们家的彬县工作，那时候回县里的大学生凤毛麟角，考上大学的目的就是要鲤鱼跃龙门，留在城里生活，念完大学还能回县里工作的真不多，所以回到县城的张国庆很快就被提拔重用，年纪轻轻的就已经当了科长。田文和张国庆在学校关系很铁，他俩的外形反差很大，田文高大壮实，粗皮老肉，看着孔武有力的样子，张国庆矮小瘦弱，白净清秀，看着细皮嫩肉的，他俩能成为老铁，在当年的校园里也是一段"佳话"加"笑话"。

田文大二那年，发生了汶川大地震。那天中午，他们正在午休，田文觉得自己做了个梦，梦见自己在秋千上晃来晃去，他被晃醒了。醒了的田文觉得自己还在晃，这时站在屋子中央的舍友对他说："兄弟，你说我这是咋了，想走，腿咋动不了哇！"田文这才看见灯管在来回摆动，喊了声地震了，就跳下床，拉着舍友跑下楼。正赶上午休时间，大热天的，很多男生都光着膀子，还有些穿着裤衩就跑出来了，场面还真是有些辣眼睛。后来消息传来，是四川发生了大地震，田文他们打打闹闹地回了宿舍。下午的时候，好像又有余震，大家却不再慌里慌张地跑了。因为地震，一场闹剧在白天才是做了个铺垫。田文他们宿舍住了八个人，班长是其中一个，白天的时候，他没在宿舍，这个人既小心又胆小，地震发生后，他查了很多资料，查阅的过程中看了很多地震后的惨烈图片，越看小脸越惨白。晚上睡觉的时候，他就把从网上学来的防震技巧用上了。他在灯管上放了个酒瓶子，要是地震灯管就会晃动，瓶子掉下来发出声响，大家就可以逃生。他不仅给自己的宿舍放了，还给班里其他宿舍也放了，其他宿舍的又教给周围认识的老乡，那晚，在田文他们宿舍楼有很多宿舍的灯管上都顶着个啤酒瓶子。田文他们都笑话班长是胆小鬼，惜命鬼，但没人阻止他这么做，汶川地震的惨烈他们从电视上已经看见了，要说心里不怯是假的。

田文在农村长大，家里条件不太好，快成年了才开始穿内裤，白天穿倒没觉得特别难受，晚上穿着田文睡不着，就巴掌那么大的点布，穿着睡觉就觉得毛躁，浑身说不来的那种紧绷和热，所以田文一直是裸睡。上了大学，他以为就他自己这样，尽量把被子裹严实了怕人发现。过了一段时间，他发现宿舍里有好几个人和他一样，班长也是其中的一个。那天晚上，班长不仅把酒瓶子放到了灯管上，他还穿了一条短裤睡觉，可是他没有告诉田文要穿上裤子睡觉，田文仍然一丝不挂地躺下了。在大家都进入梦乡，打起呼噜，房间里静悄悄的时候，"咣嘡"一声巨响，这个夜晚炸了窝，那是实实在在地炸了窝。不知谁大喊着"地震了，地震了！"田文他们喊里咔嚓就往楼下窜。到了楼下，在月光和夜灯下，田文他们这群男生比白天更让人辣眼睛。肥的瘦的，精干的魁梧的，上半身都是光着膀子，下半身短裤、裤衩，花花绿绿一大片，这里面有一个人异常醒目，那个人就是魁梧彪悍的田文，人群中的他浑身上下白花花，站在人群中田文才想起来自己是裸体，赶紧用一双大手护住私处，羞得没处躲藏。恰在这时，裹着大花被子的张国庆出现在田文的眼前，张国庆人瘦小文弱，动作却敏捷得很，出来的时候，硬是裹着被子窜下了楼。田文一把抓住张国庆，扯下他身上的被子裹在自己身上，边裹边对张国庆说："兄弟，用一下用一下，你好歹穿内裤了。"张国庆身体瘦弱，不抗风，虽说是夏夜，可是大学校园远离市区，空旷少人烟，到了后半夜还是凉飕飕的。被田文抢去被子的张国庆，在夏夜的凉风中如一张A4纸扇扇乎乎，他并没有和田文去争抢，他知道抢不过田文这堵山墙。可他也没打算就这么算了，张国庆挨个给班里的男生说，田文在被子里是精着的，又如此这般的一番安排。

　　田文还沉浸在有被子遮羞的喜悦中时，他已经被班里的男生团团围住，他们抓腿的抓腿，抓手的抓手，托身子的托身子，把田文抬了起来，向前面的宿舍楼冲去。田文虽然高大结实，但也架不住这么多和他一般年纪的青皮后生的蛮力，他只能徒劳地喊着："你们放我下来，你们放我下来。"一路上，他们并没有拿走田文身上的被子，田文不知道他们要做什么，想着他们不会把自己扔到喷泉池子里吧。到了田文他们班女生的宿舍楼下，张国庆一把扯走了田文身上的被子，男生们扔下了田文，跟着张国庆跑了，剩下脑子一片空白的田文站在女生宿舍楼楼下，是一个女生尖利的叫声喊醒了田文，他捂住私处，开始狂奔，拖鞋早不知道去了哪里，他只听见女生的尖叫"啊……啊……啊……"。裸奔的田文成了学校本年度最火的新闻，很长一段时间，田文走到哪都觉得别人对他指指点点地笑着，田文从超市买了一打内裤回来，他再没有裸睡过。当天晚上，田文把张国庆按在床上爆捶了一顿，要不是被其他同学拉开，田文想他能把张国庆的腿打折了。张国庆挨了打，却没有和田文记仇，第二天，他主动给田文打了饭，田文因为头天晚上的事又羞又气地躺在宿舍没上课。张国庆向田文道了歉，他说自己就是觉得好玩，捉弄一下田文，没想那么多，现在想来真是伤了田文的尊严，希望田文不要和他一般见识，要是不解气，可以再打他一顿。田文从小就自尊心强，好面子，张国庆说得对，这件事确实狠狠地伤了他的脸面。后来，田文在网上又看到成都大学校园里，因为地震，大白天许多女生裹着单子就半裸着跑出来，田文想想自己是个男人，又是大半夜的，也没什么大不了的。因为这件事，他和张国庆成了铁哥们，两个大男人到后来要好得让其他同学都开始怀疑他俩是不是不正常，直到张国庆找了女朋友，这样的猜测才不攻自破。

张国庆面相文弱，做事却很麻利，在县里比较得领导赏识。张国庆电话里笑田文："你是市里的领导，还来请教我们这些县里的高级打工仔。"田文不理他的挖苦，说："你要是高级打工仔，我就是个长工喽。"张国庆说："你真的不知道找谁办这事？"田文说："知道就讲，别卖关子。"张国庆给田文指的路确实是条捷径，他让田文找县一中现任教导主任，刘梅。刘梅和田文、张国庆是大学同班同学。田文不知道刘梅也回了县里，还当上了一中的教导主任。他记得毕业的时候刘梅好像要去上海的一个县里当老师。具体情况，张国庆也不太清楚，他和刘梅是开会时遇见的，但是因为各自都忙，他们也没太多联系，但是对于刘梅能帮田文办成这件事，张国庆很有把握。刘梅和田文上学的时候并没有太多的交往，快毕业的时候，田文忙着埋头考研，班里的同学互相之间开始了各种送别，拍照片，写留言，送礼物……田文也因此收到了刘梅送给他的一支钢笔，田文以为是同学间送别的普通礼物，没太在意。张国庆无意中发现了钢笔的秘密，摘下笔帽，笔杆上刻着字母 M、W，中间有颗桃心。捏着钢笔，张国庆对田文分析说："你看，M 代表梅，W 代表文，还有中间的桃心，你小子，刘梅这是向你表白呢。"田文听了张国庆的解释，自己也仔细琢磨了一番，回想起之前和刘梅接触的情景，刘梅好像是对自己有点好感。他把钢笔放好，警告张国庆出去不要胡说，要尊重女孩子。田文以后再看见刘梅，老远就躲开了。倒不是因为他当时正谈着女朋友，而是他第一次被女生表白，确实不知道怎么办，他想不如就装糊涂没发现钢笔的秘密，又担心自己露出马脚，于是干脆避开刘梅，反正就要毕业各奔东西，反正大家都知道他在准备考研……从那以后，他和刘梅再没有过交集，现在有事了再去求人家，田文觉得抹不开脸。

张国庆给了田文刘梅的微信，让他先加微信聊天，联络一下感情。张国庆说要是田文绕圈子通过自己找刘梅办事，就怕刘梅知道了心里有想法，想你田文架子大得很，反而会坏了事。田文想想也是。挂电话的时候，张国庆在电话里坏笑着说："你说刘梅是不是就是当年那个在女生楼下看见你的裸体尖叫的女生，然后她才看上你的啊？"田文骂了一句"滚"，挂了电话。中午休息的时候，堂嫂又给田文打来了电话问大丫转学的事情，田文说有点眉目了，堂嫂直夸他有本事，让田文别操心家里，她和堂哥会照顾好的。挂了堂嫂的电话，田文咬着牙给刘梅发了信息，很快刘梅就回了消息。两个人开始还有些拘谨，后面聊得就很随意，一个中午的休息时间很快就过去了。田文没有提转学的事，他想等几天再说，不过看刘梅的态度，田文觉得希望很大。快下班的时候，田文收到了妻子的短信，让他不用来接她，直接去接孩子，她单位有事要晚点回去。田文和刘梅一直在聊天，妻子的信息他只回了个"嗯"。

回到家，吃了饭，孩子们在玩，田文躺在沙发上刷手机，他翻看了刘梅的朋友圈，大都是工作的信息，里面有一些她的工作照，现在的刘梅比上学时好看了，打扮得很洋气，皮肤比那时候还白嫩，看来这些年保养得很好。田文给妻子发了信息，问要不要去接她，妻子回了"不用"，就再没动静。田文想她们单位最近没听说有什么大事，她在忙什么呢？电话打过去，又是没人接。田文心里又开始翻腾，想东想西。"嘀嘀嘀"，信息响了，田文以为是妻子的，一看却是刘梅发来的。田文心里正郁闷，就和刘梅聊了起来。和刘梅聊天，时间过得很快，田文发现刘梅是个有趣的女人，而且这些年，刘梅一直没有放弃读书，她和田文一样，一直保持着阅读的习惯，所以他们能聊的话题很多。妻子回来的时候，田文还在和刘梅热聊，女儿自己玩得一地的玩具，妻子被脚下的玩具绊了一下，抱怨了一句，田文听了心里很不舒服，边回刘梅的微信边回了一句："天天不着家，打手机不接，不知道在外面胡混啥！"妻子听了，一脚踢开了玩具，气呼呼地进了卧室。田文知道她顾及岳母，一般不会和他起口角。

5

田文抱着手机在沙发上睡着了。一大早岳母把他喊起来吃早饭。吃饭的时候，岳母对田文他们说，小丸子过几天就放暑假了，亲家母打来电话让她带着孩子们回老家避避暑，爷爷想孙女们了，亲家公还在养病，她回去也能帮亲家母一段时间。田文听了自然乐意，可他没吭声，他看着妻子，等她表态。妻子说："您带一个孩子回去吧，两个都带着太累了。"岳母没说话，孩子们叫嚷着，她们都要跟着姥姥回去看爷爷。田文赶紧打帮腔："没事，回老家了人多，孩子有人帮着带。"

周末的时候，田文开车送岳母她们回老家，妻子说单位有事，就不回去了。换了平时，田文肯定不愿意，父亲病了，儿媳妇还没去看过，可是这几天他一直在和刘梅聊着天，刘梅知道他这几天要回去，高兴地说等他回来喊上张国庆好好聚一聚。田文想趁着见面有张国庆在旁边时说大丫转学的事，妻子不回去也好，省得解释那么多。田文安顿好岳母她们，就开车走了县城，刘梅已经订好了饭店，张国庆也会赶过来。刘梅订的是一家私房菜馆，县城里现在也流行吃私房菜，雅致隐秘。包间不大，布置很考究，古香古色，大概刚开业不久，包间里有股浓浓的木头味混合着熏香的味道。

三个老同学见面分外亲热，刘梅大方地和他俩握手拥抱。三个人聊的话题天上地下，回忆过去品味当下，还展望了未来，聊到孩子的时候，自然扯到了上学，张国庆很自然地帮田文引到了转学的事上。当时刘梅已经喝了不少酒，听完这事就"咯咯咯"地笑个不停，说她早猜到了，当年田文躲着她，现在又突然联系她，必定是有事嘛。一句话说得田文脸臊得没地方搁。张国庆为了缓解尴尬，端起酒敬刘梅，说有个问题一直憋着想问没机会。刘梅一口干了酒，说："你小子没憋好话，问吧。"张国庆问刘梅，当年看到田文的裸体失声尖叫的女生是不是她。这个问题一问，田文一巴掌就呼到了张国庆的脖子上，脸涨得像茄子。刘梅更是趴在桌子上笑得差点岔了气。刘梅笑得捂着肚子，抹着眼泪说，这些年她只要想起当年田文的模样就能笑死过去，就这一件事包了她一辈子的笑点。张国庆说："那你是看光了田文，要负责才喜欢他的啊。"田文本来没酒量，这两人说起了裸奔这事，他又羞又气又恼又尴尬，闷头灌了自己几大杯。最后，这顿饭以刘梅答应办大丫转学的事圆满结束。

把刘梅送回家，张国庆带着田文去住宾馆。张国庆酒喝得最多，进了宾馆倒头就睡着了。田文冲了澡出来，刘梅发来了吃饭时三个人的合影，两个人又聊了大半宿。田文看时间太晚了，说："赶紧睡觉吧，要不你男人该有意见了。"刘梅隔了一会儿回了一句："我已恢复自由身。"田文看了这话有心想问明白，又觉得这属于隐私还是不问为好。田文想了想回了一首诗："生命诚可贵，爱情价更高。若为自由故，二者皆可抛。"刘梅回了一个知己的动态图过来。两个人心照不宣地各自睡去。

　　第二天张国庆醒来，田文问他知不知道刘梅单身的事。张国庆说，他最近也有所耳闻，好像也就是这几个月的事。刘梅的男人搞外遇，被女方家属堵在了床上，刘梅嫌丢人，二话没说就离了。田文说："看她的状态可是好得很，这女人不简单。"张国庆说："要是简单，能这么年轻就当上重点中学的教导主任？能一口给你应承下转学的事？"两个大男人又感慨了半天现在这个世道，就忙着各自驾车赶回去上班。

　　一周后，大丫接到了一中的录取通知书。堂嫂给田文打电话报喜的声音都变调了，田文挂了电话，对刘梅这么能沉住气佩服得紧。回来这一周，田文天天和刘梅微信聊天，常常聊到手机没电，刘梅愣是没给他透一点信儿，不声不响地就把事办成了。大丫的学校有了着落，田文的心情格外好，他给妻子发信息说："晚上去看个电影。"妻子回了句"加班"又没了音讯。回来一周田文为了给大丫转学，一直和刘梅热络，对妻子没太关注，他看着那句"加班"，回想起这段时间妻子的反常，最近她几乎没按时回过家，又想起刘梅丈夫出轨的事，田文想自己不会和刘梅一样倒霉吧。田文提前下了班偷偷去了妻子的单位，他把车远远地停在了一个角落，这里能看到从大楼里出来的任何人。坐在车里的田文不敢看手机，一直盯着大楼的转门，他心里焦躁得想来根烟，可是自己从来不抽烟，哪来的烟呢？田文想，酒能助兴烟能安神是对的。心里正发毛的时候，妻子出来了，她站在门口似乎在等人。一会儿来了一辆小轿车，妻子乐呵呵地上了车。田文气蒙了，自己还真戴了绿帽子啊。他一脚油门跟上了小轿车，小轿车七扭八拐地到了市郊的一家宾馆。二人下车的时候，田文认出了那男的，是之前和妻子一个科室，后来升迁到其他单位当副手的老黄。妻

198

子接的就是老黄的班。

田文在车里整个人都僵住了，正是中伏天，最热的时候，他整个人是冰凉的。他不能相信天天和他耳鬓厮磨的妻子竟然搞外遇。他想起两个女儿，这日子还怎么过？短信响了，是刘梅发来的。看见刘梅的头像，田文一下子来了虎气，刘梅一个女人都能当断则断，自己一个五尺高的汉子真能头顶绿帽子忍一辈子吗？与其将来长痛，不如现在来个痛快的。田文跳下车，往宾馆走的时候，给妻子打了电话，还是没人接。田文感觉自己本来就是毛寸的头发，现在一根根地像冰柱子一样立着，脸上也是挂满了霜。在前台，田文故作镇定地问服务员，说黄先生让他过来谈事情，他忘了房间号，麻烦查一下。哦，和他一起的还有一个女同志。服务员没有怀疑，直接报了房间号，田文想这是常客啊，不用查都记得房间号。

田文不知道自己花了多久到了房间门前，这上几层楼的时间是在断送自己一辈子的幸福，毁了自己满心依恋的家。毁了这些的，是他视为生命的女人之一。田文趴在门上听了听里面的动静，这时，他听到妻子说："准备好了，咱们就开始吧。"田文一脚就踹开了宾馆的门，里面发出了惊叫声，冲进来的他，看着坐了一屋子的男男女女，茶几上、地上、床上摊着一堆堆的资料、档案盒，田文站在那儿石化了。还是老黄反应快，迅速起身握住他的手说："小田性子还是那么急啊。"边说边拉着他出了房间。老黄带田文去了宾馆的咖啡厅，连连给田文道歉，原来老黄的新单位最近装修，就搬进了附近的宾馆临时办公，趁着这个机会，单位想把党建还有档案工作都彻底清查整理一次，搞这些工作的不是刚参加工作的年轻人就是才大学毕业的实习生，老黄就想到了老同事高兰，这丫头做这个工作可是驾轻就熟的一把好手啊，他就请来高兰指导工作。老黄说："小田，你要好好待高兰啊，她对你真心好，这次装修要换一批空调，之前的空调也没用几年，就是匹数小了，办公室人一多不太好使，高兰知道了，就想买一台回家，说你怕热。本来高兰就是来无偿帮我忙，我答应给她挑一台好的感谢她。"

田文一直在听老黄说话，他感觉自己在做梦，或者他宁肯自己在做梦。毁了这个家，毁了自己幸福的不是别人，正是田文自己。田文想自己怎么不去演电影呢，这拍出来又逼真又可笑至极。回到家，田文发现妻子反锁了卧室门，他在门口又是解释又是道歉，卧室里一点动静都没有。田文知道妻子的脾气，别看平时很温和，一旦拗起劲来可是了不得。连着几天，妻子见他就像看见空气一样，无论他说什么做什么，她都听不见看不见。田文害怕了，他跟张国庆求救，张国庆骂他昏了头，可他也只会骂没有好办法。最后张国庆说，请教一下刘梅吧，女人的心女人懂。刘梅骂田文没脑子，事到如今只能扮可怜博同情，她让田文不要睡卧室，就睡在沙发上，脸色要憔悴难过。就这样，田文在沙发上一睡就是整整三十天，天气热，沙发不透气，田文过了一个月汗淋淋的日子，瘦了十来斤。田文听了刘梅的话，也不刮胡子，整个人看起来颓废又丧气。一个月来，刘梅和张国庆一直给田文鼓劲，出主意，效果并不明显。现在田文天天盼着孩子开学，盼着岳母带着孩子们回家，妻子每天和岳母她们视频表现得都很正常，田文想事情还没有到最坏的地步，孩子们回来就会好起来吧。

6

终于熬到女儿开学的日子了，躺在沙发上的田文盘算着去接岳母她们回来的事。他听见妻子在卧室里和女儿们视频，说："这个周末爸爸妈妈就去接你们回家，还要看望爷爷。"田文扎着耳朵听了个仔细，他心里的一块石头落了地。

　　他给刘梅和张国庆发了信息报告了好消息。张国庆回他："你个愣货还不洗澡刮胡子去。"还配了一幅男欢女爱的图片。田文想起张国庆之前就对他说过在床上把问题解决了，夫妻闹矛盾，不就是床头吵床尾和。可他觉得妻子不吃这一套，就听了刘梅的苦肉计。过了一会儿，刘梅回了信息："快马加鞭，马到成功。"田文失笑，这次这两个货倒是神同步。想想因为自己的鲁莽，白白浪费了一个月的二人时光，田文的身体立刻有了反应。他跳下沙发，把自己浑身上下仔仔细细刷干净，刮掉了满脸的胡楂子。田文就着月光摸上了床，妻子起先还有些反抗，架不住田文用了蛮力……田文大汗淋漓地从妻子身上下来的时候，妻子说："这几天老黄就派人来装空调，就不用这么遭罪了。"

　　第二天中午休息的时候，田文收到了刘梅的信息："沙发客，战果如何？"田文看着"沙发客"三个字，给刘梅回了一句："你太有才了！"想了想又回了一条："沙发客恢复房客。"

听　说

"听说了吗？静湖死人了。"

"死人了！是游泳淹死的吗？湖边立着大牌子：严禁游泳。这些人就是不听，怪谁!"

"不是，不是。不是淹死的，是在湖心亭上吊了。"

"上吊了？谁？"

"谁？我哪知道是谁，连公安也不知道是谁。"

"听说了吗？静湖吊死了个人。"

"咋吊死的？因为啥？"

"在湖心亭吊死的。是个女人，是个穿花旗袍的女人。"

"那长得很漂亮喽。"

"长得漂亮不漂亮我可不知道，我又没看见她长啥模样。再说了，吊死鬼能有多好看，那舌头铁定伸出老长老长，塞都塞不回去，血呼啦啦的，想想都瘆人得紧。"

"听说了吗？静湖有吊死鬼。"

"吊死鬼？不是说是水鬼吗？听人说静湖年年都淹死人，老辈人说湖底有水怪，年年都要拉个落水鬼续命。"

202

"都说了不是水鬼，是吊死鬼嘛。说是早年间被婆家逼得吊死在园子里的小媳妇子，是个冤死鬼。"

"这就叫阴魂不散吧。"

"听说了吗？静湖出人命案了，杀人了。"

"杀人了？不是说在亭子里上吊的吗？为啥杀人？情杀还是仇杀？"

"说是先杀后吊到亭子上去的。说是殉情呢，女的是个小三，男的开始想离婚后来又不想离了，女的不愿意了。闹完家里闹单位，男的被逼急了，干脆把女的结果了。"

"等等，等等，你说的这也不是殉情哪？殉情是两个人爱得死去活来，又没办法在一起，所以才一起死了，就像梁山伯和祝英台。殉情算自杀，你说的这是谋杀嘛。"

"哎呀呀，你这人真较真，管他殉情还是谋杀，反正是死人了。你说说，现在的人，搞个破鞋还把命搭上了，不值哦！"

"听说了吗？XXX在静湖把YY杀了。"

"是他俩吗？听说静湖那杀了人，我猜就是他俩。以前就常听人说他俩关系不正常，老去静湖幽会。"

"是XXX杀了YY吗？不是说两个人吃安眠药自杀殉情的吗？吃完了，XXX又害怕了，后悔不想死，自己抠着嗓子吐出来好多药片才没死成。YY傻，吃得药片也比XXX多，当时就翘辫子了。"

"听说XXX老婆死活不愿意离婚，闹到YY的家里去了，她老公本来睁一只眼闭一只眼地装糊涂，一下子闹得整个小区的苍蝇都知道了，男人的面子挂不住了，二话不说，按住她当着众人的面打了个皮开肉绽，警察来了才松了手。YY在大庭广众伤了脸面，拉着XXX陪她一起死，说是 XXX 发过誓的，死也要在一起。"

"女人真是傻，这种鬼话也能信。"

"就说呢嘛，XXX 根本不愿意陪她一起死。YY 心死了，一不做二不休，把 XXX 骗到静湖来，给他喝的饮料里面事先下了药，自己再吞了药。不是你说的 XXX 害怕了又没死成。两个人都死了，说是静湖的蚊子把两人叮得都没人样了。"

"死了就是一副鬼样子了嘛，还啥人样不人样。"

"对哦，说是早晨一个锻炼的老头儿发现的。老头儿肚子疼，想寻个僻静没人的角落方便一下，吓得老头儿拉了一裤裆，现在还躺在医院里，下不来床。"

"哎，要说老头儿也够倒霉的啦。你说，他俩多抠门，约个会不去宾馆，跑静湖。静湖那个地方，看着树多水美，白天还好，到了晚上那蚊子乌泱泱的，个头也大，赶上苍蝇了，后来市政上打了药才控制住了，可是那人烟稀少的角落蚊子还是一窝一窝的。前些天，那谁带着小孙子去静湖，没看住，小孩跑到了个墙窝窝，那蚊子可是解了馋了，把个小孩叮得浑身个顶个的大红包，孩子妈带着去医院打了几天吊瓶才好起来……"

"哎呀呀，扯远了呢，赶紧走吧，还得去买菜呢。"

"听说了吗？XXX 和 YY 在静湖幽会被水鬼拉去当替死鬼了。"

"咋拉去的？他俩去静湖野游去了啊？"

"游啥泳呢！那两人脱得精光，在洗鸳鸯浴呢。八成是水鬼看他俩太浪了，有伤风化，实在看不下去了，想干脆你俩来和我做伴吧，天天在水里想咋浪就咋浪。"

"他俩胆子可真大。在静湖洗鸳鸯浴，不怕被人看见吗，真不要脸！"

"听说是半夜三更去的，两个人都喝了酒。说是先是在静湖的小沙滩上赤脚浪，浪着浪着，两个人来了兴致，女的先脱光了下水了，男人嘛，当然紧随其后啦。哪个晓得会倒霉哟！"

"你说说，他俩死就死了嘛，死人嘛，也不要个啥子脸面，家里人咋个办嘛，要不要得脸面哟……"

……

星期一的早晨，佟悦照旧骑着自行车，从城南骑到城北去上班。天天坐在办公室，佟悦觉得自己的肚子越来越鼓，屁股越来越大，虽然体重并没有涨多少。上周末，佟悦和闺蜜去逛街，凡是她看上的衣服普遍都比之前穿的大一号才穿起来看着有点样子。佟悦是个爱美的姑娘，虽然她知道自己的模样不好看，随了她爸的长相，双眼之间的距离有点大，塌鼻子还有点蒜头，整个脸就看着扁平而开阔。但她又拥有她妈的好身材，身体溜直，尤其是那双傲人的大长腿，整个夏天，佟悦都喜欢穿超短裙、短裤，这双腿为她提了不少的人气。

佟悦，就像她的名字，悦，开心也。她的学习和工作一直顺风顺水。考大学，顺顺当当去了理想的大学。毕业考公务员，无惊无险考上了心仪的单位。接下来，就剩下了找对象结婚这件人生大事。上大学的时候，佟悦的身边也不乏追求者，但不知什么原因，这些男生追着追着就都无疾而终，坚持最长时间的追求者也不过半个学期。所以，佟悦在大学四年竟然没谈过恋爱。佟悦有一次在操场，无意中听到了班里男生对她的议论。他们说她腿太长了跑起来没刹住，脸撞树上了。佟悦当时想杀了他们的心都有，这嘴也太阴损了，还是男人吗？从那以后，佟悦对所有男生都像一块冰，鬼知道他们背地里都怎么说自己呢！

考上公务员，佟悦天天坐在办公室里整材料，不像在学校的时候，经常在操场上跑步锻炼，而且佟悦明显感觉，在学校的时候她吃饭从不控制，饿了就吃，身上的肉一直就那么多，一两不多一两不少的样子。上班之后，佟悦中午通常吃食堂，下了班单位会有一些应酬，还有各种的同学、朋友聚会。佟悦仔细想了想，上班没多久，她下午就很少回家吃过晚饭，最主要的是，佟悦学会了喝酒，佟悦想，肚子变大的原因可能不只因为经常坐着，还和喝啤酒有关系。佟悦不想自己还没有找到对象，身形就像单位里的其他大姐一样失去比例。有一年的高考英语作文题是一个看图作文，画了三个女人，其中一个女人的身材就是梨形，佟悦身边的大姐有好几个就是这样的梨形身材，坐在办公桌前的她们端庄知性，一旦离开桌子的庇护，就是一只只行走的胖鸭梨，水润饱满。要是自己也成了"梨子"，再加上这张先天不足的盘子脸，眼前浮现的画面之惨烈，佟悦想想都后怕。于是，佟悦报了健身班。健身班一周去一次，佟悦觉得不够。教练提议她骑自行车上下班，吃完饭还可以快步走。佟悦是个自律的姑娘，她很少熬夜。出了学校，一下子进入社会的她，一时间为社会上的吃吃喝喝风气所感染的。她很快就醒悟了，恢复在学校养成的锻炼的好习惯。佟悦火速地买来自行车，每天上下班坚持骑车，晚饭后，就去家门口的静湖快步走。

佟悦家门口的静湖，以前不叫静湖，以前它没有名字，就是个大水坑。它的地势比周围的建筑物都低，不知从什么时候就总是积着一坑水，下了雨，水面就涨高些，没雨的时候，水面就那么不高不低不深不浅的样子，佟悦记事起也从来没有过水坑干涸的情形。父亲说，这个水坑一定连着城外的水系，否则不会总有水。父亲说，这座城市以前有很多湖，在他小时候，遇上下暴雨，马路上都能捉到鱼，可惜那时候，大家都不爱吃鱼，嫌弃它有刺。其实，归根结底是做一条鱼太费油，炸熟一条鱼用的油几乎够一家子吃半个月。可是为什么不清炖了吃呢？父亲也搞不清楚。后来，人口越来越多，粮食越来越紧俏，政府号召大家填湖造田，这个城市大大小小很多湖都被填平成了耕地。这个水坑就是当年周边的居民不停地挖土填湖造成的，本来水坑在的地方地势比其他地方高，挖着挖着它竟然成了地势最低处。遇到雨天，雨水都哗啦啦地流进坑里，周围的民房和道路竟没了内涝情况，也算歪打正着。就因为这样，这个水坑就一直保留了下来。

这个大水坑，给佟悦的童年留下了很多美好时光。因为它的存在，佟悦和小伙伴们没有像其他孩子一样天天被圈在楼房里。夏天水涨了，他们在水边玩水，打水仗，用一个矿泉水瓶子，瓶盖子戳些眼眼，把水喷向对方。家庭条件优越的孩子，会别一支花花绿绿的水枪，但通常这支水枪不超过半天就会被拦腰折断。冬天水坑结了厚实的冰，佟悦拎着父亲自制的冰车，整个寒假都充满了乐趣。那时候的冬天比现在要寒冷，水坑里的冰冻得硬邦邦的，佟悦身上穿的是奶奶做的棉衣棉裤，像羽绒服这类的高级冬装，佟悦初中快毕业的时候才有了一件。这个时候的冬天已经没那么冷得透骨，下雪也成了一件要祈祷盼望才能出现的事，不像小时候的冬天，在佟悦的脑海里就是一片片白茫茫、厚厚的雪，那风刮在裹着几层围巾的脸上都痛得刺骨。童年照片上的佟悦和伙伴们的脸蛋都是两个红坨坨，这两块红坨坨随着佟悦升入中学才渐渐地消失。

佟悦上高中后，这个城市建设不再单一地追求经济发展，开始在城市生态美化工程上下功夫。让父亲这辈人啼笑皆非的是，曾经他们日填夜埋的地，现在又被日挖夜挖地改造成湖，家门口的这个大水坑就占据了得天独厚的优势。经过一番勘测后确定，这个水坑确实和城外的水系，也就是这个城市的护城河相连接，只隔了一片树林和一道围堰。水坑和护城河是相通的，这也就解释了为什么这些年水坑的水一直存在且没有任何异味出现。护城河也开始同步改造，河岸被修成景观河道，树林原封不动，从护城河的桥头绕着树林修了一条红色塑胶跑道，一直延伸到正在改造修建的水坑，改造后的水坑起名为"静湖"。静湖刚建成时，围湖种了很多树木，培植了草坪、鲜花丛，湖中种植了很多芦苇，都说十年树木百年树人，这些树啊草啊花啊的最初并没有成多少气候。静湖看起来除了因为和护城河彻底打通而水域变得辽阔丰盈，新建的亭台楼阁以及木质人行道、塑胶跑道等看起来气派又洋气之外，它还不是人们休闲的首选。通过一年又一年不断更新的绿化建设，静湖终于在五年后焕发出翠绿盎然的姿态，湖心芦苇荡漾，小路四围青草依依，垂柳轻抚湖水，春夏秋三季鲜花烂漫，果树飘香。静湖成了这座城市湿地公园的标志。

这么优雅静美的静湖成了开发商眼中的香饽饽，围绕着静湖，城市知名房地产开发商建成了一个又一个高档花园小区，小区的名字也和静湖形影不离。静湖西边开发了"静园"，和静湖只隔一道铁栅栏的楼房被称作观景房，房价明显高于小区内部的楼房。南边过一条马路就是佟悦的家，他们小区叫电力家属院，小区楼少，一共八栋，占地面积却不小，楼与楼的间距很宽敞，院子里这些年的绿化也逐步跟上了静湖改造的脚步，也是处处亭台楼阁，绿草青青，花木成群。虽然小区建设早，没考虑到后来发展火爆的私家车停车问题，但是因为楼稀，空间大，小区里停车位后来也规划得很方便，不像其他老旧小区，车位画得像狗啃的一样，东一个西一个，把原有的绿地占得也是所剩无几。佟悦的父母对他们的住房环境很满意，而颇具投资眼光的父亲，还在静园购置了一套两室一厅的电梯房。当初买的时候，母亲还嫌房价高，等到静湖周边的各个楼盘相继建成后，静园的房价已经翻了一倍多。这套房父亲直接购置在佟悦名下，佟悦的个人资产已经是百万起步，这在同龄人中是不多的。

佟悦自从决定锻炼后，晚上就很少出去应酬，除非是万不得已，而且她把酒也彻底戒了。只要在家吃晚饭，其实她在家也不怎么吃晚饭，就只吃一点水果蔬菜，等到太阳落了山，她就要去静湖快步走。佟悦的父母也会去静湖散步，他们走得节奏太慢，达不到佟悦的燃脂要求，所以通常一家三口都是分开了去静湖锻炼。

佟悦快步走的路线就是静湖和护城河连在一起的塑胶跑道。跑道的距离不算短，佟悦走两圈计步器就达到了两万步之多。跑道上跑步的、走路的一天比一天多起来，佟悦想这个三线城市的人也终于知道健身了，不再沉迷于啤酒烧烤麻将的夜生活，这无疑是一座城市从蒙昧落后走向开明现代的标志之一。人多起来的时候，佟悦就觉得走得有点闹腾，而且速度不好提起来，于是，佟悦开始等人群稀疏之后再去运动，她一般会在家先做一会儿瑜伽，或者看看书，十点钟才会准时出门去静湖。

一连几天，佟悦快步走结束要回家的时候，都会远远地看见湖心亭有一个人在转圈圈，怀里似乎抱着一本书，还是他就喜欢那么把手拢在胸前，佟悦有点看不太清。佟悦想亭子屁大点地方，绕着它转圈除了把自己转晕了能锻炼个鬼。这一天，佟悦依旧走得浑身是汗，准备回家时，她下意识地向湖心亭方向看去，这一次佟悦看清了，那是个男人，年龄似乎不太大，男青年今天没有转圈圈，他站在亭子的中央仰着头望着亭子的顶，佟悦想他是研究建筑的吗？这时男青年突然甩起了一直抱在怀里的东西，佟悦看见他甩动的是一根绳子，这个人真奇怪，难道他要在亭子里荡秋千吗?

回到家，佟悦脑子里一直闪现着男青年奋力甩绳子的情景，她觉得自己的心有点隐隐的疼，心情也莫名不好起来。母亲在沙发上看电视，看见佟悦的脸色不好，问她："怎么了，不舒服吗?"佟悦摇摇头说："没什么，有点累。"洗了澡，佟悦躺在床上怎么也睡不踏实，不知为什么她脑海里总是出现男青年甩绳子的画面，甩得她心直发慌。一夜没有睡好的佟悦，早早地就起来了，她也没有胃口吃早饭，推了自行车就出了门。佟悦没有直接去单位，她骑着车先去了静湖，骑到静湖桥头的时候，她远远地看见了几辆警车停在路边，就加速骑了过去。跑道上站了一些早起锻炼的人，他们齐刷刷地望着湖心亭的方向，佟悦望过去的时候，她看见湖心亭拉起了一道警戒线，亭子的中央一根绳子垂了下来。佟悦听旁边的人说，有人吊死在亭子里了。佟悦的眼前又浮现了那个男青年奋力甩动绳子的画面，他不是要荡秋千，他是要寻死。

在单位整整一天，佟悦都打不起精神，她翻微信的时候，网上已经发出来静湖有人上吊的消息，消息里描述了死者的大概情况：男性，二十来岁，穿蓝色衬衣、黑色牛仔裤，个头在一米七五左右，偏瘦，希望市民朋友积极提供线索，协助警察破案。佟悦知道自己虽然几天来都看见男青年，但她只是远远地看见他行为古怪些，具体是什么人，她真是一无所知，所以她没办法去做这个良好市民协助警察尽快破案。下午快下班的时候，佟悦给在报社当记者的中学同学打了电话，这个同学在报社就是跑公安口的，他一定知道一些案子的情况。同学在电话里告诉佟悦，案子已经破了，是自杀，在湖心亭上吊的，男的，有重度抑郁症，父母没看住，跑出来几天了，到底是寻了短见。同学问佟悦："是认识的人吗?"佟悦说："不认识,早晨在家门口看见警察拉警戒线,好奇问问。"同学说:"那就好,还以为你家里亲戚呢,怕你受不了。你说年纪轻轻的,有啥想不开的非要去寻死。"佟悦没听完就挂了电话。

佟悦回到家,饭桌上,父母也在说这件事。母亲说,听说这孩子是因为家里施加的学习压力太大,考大学连考了三年没考上,就得了抑郁症。生了病,家里也不再逼他考大学,自己找了个活,还交了个女朋友,谈了没多久,女的知道他有抑郁症,以为抑郁症就是精神病,死活不和他来往了,他想不开就寻了短见。母亲说的这些可比她同学告诉她的详细多了,而且更加合情合理。抑郁症会致命,这个佟悦早就知道,这几年有很多明星都因为抑郁症走了。佟悦不记得在哪看过一个报道,说是现在十三个人当中就有一个抑郁症,这可是一个不小的数字,而且患病的年龄也在逐渐年轻化,小学生中也有很多。佟悦想,这都是国人没有归属感,缺乏根本信仰造成的,人的心没了根,没了底,怎么会不生病呢?佟悦懊悔的是自己什么时候变得这么麻木不仁,上学的时候,她虽然对男生冷冰冰,可是对女同学她是绝对的热心,不管谁有了困难她都会积极地帮助,直到解决了困难为止,女同学都很喜欢她。刚进单位的时候,佟悦也是这么热心,谁喊她帮忙她都乐意去做,直到有一天,她在卫生间里无意中听到人说,哪个科室的活她都要掺和,显得她能得很。从那以后,佟悦就不敢再那么张扬着什么都去做,也会以手头工作忙为借口推脱掉,时间久了,喊她帮忙的人也就少了。要是换了从前,男青年的反常举动,佟悦会和父母商量要不要报警,或者她会直接选择报警,可是,她什么也没做,她就这样看着一条生命从她眼前划过,连一丝烟都没留下。

佟悦忍不住和父母说了自己心里的难过，父亲开导她说："这不是你的错，是这个社会病了。再说你当时也只是感觉他有点反常，那是你敏感，换了别人根本不觉得这有什么。"母亲也说她，心别那么重，什么责任都往自己身上揽，善良也要把握度。父母的话让佟悦的心里好受了些，父亲让她这几天不要自己一个人去快步走，和他们一起散散步就好。佟悦知道父亲担心她，怕她一个人再经过湖心亭的时候胡思乱想。

接下来的十来天，佟悦和父母沿着静湖散步，佟悦发现在这样燠热的夏夜，静湖成了人们最好的消暑圣地。父母散步的节奏很慢，他们边走边停，因为他们会不时地遇见老同事、老朋友，他们不只点头问好，还要停下来寒暄几句。这个时候，佟悦就会在离他们不远的地方等着，而就在这个时候，佟悦听到了有关湖心亭的各种各样版本的"听说"。

佟悦在一部韩剧里听过一个说法，古时候的消息都是在水井边散播，因为人们要从水井里打水、在水井旁洗衣。而今，佟悦在一个个越演越烈的"听说"中明白，生活就是在听说中变得复杂诡异，真相虽然只有一个，可是掩盖真相的"听说"却是花样百出。

后记：是小说是故事，也是记录

　　我做了很多年的编辑工作，写作是近年才开始的尝试。常听人说，不写东西的编辑不算好编辑。可是当编辑当久了的人才能深切体会到，编辑工作有时候可能是写作路上的绊脚石，我的身边就有几个写得很好的老师被别人半开玩笑地评价为"被编辑工作耽误的小说家"。当然，也有很多边做编辑边当作家的出色的老师，这些都是一家之言，一笑而过就好。

　　我是个随性的人，却又好面子，想写又怕写不好，坏了编辑的名声。后来为了评职称硬着头皮开了写作的头，先不敢拿出去示人，而是偷偷地发给一个很要好的作家姐姐过目，在得到她的肯定后，才给这些新鲜的青涩的果实撕开面纱，把它们一点一点投出去呈现给读者后，不管是得到褒扬还是批评，于我而言都是收获，都是人生的一段美好经历。

　　这部小说集里的作品，一部分在期刊上正式发表过，一部分还是新鲜出炉。在把稿子交给责任编辑之前，我自己先过了一遍，在顺稿的过程中我问自己，这些小说于自己而言到底意味着什么？

　　每顺过一个小说，小说里的情节设定、人物构思以及环境背景的描写，等等，都会如电影场景一般在我脑海中一一呈现。在作品中，我仿佛看见了、触摸到了、感知到了我身边的亲人、朋友、同事、同学，还有那么多萍水相逢的陌生人。他们在这个熙熙攘攘的尘世中遭遇的种种困惑、焦虑，他们的日常形态，他们那些厘不清扯不断牵牵绊绊的感情经历，以及他们面临的各种或简单或复杂的生存境遇都成了我心心念念的牵挂。

所以，集子里的作品在我看来，是小说是故事，也是记录。

最后，向敬爱的郭主席致敬并感谢，向编辑出版小说集的老师们致敬并感谢，向在我的写作和人生路上，给予过无私帮助、鼓励的朋友和老师们致敬并感谢。